Au bout des doigts

by Gabriel Katz

パリに見出されたピアニスト

ガブリエル・カッツ

森田　玲=訳

マグノリアブックス

ジュリアに捧ぐ

主な登場人物

ピエール・ゲイトナー——パリのコンセルヴァトワールの音楽部門のディレクター。
マチュー・マリンスキー——派遣労働者。
エリザベス——女伯爵と呼ばれるピアノの教師。
マチルド・ゲイトナー——ピエールの妻。
アンナ・ブナンシ——パリのコンセルヴァトワールの生徒。
アンドレ・ロシジャック——パリのコンセルヴァトワールの学長。
セバスチャン・ミシュレ——パリのコンセルヴァトワールの生徒。
アレクサンドル・ドローネー——ボルドーのコンセルヴァトワールの学長。
ダヴィッド・マリンスキー——マチューの弟。
ケヴィン——マチューの友人。
ドリス——マチューの友人。

パリに見出されたピアニスト

8

エレベーターは故障。いつも故障している。一度も動いたことがないか、それとも、もしかしたらずっと昔には動いていたのかもしれない。小さな男の子は頑張って自分の住む八階までのぼるので、階段のことは隅々まで知り尽くし、ひび割れの場所まで覚えている。階段は百四十段。一階分につき二十段だ。目を閉じ、段数を数え、人差し指で壁をなぞりながら上がっていくと、電気をつけなくても間違えずに自分の家のドアの前に着くことができる。百四十段。テレビ番組の音や、四階に住む頭のどうかしている女性の叫び声、鍋で揚げ物がたてるパチパチという音がまじりあった響きとともにのぼる。それにこのにおい。黴や埃、脂っこい料理、床を磨く洗剤など、あまりにも慣れ親しんだせいでもう感じることすらなくなったにおいを嗅ぎながら、彼は百四十段を上がっていくのだ。

でも、それだけではない。

音。

音が聞こえると、男の子は百段目で目を開け、数えることを忘れてしまう。その音はこの建物で聞こえるほかの音とは違い、泥棒のように耳に忍び込み、ほかの音を弱め、かき消す一方、鳥の歌声のように優しく、澄みきっている。

小さな男の子は踊り場で立ち止まった。そこの汚れた壁からは六という数字が剥がれていたが、その跡はわずかに石膏の上に残っている。彼が六階で立ち止まったことはこれまで一度もない。ほかの階でも立ち止まったことはない。男の子は山のぼりをするように、スパイダーマンが建物の外壁をよじのぼるように、飛行機が離陸するように、階段を上がっていく。

大冒険家のように毅然としてのぼる。砂漠で、北極圏で、未知の世界で、道を切り開くがごとく。そして毎日、目には見えない観客の喝采を浴びながら、八階への登頂という試練をやり遂げるのだ。なぜなら自分はもう大きいから、いっぱしの大人だから、七歳だから、怖くなどないから。

いま、男の子は六階で足を止めた。自分でもなぜかはよくわからずに。茶色いドアの前で。ドアに描かれたイラストは色あせ、スプレーで落書きされ、たくさんの傷がついている。ほかのドアと別に違わない。でも、まったく同じというわけではない。なぜなら、まるで風のように音楽が吹き抜けているから。その音楽は、地面を揺るがす低い音とともに、怒り狂った人たちの怒鳴り声とまざりあい、毎日外まで聞こえている。普通なら、大きな音で音楽が鳴っていれば、体を揺すったり、ぶかぶかのキャップを目深にかぶって振り付けの決めポーズをとったり、リズムに合わせて歌詞を口ずさんだりする。音楽とはそういうものだった。ところが、このドアの下から流れ出てくる音、水滴のように男の子の頭の中で鳴り響く音楽は、そういったたぐいの曲ではない。目をつぶると、彼には踊っている小さなものが見える。いろいろな形。さまざまな色。悲しくなるけれど、少し楽しくもある。考えようとしてみるがうまくいかない、そこで、高くなっては低くなり、くるくると渦を巻くこの音の流れに身をまかせる。するとドアから漏れ聞こえる音は、太陽が降り注ぐ岩場に丸く集まる魚たちのようになる。まるでカクレクマノミだ。それか、色とりどりの星でいっぱいの空みたいだ。

現実の世界のどこかで、空ぶかしするスクーターが耳をつんざく甲高い音をたてている。

10

それは音楽の中にまで入ってきて、岩場の魚たちを追い散らし、空に散らばる星々を吹き払う。そのとき男の子はドアに近づき、ためらい、息をひそめて、耳をドアにぴったりくっつけようとする。

1

私は人混みが好きではない。好きだったことは一度もない。スタジアムに詰めかけたりする人間でもなければ、カフェのテラス席に群れ集い、汗と排ガスのにおいを嗅ぎながら太陽の光で肌を焼くような人間でもない。パリ北駅が一日で一番混雑する時間帯に足を運ぶような人間でもない。しかし、人は常に人混みを回避できるわけではない。とはいえ、パリというのは不思議な街で、絶えず天国と地獄のあいだで揺れ動いており、その仕組みをほんの少し把握するだけで、まあまあうまくやり過ごすことができるのだ。まわり道、抜け道、裏道を知る必要がある。人波を避けること。表通りから逸れること。常に腕時計を見ること。夕方の電車に郊外へ帰る住民が大量になだれ込んでくる時間帯には精神分析家との面接の予約を入れないこと。そういうへまをすれば、僧侶のように無表情なフロイト派の分析家が足を組んだまま、私の失策行為に気づいて頷く羽目になる。まったく、そんな輩にかかずらわって自分の時間を無駄にすることなどどうしてできよう。

タクシーを拾うというのは、五十ユーロ払ってノスタルジーFMを聴きながら、渋滞の道路で一時間過ごすには最良の方法だ。渋滞は自分の力ではどうすることもできない。それなら、メトロの中で煙草臭い息を嗅ぎながら、澄んだ空気を求めて二十分間もがき苦しむほうがまだましだ。

12

山のような人だかり。灰色の群衆がプラットホームで押しあい、顔を見あわせ、足踏みしている。私は肘を使い、人波をかき分けて進む。まごついている人々の顔に注意を払おうともせずに。すべてのパリジャンと同じように、私には人々が見えていないけれど、見てはいる。私たちは、移動する舞台装置の中に置かれた障害物にすぎず、それぞれが他人の足から逃れるために自分の足取りを速めるのだ。

陰鬱な視線を投げながらパトロールしている三人の軍人が、まるで私が爆弾でも持ち運んでいるかのようにこちらを振り向いた。鼈甲縁の眼鏡をかけ、ウエストを絞った灰色のコート、ヌメ革のショルダーバッグに、今朝ワックスがけしたばかりの靴を履いた私は、テロリストのように見えたらしい。駅のプラットホームを行ったり来たりするために彼らがなぜジャングルの色をした迷彩服を着なければならないのか、いつも不思議に思う。

くらっとめまいがして、私は一瞬立ち止まり、呼吸を整える。疲れているし、睡眠不足だ。両肩が重たい。目を閉じる。だるさと闘うために必要な力を自分の中から引き出そうとしているあいだにも、追い越され、体を押される。人混みのただ中で、頭の中を空っぽにした。すると、駅が発するすさまじい騒音が耳に侵入してきて、地震のように私の中で鳴り響く。電車の走るキキーッという金属音や、人混みのざわめき、電話の着信音、叫び声、笑い声、押しあいへしあいする人々の声、パリからリールへ移動する旅行者たちに十七番プラットホームへ向かうよう告げるアナウンスなどがまじりあっている。それから、音。そして、また別の音。再びまた別の音。あまりにもなじみ深いので自分の内側から聞こえてくるような気がした、その声。旧《ふる》い友人と再会した気分になったのも単なる気のせいではない。というのも、私は文字が書けるようになる以前からよくバッハを聴いていたからだ。『プレリュードとフーガ 第二番 ハ短調』。

再び両目を開く。

優しく、力強い、流れるような音が、川の流れのように繋がり、もはやその音しか聞こえない。それをたどり、人混みに逆らって進む。いや、ありえない、これは録音だ、と心で呟きながら。駅のピアノでこんなふうに演奏できる人間がいるはずがないじゃないか。ここは幾度となく通りかかったけれど、耳にしたのはその日限りの達人《ヴィルトゥオーゾ》が二本指で弾くミシェル・ベルジェの曲だった。十人ほどの生徒たちがこの曲を弾くのを聴いたことがあるが、誰もが漫然と演奏して曲を歪めてしまうのだった。それに、プロの演奏家たちがこの曲の一音一音を鉄床《かなとこ》のように強打するところも見てきた。

ピアノを弾いていたのは、フードつきのパーカーを着てリュックサックを足元に置いた、二十歳ぐらいの青年だった。ブロンドのくせ毛で、両目を閉じたまま、指を鍵盤の上にやすやすと軽やかに走らせている。楽譜も見ずに。私はそこに立ち尽くしたまま、信じられない気持ちで彼を見ていた。いったいどうやったら、あんな大きなバスケットシューズを履いた足で器用にペダルを踏むことができるのだろうと思いながら。そして本能的に探した。間違いを、ミスタッチ、ペダルミス、ぎこちない箇所を。いや、彼は完璧に弾きこなしているわけではない。腕前はそこそこだ。テクニックが高いわけではない。だが私は感動してしまい、彼の音を検閲したり判断したり言いがかりをつけたりすることができないのだ。今度は自分が両目を閉じると、もはや見えるのは山の中の早瀬、雷雨の空を全速力で駆けていく雲、喉を締めつける感情だけになった。

突如として、流れが中断される。宙吊りになった音、そのあとにはなんの音も続かず、駅の喧騒が立ち戻る。「おい、おまえ！」と叫ぶ声がしたので、青年はぱっと身を起こし、リュックサックをひっつかんだ。一瞬、私と目が合う。それから、三人の警官が人混みをかき分けているあいだに、彼はピアノから離れる。

「逃げなさい！　警察だ！」

青年はすでに群衆の中に姿を消していたが、私は警官たちが彼のあとを追って走っていくのを微動だにせず見守っていた。ほんの数秒間、彼の金髪と灰色のリュックサックがまだ視界に入っていたものの、すぐに旅行者たちの頭上を跳び越えんばかりに、メトロへと続く階段を駆けおりていった。二人の警官が彼に続く一方、三人目の警官は立ち止まってトランシーバーに向かって何か叫んでいる。

夢でも見ていたかのようだった。

「あの子は何をしたのかしら？」老婦人がカバンを抱え込んだまままたずねてきた。

「さあ、なんでしょう」

「あなた、あの子に何か盗まれたの？」

「いいえ」

老婦人がため息をつく。

「それにしたってね……最近はどこもかしこも物騒だわ」

野次馬たちはそれぞれの道に戻り、老婦人はこの悲惨なご時世についてぶつぶつ言いながら去っていく。だが私はといえば、その場にとどまり、青年が姿を消した場所をじっと見つめていた。あたかも彼が戻ってきて、弾き終えられなかった曲の最後の音をこれから奏でるとばかりに。二人の中高生がピアノの椅子に半分ずつ腰かけ、聴くに堪えない『レット・イット・ビー』を弾いている。もしも警察がこの二人を追いかけたとしても、それを不思議に思う人などいないだろう。

「聞いてるのかい？」

いや、マチルドは私の話を聞いていない。妻が私の言うことを聞かなくなってずいぶん経つ。聞いていないか、聞いていたとしても上の空だ。マチルドの視線は二つのクッションのあいだに迷い込み、ソファーの襞に釘づけになっているように見える。

「ごめんなさい。なんて言ったの？」

「何も……。さっき駅で天才を見たんだ」

「そう」

「並外れた感性の持ち主だった。神童だよ」

マチルドは頷き、どうにか関心のなさを隠そうと努める。だが妻が無関心であることなど私は知りすぎるほど知っていた。だから彼女に興味のない話を押しつけたりはしない。私たちの会話は絶望的なほど単調になってしまい、実用的なこと以外は何も話すことはないほどだ。家政婦に払う給料についてだとか、ハロゲンランプの交換についてだとか、隣人に借りている駐車カードを返さなければとか、約束はしたもののやらないであろうすべてのこと。もうそんな内容しか話さなくなっている。

毎晩のことながら、アパルトマンはあまりに広く、あまりに寒々として、あまりに空虚に思われた。ここで、一つ一つのものがきちんと片づけられている舞台装置のようなこの場所で、さほど遠くない過去に私たちが幸せに暮らしていたなんて信じられない。ピアノやソファー、ローテーブル、イームズの椅子、銅の脚がついたテーブルランプ。すべてがハーフトーンだ。灰色か、灰褐色。もちろん本棚も。古典文学と現代文学が適度にまざりあい、古代文学が数冊、豪華大型本が数冊、定番の本に、物議を醸す本。このアパルトマンはいまとなってはもはやうわべにすぎないので、イケアの展示スペースのような空虚なまがいものに見える。といっても、家具の名前は発音できないものではないし、コンランショップやルーブル美術館隣のアンティーク街で買ったものや、私の父の家から運んできたものではあるのだが。長いあいだ、この場所は自分に似ていると思っていた。しかし、ここは私には似ていない。あるいは、私が変わったのだ。

「腹は減ってないか？」

たとえ答えがわかっていたとしても、原則として何か質問することにしている。もう質問さえしない日が来ないように。

「ええ。夕食はあとにするわ」

ソファーの襞を見つめているマチルドを残して、私は立ち上がり、キッチンに行った。その床はあまりにも清潔でピカピカなので、私の影が冷蔵庫までついてくる。冷蔵庫の中はほとんど空っぽで、羊肉の残りと、七面鳥のハムが二切れあるだけだ。私はそれを磨かれた金属製の調理台にのせた。この上で私たちは観劇のあとに巨大なチーズの盛りあわせを食べたのだった。ほかの思い出も蘇ってくるが、どうして今日に限って思い出すのだろう。きっとあの名前も知らないピアニストのせいだ。彼が、抑え込まれていた感情を呼び覚ましたのだ……。このテーブルはスプーンですくって食べるとろとろのチーズ、ヴァシュランとは別の美味しさも経験したことがある。あの抱擁は、今日となってはあまりにも昔のことのように思えるので、私はまるで百歳になったみたいだ。私たちは真の欲望を感じながらここで口づけを交わしたのだ。割れた皿の破片の中で、熱に浮かされたように荒々しく服を脱がしあい、お互いを貪った。

あの時代から現在まで残っている唯一のもの、それは地下の物置であり、私はそこから酒瓶を持って上がってくる。特別な日のために貯蔵しておいたものだが、もはや特別な日はないので、自分一人で飲む。もうそれくらいしか楽しみがないのだ。それに、誰かに飲んでもらえるのを待ち続けているニュイ・サン・ジョルジュの栓を開けてやらなければならない。マチルドがバドワの炭酸水しか飲まないことなどお構いなしに。今夜は、フルーリー・ミションの七面鳥のハムを、軟らかすぎる二切れの食パンに挟んだものに、ヴォーヌ・ロマネのワインの残りを合わせよう。最低の食事を最高のワインで流し込むのだ。

「リビングの絵を新しくしたらどうかしら。どう思う？」

私は視線を上げた。口の中はまだ、自分はハムだと頑固に言い張るプラスチック味の食べ物でいっぱいだ。マチルドはドア枠のところに立ち、目は虚空を見つめている。私はどうも思わないと答えてやりたい気持ちを抑え込んだ。

「いいんじゃないか」

「そうしたら新しいカーテンにも合うと思うんだけど」

「そうだね」

「なんとなく明るい色、淡い黄色がいいんじゃないかなって考えてたの。それかパステルブルー」

「いいね」

「興味ないんでしょ」

「まさか、そんなことないよ」

私たちは色について少し話をする。家具のことも。まるで私の読書用チェアをどうするかということが、二人の冷え込んだ関係を改善できるとばかりに。ダイニングルームを模様替えすることで、私たちが再び客を招くようになるとでもいうように。ほんの一瞬、私は立ち上がって、二メートルの距離を跳び越え、腕の中にマチルドを優しく抱きしめたくなった。

だがもう手遅れだ、そんなことはできない。あるいは、私にその気力がないだけか。
今日、私は生の息吹を強く感じた。
でも、ここでではない。
あの青年を見つけ出さなくては。

2

あいつのバイクの後輪には本当にうんざりだ。あいつのヤマハのYZがおれたちの鼻先を通るのはもう十回目だし、戦闘機《ラファール》が離陸するときの倍もうるさい。でもガソリンのにおいとか、歩道で焦げつくタイヤとか、排ガスのことはどうでもいい。安酒《チチャ》の香りが鼻を突き、リンゴの味が口の中にぶわっと広がる。おれは断る仕草をした。

「もういいのか?」

「ああ」

ドリスがケヴィンに酒瓶を渡す。この場面を前にも見たことがある気がした。たぶんそれは昨日もおとといも、一週ものあいだ毎日同じ状況が繰り返されているからだろう。ここで、このベンチの背もたれに座ることにあまりにも慣れてしまい、しまいにはベンチのでこぼこがケツに食い込むことさえなくなっている。右にはいつものごとくパリ・サンジェルマンFCのユニフォームを着たケヴィンがいて、左にはドリスがいる。だぶだぶのパーカーには、やつみたいな男がもう一人入れそうだ。代わり映えのしない日常。B棟の建物の前にハゲタカみたいにとどまって、人や自動車やあのバカ野郎のオートバイが通り過ぎるのを眺めている。

「おい、どうしたんだ、その靴は?」

それは昨日まではなかったものだ。ドリスの足にぴったりの赤いエアマックス。一足百七十ユーロ。ケヴィンはびっくりしているし、おれもそうだ。だってパブロ・ネルーダ中学の学食でドリスが最後に給料をもらったのは一年以上も前のことだ。しかも、子どもたちに煙草を吸わせたせいで、三日でクビになった。

「本物かよ？」ケヴィンがきく。

「ああ、本物さ！　ロサンゼルス直送だぜ」

「まさか！」

「そのまさかだよ。従兄が手配してくれたんだ」

おれは笑い転げた。みんなドリスの従兄のことは知っている。というかむしろ、みんなそいつを知らない。その従兄がドリスの頭の中にしか存在しないのは確かだから。一旗揚げにカリフォルニアに行ったこの架空の男の存在を、おれたちは何年ものあいだ信じていた。その従兄はラップで一躍有名になり、服、ｉＰｈｏｎｅ、フェラーリ、武器を売りさばき、サーフィンやムエタイ、総合格闘技《MMA》の大会で優勝し、モデルとつきあい、ビーチにモヒート・バーを開いたのだった。その後おれたちは成長し、フェイスブックやインスタグラム、スナップチャットで彼を捜したけれど、もちろん見つからなかった。そもそもどこにもいやしないのだ。ドリスの従兄というのはドリス自身で、中高時代のドリスの夢の中の存在だ。

おれにはどうでもいい、ドリスに本当のことを言わせるのはもう無理だから。でもケヴィンは話題を変えなかった。

「なんだ、従兄のことはいいよ！　どこで買ったんだ、おまえのナイキ！」

「従兄が送ってくれたって言ってんだろ！」

「嘘ばっかついてんじゃねえよ！」

ケヴィンがドリスの靴を片方脱がせようとしているあいだ、おれは時間を確かめるために席を外した。電車に乗り遅れることにでもなったら大変だ、今週はもう二回も仕事に遅刻したのだから。

「やっぱり思ったとおりだ」赤いエアマックスを振りかざしながら、ケヴィンが勝ち誇る。「メイド・イン・チャイナじゃないか！　ロゴも逆さまになってやがる！」

「でたらめ言うなよ」ドリスがうなった。

おれはリュックサックをつかみ、胸をむかむかさせるチチャを最後に一口あおると――なんでそんなことしたのかさえわからない――駅に向かって歩きはじめた。二人はおれに追いすがり、証人として判断してくれとばかり鼻先に靴をくっつけてくる。

「これ本物、それとも偽物？」

「知らないよ、どうでもいい。遅刻しそうだ」

ケヴィンが心から哀れんだ様子でおれの肩を叩いた。

「またあのバカげた仕事か？　マジでうんざりしないか？」

「全然。おれの生きがいさ」

「いや、でもほんと……。いつまであのしょぼい仕事を続ける気だ？」

「おまえが給料を払ってくれるまでだよ」

ケヴィンが口元に微笑みを浮かべた。その謎めいた雰囲気は、失敗した計画の数々を思い起こさせる。直近では、トラックから落ちたサムスンのスマートフォンの最新モデルを手に入れるとかいう話のために、四十ユーロを無駄に払わされた。おれはいまでも待っている、おれのサムスンを。

「それはたぶん不可能じゃないが……」

「なんだよ、ベンチに座ってた分の給料を払ってくれるとでも？」

「いや。でもデカい儲け話があるんだ。もしそっちがうまくいけば、おまえはもうあんなクソみたいな仕事をする必要はないぜ」

「やめとけよ、みんな知ってるんだ、おまえの計画とやらのことは」

「あっちの件じゃねえよ」

おれは肩をすくめた。だがドリスのほうは口車に乗せられ、もう心はロサンゼルスの夜景《ルー》のきれいな酒場《フトップバー》にいる。

「おい、なんだよ、その計画って？」

「何も話せない。でも、おまえらには真っ先に声をかけてやるよ」

「デカいヤマか？」

「おまえが本物のナイキを一足買えるくらいの話さ。フット・ロッカーのどの店に行ってもお釣りが来るぜ」

「それじゃ、どんな話かおれたちにも教えろよ、なあ！」

いつものように、ドリスは時間をかけてケヴィンに白状させようとした。そう、それが一週間分の空想の始まりだ。おれにはどうでもいいし、もうそんなことを真に受けたりしない。想像上のスマートフォンのために無駄にする四十ユーロなんて持ちあわせていないし、最終的には母にまで火の粉が降りかかってくるような胡散くさい案件に首を突っ込む気はない。母が交番に呼び出されるたびに百ユーロ懐に入っていたとしたら、いま頃金持ちになっているはずだ。先週なんか、駅のスーツケースの上に放ったらかしになってたiPadを盗んだ。あれは軽率だったし、危なかった。それを売っ払ったところで、五十ユーロしかもらえなかったのに。そろそろバカはやめなきゃいけない。

通路十三、スペースB3。フォークリフトのレバーを二度動かし、後退。荷役用の爪《フォーク》を荷役台《パレット》の下にすべり込ませ、やすやすと地面からパレットを引き離す。そして持ち上げる。おれのはるか頭上で少し揺れているが、ダンボール箱は崩れることなく所定の位置にうまく入り込む。ほかのダンボール箱と同じように。今日の午後、このダンボール箱より前に扱った三十四個のダンボール箱には、どれも〝割れ物注意〟のラベルが貼られていた。そのラベルを見ると、ほんの少し操作を間違えただけでボーナスがなくなることを思い出す。最初の頃はそれがストレスで、手が汗ばんでいた。でもいまでは気にしない、やり方のコツをつかんだから。おれの仕事は巨大なレゴブロックを組み立てるようなもので、一つの都市みたいな巨大な倉庫の中で、箱の上に箱を積み重ねるという作業だ。単純で機械的でバカみたいで、頭が空っぽになるが、月末には千ユーロもらえる。これは人材派遣会社が手にする手数料以下だ。それでも、マクドナルドの厨房と比べればまったくの天国だ。服は臭くならないし、吐き気もしない。おれを怒鳴りつけるやつもいない。この灰色の通路の中で運転しながら人生を過ごしていることを忘れさえすればいいのだ。通路があまりにも長いから、なんとなくどこか別の場所に繋がっているような気がしてしまう。

アクセルを踏む。

思いっきり。

全身を振動させているフェンウィックのフォークリフトに乗って、トラックが荷物の積みおろしをする場所まで全速力で倉庫を逆走するのは、おれのささやかな楽しみだ。

「おい、マリンスキー！　どこにいると思ってんだ。ここはモナコグランプリの会場じゃないんだぞ」

スピードを落とす。

あんなやつらはみんなうんざりだ。ちょっと半回転したぐらいで、おれが何か壊すんじゃないかとばかりに注意してくる。おれは何一つ、一度たりとも損ねたことなんかない。セクター長のご機嫌を除いては。やつはおれのする何もかもが嫌いなんだ、スピードを上げるのも落とすのも、二分間の休憩を取ることも。だからおれは耳にイヤホンを突っ込み、再生ボタンを押してやつの声を消す。音量を上げる。そうするとバッハの『プレリュード』がこの倉庫を床から天井まで満たすのだ。目を閉じると、自分の指が鍵盤に触れ、フェンウィックのリズムに合わせて演奏し、音の上を走っているような気がした。フォークリフトの振動、車輪の音、カチャカチャいう雑音が音楽に溶け込み、まるで雲の上を進んでいるみたいな気持ちになる。バックするときの音もハ短調だ。フォークが軋む音がテンポを刻む。音楽がおれの指先に戻ってくる。震えるハンドルの中へ、おれの心臓が打つところへ、音楽は身を落ち着けにやってくる。すると、おれはもう何も考えない。倉庫のことも、ダンボール箱のことも、スピーカーから流れる何か怒鳴っている声のことも。おれはもはやこの赤いフォークリフトと一体化している。おれは金属と溶け合う。おれは音の雨になる。そしてフォークリフトもまた音の雨になる。

突如として、耳をつんざく鋭いアラームの音。ずっと鳴っている。

一日の終わりだ。

学校みたいに。

「マチュー！　おまえ、耳が聞こえないのか？」

いや、おれは耳が聞こえないわけじゃない。曲を途中で切るのがいやなんだ。そんなことをしたらピアニストの指に蓋をするみたいな感じがして。

灰色の作業服を着た倉庫係の一団が更衣室に向かっている。そのあいだに、おれはほかの人たちと合流してガレージに行き、自分のフェンウィックを行儀よく整列させた。スペース7のところに。ここではすべてが整理整頓されている。ずれているのはおれだけだ。

「何を聴いてるんだ？」おれが更衣室に向かうのを待ちながら、太っちょのマルコがきいてくる。

「何も。ラジオだよ」

マルコが機械的に頷いた。おれが何を聴いているかなんて、結局はどうでもいいからだ。人は孤独を忘れるために、喋るために、喋っている。いずれにしろ、彼がバッハの『プレリュード』を知っている可能性は低い。マルコはロック歌手のジョニー・アリディのファンで、腕にはジョニーの顔と、ハーレーダビッドソンの後ろ姿と、『ケルクショーズ・ド・テネシー』というゴシック体の曲名のタトゥーを入れている。

帰る道すがら、郊外行きの電車の中でも『プレリュード』はずっと耳に残っていた。あたかも自分がまだ一人で空っぽの通路を走っているように。今日は変な天気だ。晴れでも雨でもなく、雲が低く垂れ込めて地平線を隠している。別に見るべきものがあるわけではないが、だとしても、もし風景が消えたら車内で過ごす時間はいつもよりもっと長く感じられるだろう。あまりにもたくさんの人。あまりにもたくさんの騒音。ここにいたくない。家に帰ってテレビの前にぐったり倒れ込む前に、弟に夕飯を食べさせてやるのもいやだ。夜遊びしに出かけて朝の二時までいろいろなことを喋る、それも、くだらない話を喋ることもしたくない。少なくともケヴィンはある点において正しかった。千ユーロ。クソみたいな人生でそれだけ稼ぐのは大変だ。

パリ北駅。すべての人が押しあいへしあいしながら降車し、エスカレーターに殺到し、郊外行きの電車に向かって突然ラストスパートをかける。おれは通路の右端へとよけた。駆り立てられたように走って階段をのぼる人波に追い越され、押される。おれは細身のジーンズをはいたヒップが遠ざかっていくのを見ていた。男の子が微笑みかけてくる。スーツを着た男がショートメールを送っている。二人の旅行者が口喧嘩をしている。おれは人間観察が好きだ。まるで彼らから人生の断片を盗んでいるように感じる。

プラットホームに到着すると、まっすぐ前に視線を上げた。

時刻表と電光掲示板が見える。

ピアノからは目を逸らさなければ。

だがピアノは空いていた。ついていない。ピアノが塞がっていればいい、まわりに人がわらわら群がっていればいいと思っていた。でもだめだ、ピアノがおれを待っている。誰もいなくて、椅子は空っぽで、鍵盤は寂しそうだ。おれが恋しいとでもいうように。静かにおれを呼んでいるみたいに。毎日こうだ、いつも誘惑されてしまう。バカだとわかっている。なぜなら、ちょっと前から警察がおれに目をつけているから。

幸せな気持ちのまま、急いで駆け寄る。

おれはためらうふりをしている。といっても、弾くつもりだ。結局はこうなるとわかっていた。それから、顔が隠れるほど深くかぶっていたフードを上にずらした——そんなことをしても、ぱっとしないことに変わりはない。ああそうさ、どうせ身なりは不良だ——腰かける。鍵盤に指をすべらせ、ペダルに足をぴったりつける。ゆっくりと息を吸い込む。呼吸を整えるために。ストレスを消すために。喫煙者が最初の一服を吸い込むように、いまは呼吸を味わうことが必要だ。これはおれの一日が凝縮された呼吸だ。たった一つの息吹。一瞬のうちに何も見えなくなり、何も聞こえなくなって、自分の人生を忘れるだろう。

3

『プレリュードとフーガ 第二番 ハ短調』。初めてのときと同じだ。同じようにやすやすと軽やかで、同じようにエネルギーに満ち、同じように悠々としている。一つ一つの音が私の期待しているところ、しかるべきタイミングで鳴り、ほんのわずかな不器用さが壊してしまう目に見えないハーモニーの中で鳴っている。曲というのはトランプのタワーに似ていて、ほんの一吹きで崩れてしまうのだ。この瞬間が消えてしまわないように、シンデレラよろしく捜し求めたこの青年が再び姿を消してしまわないように、ゆっくりと近づく。彼の記憶を糧に生き、再会したいという望みを抱いてなりふり構わずこの時刻にパリ北駅に通うようになって、もう一週間が経つ。勘違いであればいいとさえ思っていた。彼の『プレリュード』が天才の発露ではなく、単なる猛練習の結果だと気づけばいいとすら考えていた。だが勘違いではなかった。彼の指はあっけにとられるほどよどみなく鍵盤の上を走っている。

一日の終わりの雑踏の中、急ぎ足の旅行者たちはピアノを迂回し、キャスターつきのスーツケースをピアノの椅子にぶつけている。誰一人として音楽に心奪われているようには見えない。とはいえ……考えてみればおかしなことだ。このバッハの曲がどう解釈されるかを聴くために、サル・プレイエルの最前列の席に高い金を払う人もいるのだから。私は慎重にもう一歩を踏み出したが、深くかぶったフードに隠れている青年の顔立ちをはっきり見ることはできなかった。彼の全身は、波に揺られているかのように音に合わせて揺れ、大きなバスケットシューズは暴力的なほどの勢いでペダルを踏んでいる。

二人の警官が十メートル圏内をパトロールしている。

この辺りを見渡している。

私は息を詰めた。

恍惚状態にある青年の肩を叩いて現実に引き戻すことはためらわれた。警官たちが向こうを向いたのでほっと息をつく。なぜなら、再び彼が逃げてしまうようなことは避けたいから。すぐ近くまで来たので、いまは彼の顔が見える。すると、青年が目を閉じて演奏していることに気がついた。迷いも、ミスタッチもなしに。目を閉じたまま。

この青年に話しかけなくては。

「すみません……」

この一言で、警笛でも耳にしたように青年がぱっと跳び上がる。ベッドから落ちでもしたように『プレリュード』から引っ張り出され、淡い青色の瞳を不安にぎらつかせながら、わけがわからずに私のことを見ている。彼が立ち上がってリュックサックをつかんだ。振り向きもせず、まっすぐ歩きはじめる。

「待ってください、行かないで……」

青年がスピードを上げると、私は心臓をドキドキさせながら足を速めた。大きな靴を履いた若者は、肩を左右に動かして背負ったリュックサックの位置を直すと、ラッシュアワーに慣れているらしく、すいすい人混みをかき分けていった。四十八歳の私は、すべりやすい靴底のブーツを履いているうえ、もう長いあいだスポーツジムに足を踏み入れていない。

「話だけでもさせてください！」

追跡されている獣のようなまなざしで、青年はさっと振り向いた。

「おれ、何もしてませんよ」

「いや、何もしていないなんて、とんでもない。『プレリュードとフーガ 第二番 ハ短調』を演奏していたじゃないか。あんな演奏、私はいまだかつて聴いたこともない」

青年が周囲にすばやく視線を投げながら、皮肉っぽい笑みを浮かべる。

「それで、何が欲しいんです？　サイン入りの写真？」

「ほんの一瞬だけ時間をくれませんか」

「なんのために？」

「話をするために。きみの演奏を聴いたのはこれが二回目だが、それで……」

口ごもると、青年はさっきよりもずっと早足で再び人混みの中に入ってしまい、私は仕方なくほとんど走りながら追いかけた。

「ちょっと待って……私はピエール・ゲイトナー。ＣＮＳＭで働いています。知っているとは思うが」

相手がスピードを緩めず振り向きもしないので、まるでフードに話しかけているみたいだ。青年が歩き続けながら淡々とした口調できく。

「どこ？」

「CNSM、つまりパリ国立高等音楽・舞踊学校《コンセルヴァトワール》のことです。私はそこの音楽部門のディレクターです」

青年がさっきとはほとんど別人のような挑戦的な姿勢でぴたりと立ち止まった。

「あなたが何を望んでいるのかわからないけど、おれは電車に乗らなきゃいけないんで。だから大変恐れ入りますが、いまは放っておいてくれませんか」

私は無我夢中でスーツの内ポケットを探り、名刺を取り出した。これで私の意図をつかみかねている青年も安心してくれるだろう。彼が再び歩きはじめたので、プラットホームで押しあう人波を私は肘でかき分けた。

「うちの学校まで、コンセルヴァトワールまで会いに来てください」名刺を差し出しながら言う。「きみがやりたいことや、進路について話しましょう……」

「それはそれは、いい考えですね」青年はまったく取りあおうとしなかった。

私はプライドをかなぐり捨て、やれるだけのことをやるまで一歩も引かなかった。最善を尽くさなかったと後悔したくなかったのだ。

「受け取ってください、損はさせませんから……お願いします」

青年はすでに電車のステップに片方の足をかけていたが、いらだちと好奇心がまざりあった表情で最後にもう一度だけ振り向いた。私は手をずっと差し出したまま、無神論者に聖書を売りつけようとするエホバの証人になった気分で落ち着かなかった。

「つたく、しつこいなあ、あなたは」

「ええ、大事なことですから」

青年は少しためらってからとうとう名刺を受け取ると、一瞥もくれずにジーンズの尻ポケットに突っ込んだ。ドアが閉まる合図のベルが鳴り、駆け込み乗車の客が押しあいながら乗り込むと、青年は私がまだプラットホームにいることを目で確認してから姿を消した。私は立ち尽くしていた。何を考えればいいのかよくわからないまま。期待と落胆という相反する感情、それにピアノの音で、頭の中はいっぱいだ。あの未完成の曲、たぶん終わりまで聴き通すことはないであろうあの『プレリュード』のリズムに合わせて、心の中の鍵盤がまだ震えている。

煙草というのは古傷のようなもので、その習慣をすっかり消し去ることは絶対にできない。最後に吸ったのは五年前か、それよりもっと昔のはずなのに、指と指のあいだに熱を感じるほど無性に吸いたくなるときがたまにある。汚れた肺の写真で覆われた黒くて不格好なパッケージを見ても、磁石のように引きつけられてしまう。

「一本吸うかい？」

「いや、結構。ありがとう。もう吸うつもりはないので」

「そうは言っても……」

そうは言っても、私が煙草を吸う理由は腐るほどあるのだ。みんなそのことを知っているし、ロシジャックも例外ではない。新入生の指が奏でるソナタと同じように穏当そのものの笑み、なだめるようなわざとらしい微笑みを彼はずっと浮かべている。その笑顔ならよく知っている。彼が言葉を探しているときのものだ。私が数カ月前から聞きたくないと思っている話を伝えようとしているのだ。

ロシジャックは指を組み、テーブルの上に肘をついて深呼吸した。白髪まじりの髪にブルーのワイシャツ、立派な背広、それに凡庸でありふれたこの部屋のインテリア。私はいつも彼の態度に政治家のような嘘くささを感じるのだ。指紋の跡一つないガラスの机、プレジデントチェア、壁には額装された一枚の楽譜とオーケストラの写真が何枚か——それは案の定、白黒写真だ。モーツァルトの胸像まであり、彼が文鎮として使用しているその十九世紀の醜悪なブロンズ像には〝ザルツブルクの思い出〟というラベルまで貼ってある。それはほんの小さなミスであり、ささいなものとはいえ、その小物を選ぶという趣味が彼の内面を暴露している。ロシジャックはコンセルヴァトワールの新しい建物、あまりにもモダンで、あまりにもだだっ広く、あまりにも明るすぎる建物を一度たりとも気に入ったことがないのだ。あたかも先人たちの幽霊につかまり、過去の面影の中へ引きずり込まれているかのごとく。もしロシジャックに選択権があったなら、モンソー公園にある第二帝政期の邸宅の中で、暗色の木や革を主体にしつらえられた執務室に座ってこの神聖なる学校を運営しただろうし、バレリーナを養成したりマールボロ・ライトをハバナ葉巻に取り換えたりしたことだろう。

「率直に言おう、ピエール。文化省と話をしたんだが、少なくとも言えることは、彼らがわれわれの業績に満足していないということだ。助成金を減らしたがっている」

「いまに始まったことじゃないさ」私は肩をすくめながら言う。

「三学期は百人中二十人も定員割れしたんだ。きみに教えるまでもないだろうが」

ロシジャックは私に教えているわけではなく、思い出させているのだ。このとげとげしくも柔らかい、彼独特の口調で。

「数字は知ってるよ、アンドレ。時代が悪いんだ、どこも同じだよ」

「すべての部門がそうなわけじゃない。きみの部門が急激に悪化しているんだ……この調子じゃ、教師たちを解雇しなければならなくなる」

私は人差し指の先で煙草のパッケージを押した。それはギリシャ神話に出てくる岩の上のセイレーンのように私に目配せしている。

「何が言いたいんだ？」

「何も。きみにはもう仕事に対する情熱がないということは理解しているよ……きみくらいの地位にいれば誰だってそうなるさ。しかし、きみは私と同じようなポストにつかなきゃいけないんだ。それなのにきみはオファーを断っている。もう教育者として第一人者だと思われていないのに……」

「そんなことはどうでもいいよ。私はいつも自分の仕事をしてきたんだから」

「体面を保つのも仕事の一部だよ、ピエール。きみは局面を打開できないのに、音楽部門の経営が安定したままであることを願っている」

反論するすべがないので答える代わりに眉を上げる。そうすることで、私がいまの地位に至るまで何年間も払ってきた犠牲のことをロシジャックが思い出してくれるよう願いながら。人はすぐに忘れてしまう。たっぷり時間を費やし何度もバカンスをキャンセルして、すべての情熱を音楽部門に注いできたというのに。たとえ現在はその部門が停滞しているとしても。

「きみは休息を取ったほうがいい」ロシジャックが言った。父親のような微笑みも、彼本人しか騙せはしない。「きみとマチルドはもう少し一緒に過ごす必要があるんじゃないか……深呼吸をしたり、旅をしたり……。そうだ、彼女は元気かい？」

「元気だよ、ありがとう」

〝マチルドがきみによろしくってさ〟なんてつけ加えてやりたかったけれど、皮肉は何も解決しないだろう。

「ところで」ロシジャックが言う。「きみはもっと平和なポストに興味があるんじゃないかなと思うんだ……。例えば、地方のコンセルヴァトワールとかね。そういう役職なら少しは息もつけるだろうし、電話一本で紹介できるよ」

「ご親切に」

「よく考えてくれ。それがいい落としどころかもしれないんだ。現状をリセットしたほうがいい」

「つまりクビってことだろう」私は冷ややかな笑い声をあげた。

「バカなことを言うなよ、ピエール。私はきみの幸せを願っているんだ、わかるだろう」

それには答えずに立ち上がった。もう充分に話は聞いたし、自分自身の死刑執行に観衆として立ち会う気などさらさらない。

「それとは別の可能性もある」今度はロシジャックが立ち上がりながら言う。「アレクサンドル・ドローネーを知っているかい？」

この質問は私の背筋を凍らせた。もちろんアレクサンドル・ドローネーのことを知らないはずがない。あの野心剥き出しの卑しい成金のことを。ボルドーのコンセルヴァトワールの学長で、作曲家ブーレーズの晩年の一番弟子だ。あちこちの立食パーティーに顔を出しまくり、指でつまめるサイズの軽食しか口にしないような社交家だ。スポンサーやパートナーの庇護を受けて育った若い世代。強欲な人間であり、しまいにはストラディバリウスの木目に自分のロゴを彫らせるなんてこともしかねない。アレクサンドル・ドローネーのことはみんな知っている。彼がずっと前からパリに狙いを定めていることも。

「ドローネーは新しい考えの持ち主で、なかなか面白い男だよ」ロシジャックが安心させようとする声音で続ける。「先週会ったんだが、彼を音楽部門に進出させてもいいんじゃないかと思うんだ……。彼ならきみをサポートし、解決策を見つける手助けをしてくれるんじゃないかと」

「私には彼は必要ない。ほかの誰もね」

ロシジャックのいぶかしげで尊大な微笑みはなんとなく侮辱的だった。

「そうかい。だが沈没しかかっているときに浮袋を断るのは危険だよ」

心の底から思っていることを彼にさらけ出したいという気持ちが煙草の誘惑を若干上まわったが、譲歩するつもりはない。みすみす仕事を失うわけにはいかないのだ。仕事は私に残されたすべてであり、私が生きる理由なのだから。そこでプライドをかなぐり捨てて、最後の弾丸を使い果たすような思いで懇願した。

「信頼してくれ、アンドレ……。私のことは知っているはずだ！　必ず解決策を見つけて音楽部門を立て直すよ」

「もし私一人の権限で決められるものなら……」

「少し時間をくれ。ほんの少しでいいんだ。それ以外は何もいらない」

ソロモン王が寛大さを示し、私の肩に手を置いた。

「わかった」微笑みながら譲歩する。「だが大急ぎでやってくれるだろうね」

「もちろんだ」

もう反抗しないと約束したばかりの子どものように執務室から出たあとで、廊下の壁に背中をつけ、そこでようやく息をつく。そして微笑む。ほっとしたからか、恥ずかしさからか、怒りからか、もうよくわからない。十年前、私は賛辞と敬意を受けながら自分自身の手で音楽部門を立ち上げた。そうしたことはすべて、ついさっき、抗いようもなく水底に魅せられ難破しながら自らの地位を乞い求めたあのときに終わりを告げた。だが一番滑稽なのは――あえて言うならば――自分が沈没してしまうだろうとほとんど確信していることだ。

4

正面に止めてあった車が何台か燃やされてからというもの、クソみたいな天気であることを除けば、バスケットコートはシリアにそっくりだ。壁はスプレーで落書きされ、地面のラインは消え、リングにはもうゴールネットがなく、高層ビルだらけの眺めのせいで自分の頭に銃弾を一発撃ち込んで自殺したくなる。一度か二度、おれもそこでプレイしたことがある。ドリスが第二のトニー・パーカーになるために練習相手を必要としていたからだ。それはサーフィンを練習する計画と同じで長続きしなかった。海にも行かず、ユーチューブの解説動画を参考に木の板切れの上でバランスを取るなんて、はっきり言って無謀すぎる。とはいうものの、バスケットだけが生きがいの弟を迎えに、その荒廃しきったバスケットコートまでおれは毎日足を運んでいる。大きくなったらNBAで大活躍するなんて、弟は本気で信じているのだから、まったくお笑い草だ。夢なんかはなっから諦めて、揚げたポテトのにおいが漂う中でマックナゲットを売っている大勢の男たちのことを、うちの弟は知らないらしい。九歳ってカッコいいな。

「ダヴィッド！」

三回名前を呼ぶと、三回ともちょっとした合図が返ってくる。それからやっと弟は走り出す。毎日こうだ。いまゲームの山場なんだ、とか、一年で一番のショットだよ、とか。それからおれは弟をコートから引っ張り出すためにごたごた文句をつけなくてはならない。まるで好きこのんで弟の宿題の面倒を見ているかのように。さんざん弟の世話をしてきたのだから自分の子どもは作らなくていいんじゃないか、と思うことさえときどきある。

「ダヴィッド、おい！」

試合が中断して仲間と抱きあってから——弟はまるで永遠に戻らないみたいにコートをあとにする——やっとここまでやってくる。息を切らし、汗をかいているけれど、最後のシュートが決まってすっかり満足している。

「ブッつぶしてやったぜ！」

「そういう言葉を使うのはやめてくれよ、頼むから。あとで叱られるのはこっちなんだぞ」

弟が笑い転げた。普段は大人っぽく見せたがっているのに子どもっぽい表情になっている。

「だってほんとだもん、ブッつぶしてやったんだ！　じゃあなんて言えばいいの？」

「知らないよ、好きなように言えばいい。でも〝ブッつぶす〟はだめだ。それさえやめれば母さんと揉めなくてすむ」

「オーケー……。じゃあ、おれたち勝ったよ」

「ああ、それでいい」

ダヴィッドが試合について喋るのを上の空で聞きながら、弟の肩に手を置いた。ぶつけてボコボコになったスクーターに座っているE棟に住む男たちが、おれたちが通り過ぎるときに視線を上げる。そのうちの一人に微笑みかけられ、ダヴィッドが身ぶりで応えた。バスケットはいいことばかりじゃない。弟がコート上であいう男たちと関わりあいになるからだ。彼は大人みたいに扱ってもらえると感じているが、それは間違いだ。実際は、将来クソみたいな裏稼業に引き入れてやろうと待ち構えているのだ。そういうことを弟に警告しても無駄で、最終的にはおれたち家族にも災難が降りかかるだろう。クラスで最下位の点数を取ったら、母はポーランド語で怒鳴りつける。幸い、弟はそうやって母から怒られるのをまだひどく怖がっている。もしそれさえ怖くなくなる日が来たら、今度はおれが母の代わりを務めなきゃならなくなるだろう。

まるでお手本みたいに振る舞うのだ。

「何か食べるものある?」

「アッシがある」

「またひき肉料理?」

「うん、また。違うものがよければ自分で作るんだな」

ダヴィッドがぷっと噴き出した。自分では卵を茹でることさえできないからだ。廊下にカバンを置いて自分の部屋に走っていく。算数を復習させるために、あとでその部屋から引っ張り出さなければならない。おれはソファーにぐったりと倒れ込むが、リモコンからかなり遠いのでテレビをつけるのは諦める。別にいい。この時間ならどうせろくでもない番組しかやっていない。スポーツとかくだらないトークショーとか3チャンネルのニュース番組とか。いつものように団地の部屋は散らかっている。転がっているおれの持ち物、ダヴィッドのボールがいくつか、それに壊れた古いプレステ3。五十ユーロも払ったのに一度も作動しなかった。この散らかりように、最初は母もヒステリーを起こしたが、そのうち何も言わなくなった。あまりにも疲れ、ひどい睡眠不足だから。病院での夜勤のせいでげっそりやつれて、透明人間みたいになってしまっている。それなのに夕食の用意はずっとしてくれていて、母いわく〝私たちの国のおかず〟を、おれは電子レンジであたため直す。二歳のときに離れた国のことは、おれ自身は全然記憶にないけれど、母はいまだにいつか帰る気でいる。

アッシが電子レンジの中で勝手に回転しているあいだ、なんとなく冷蔵庫を開けて、ヨーグルトが山ほどあるのに気がついた。プレーンのやつだ。おれが山ほどって言うときは、言葉のあやじゃない。本当に八パックもあった。もちろん、すでに賞味期限は切れている。母が病院から持ち帰ってくるものは全部こうだ。少なくとも、デザートに何を食べることになるのかはわかった。

「ダヴィッド、ご飯！」

「はあい」

バスケットコートのときと同じでダヴィッドを部屋から引っ張り出すためには十回も呼ぶ必要があるが、今夜はその気力がない。弟を追いかけたり、彼の頭に九九の表を詰め込んだりする気力もない。算数なんてなんの役にも立たないのだ。大学入学資格《バカロレア》の取得には役立つけれど、そのバカロレアがなんの役にも立たないのだから。もしも弟が十八歳になるまで無意味な復習に費やす時間を計算してみようものなら、ゲーム機のそばでじっとしていろと彼に言いたくなってしまうだろう。

「冷めちゃうぞ！」

先に食べたが、熱いので口を火傷してしまった。でもダヴィッドがやってくるまで時間がかかるだろうとわかっていたので、長めに見積もり、一人の時間を何分か利用して部屋にリュックサックを置きに行った。それから靴を脱いだり、着心地のいい大きめのトレーナーに着替えたりする。そして自分の部屋の散らかりように困り果てる。おれの部屋に比べたらリビングがモデルルームに見えてくるくらいだ。服やパソコンのケーブルや空き瓶、それにケヴィンに頼まれて預かっているトラックから落ちたダンボール箱の数々がそこらじゅう散らばっている。ベッドに腰をおろし、どこかで見つけた女の子を連れ込むためではないにしても、ときどき部屋を片づけなければと思った。

いやまさか、ここに女の子を入れることは絶対にないだろう。

ダサすぎるし。

それにピアノがあるから。ピアノについて質問されるのはごめんだ。

ピアノは服や紙に埋もれてほとんど見えない。おれの古びたアップライトピアノは、まるでじっと耐え忍んでいるかのようだ。反感と慈しみがまざりあった気持ちでピアノに近づいた。もう愛しあってはいないのにずっと一緒に暮らしている人たちも、きっとこんなふうに感じるのだろう。いや、おれはもう弾いていない。ここではもう。面倒だから模様替えをしなかったせいで、おれと一緒に年を取らなかった子ども部屋では、もう弾いていない。

仕切り壁の向こうからダヴィッドが流しているラップ、メートル・ギムスの甲高いわめき声が聞こえてきて、思わず微笑んだ。ピアノが腹いせをしているような気がしたからだ。沈黙させられた仕返しをしているのだ。おれが無気力だから。捨てた犬が飼い主を噛みに戻ってくるようなものだ。手の甲で上を覆っている服をすべり落として鍵盤を露わにすると、それは最後に蓋を開けたときよりももっと黄ばんでいるように見えた。指を動かし、音が鳴らないミ♭のところでつまずく。足元に一枚の紙が落ちたので、身を屈めると、それは紙ではなく未開封の封筒だとわかった。その封筒の存在をほとんど忘れかけていた。クソッ、このピアノを開かなくなってもうどれだけになるんだろう?

封筒を拾い上げる。

じっと見つめる。

心臓がぎゅっと縮む。

そして鍵盤の上に封筒を置き直し、今度はきちんと蓋を閉めた。この封筒のことを、絶対に忘れないだろう。

六階でぱたりと光が消えた。音楽に道を譲ろうとばかりに。音楽がくるくると螺旋を描き、伸び広がり、滝のように流れ落ちる。暗闇で小さなオレンジの光をチカチカまたたかせているスイッチの上に指を置いたまま、男の子は立ち止まる。心臓が前よりも少し強く打っているけれど、電灯のスイッチを押したりはしないだろう。開け放たれた籠から飛び立つ鳥となって音が羽ばたくと、暗闇は一枚のケープになる。鳥を保護し、付き添い、音楽のあとを追えるよう優しく背中を押してやるのだ。階段は消え、その幻想的な輪郭だけが残り、階段の上を飛んでいるような、心臓のリズムに合わせて階段をのぼっているような感覚になる。動く歩道、見えない雲、あるいは川のようだ。音楽は暗闇の中で飛び跳ね、階段の上を流れているので、指で触れることもできそうだ。

そして、突然の沈黙。

黙り込んだドアの前に立ち、小さな男の子は待った。息をひそめる。音楽は戻ってくるだろう。いつも戻ってくるのだから、待てばいい。もし音楽が戻ってこないときは、小動物のように遠ざかるふりをして、一歩か二歩階段をのぼりかけ、音楽を引きつければいい。遅かれ早かれ、音は戻ってきて遊びまわり、ドアの下にすべり込んで暗闇になじむ。

男の子はドアにそっと押しつけた耳を澄ますけれど、何も聞こえない。いや、音はする。ひっそりとした足音、鍵をまわす音。そしてドアが開く。急に開いたので、小さな男の子はかろうじて視線を上げることができただけだった。ドアの向こう側は光に満ちていて、男の子の想像とはだいぶ違っている。そこは魔法の森でもなければガラスの迷宮でもなく、楽器が山ほど置かれた白い壁の巨大な部屋でもない。ごくありふれた室内で、無色の壁紙は剥がれかけている。狭い廊下は裸電球に照らされ、茶色のカーペットが幅木に沿ってめくれている。壁に貼られた古い写真は少し色あせている。それに変なにおいがした。家具に塗られたワックスと、カラメルのにおいだ。

小さな男の子は微笑もうとしてためらった。危ないから知らない人と喋ってはだめと母に言われているから。それで一歩下がった。微笑みながらだが。音楽と一緒に生活している男の人はもう少しも若くなくて、ほとんどつるつるの頭に光が反射している。腕は短く、指は毛深い。ベルトから肉がはみ出していて、鬼のお腹みたいだ。でも、どう言ったらいいかわからないけれど、男の人の目はきらきらしていて、静かで優しいおじいちゃんみたいな雰囲気を漂わせている。彼は怒ってなんかいない。その逆だ。どうして小さな男の子が自分の家のドアに耳を押しつけているのか知っているのだ。ずっと昔、食べるものがあまりなかった時代に、小さかった彼も同じことをしていたから。男の人もまた音楽のあとを追いかけていた、あそこに見えるピアノのところまで。リビングにあるピアノは彼の父親——写真の中の、地味な背広を着た髭のおじさん——のものだった。そのピアノは美しく、真っ黒で、すべすべで、銅色のペダルがついていて、内側にはたくさんの音が隠れている。

簡単そうに見えた。

小さな男の子は新しいおもちゃを開けるような気持ちで鍵盤の前に座った。少しどぎまぎしていたけれど、楽しみでもあった。指が鍵盤の上をすべる。白、黒、また白、そして黒。

両手のあいだから音楽がわき出てくるなんて魔法じゃないか。それに簡単だ。信じられないほど簡単だ。そこのちょっと高すぎる椅子に座って、じっと見て、聴いて、真似するだけでいい。間違えないように、一つ、二つ、それから四つ。一つ一つの音がそれぞれの鍵盤の上を飛べるようにする。やんちゃな音たちは空中にぶら下がり、風の中に姿を現して、指が解き放ってくれるのを待ちながらそこにいる。そして音が解き放たれると、次から次へと姿を変えて一つの音楽になり、地平線上にずらりと並ぶ白い建物に向かって、開いた窓から永遠に飛び立っていく。

小さな男の子の顔に微笑みが広がる。

彼の中でもまた、何かが飛び立ったのだ。

ドアの向こうで耳を澄ます必要はもうないだろう。

5

「ちくしょう、クソッタレのドアめ！」

錠をこじ開けるのに映画では二分ですむが、現実の人生ではかなりの時間が必要だ。おれは背中に汗が伝うのを感じた。手袋が窮屈だし、覆面をかぶっているせいで息が詰まりそうだ。それでも、中庭の奥にある暗い階段をのぼったところにある、防犯ドアではない通用口を破るのは簡単だと見込んでいた。

なぜこれほどしょぼい計画に巻き込まれてしまったのか自分でもわからない。

「ほら、押せよ！」ドリスが囁いた。

「押してるよ、見りゃわかるだろ」

ご親切にも、ドリスはおれが出産でもしているみたいに、唾を飛ばしながら耳元に励ましの言葉をかけてくる。押しているかと問われれば、押している。ドライバーが曲がりそうなほど。でも錠がその位置から離れない。少しぶかぶかの黒い作業着を着たドリスは、鉄の棒でドアを外そうとしていた。隙間に棒をねじ込んで力を入れると、木製のドアがみしみし音をたてる。だらしない忍者姿のおれたちは、十分前ならもっと余裕だったものの、いまでは急に誰か来やしないかと胃がきりきり痛んだ。

もっと用心するべきだったということはわかっている。ケヴィンの計画はいつも失敗するし、たとえ郵便配達人が使う磁気の鍵で建物の中までは問題なく侵入できたとしても、通用口のドアが乱暴に壊されているせいで足がつくだろう。ここはラ・クルヌーヴ、あの悪名高いセーヌ・サン・ドニ県ではない。パリ十七区、モンソー公園のすぐ北にあるプロニー通りはブルジョアの高級住宅地で、城みたいな小さな家が立ち並び、ずらっと止められた自動車の中の一番安いやつだっておれの住んでいる団地丸ごとの値段くらいはするはずだ。はっきり言って、警察が踏み込むのをためらうようなたぐいの場所ではない。

いま、やっと錠が壊れた。

ドリスが手を震わせながら、車の中で見張り番をしているケヴィンにショートメールを送った。計算上はあと十分ある。信頼できる家政婦からの情報によると、このアパルトマンはアリババの洞窟だ。現金、宝石、オーディオがたんまり。金庫や警報装置はなし。つまり取り放題というわけだ。計画上は。

額に装着したヘッドライトをつけると、『オーシャンズ11』で役を演じているみたいな気になった。心臓がドクンドクン鳴りすぎて、吐き気がしてくる。急いでやるんだ。大急ぎで。巨大なキッチンはあまりにも整っていて誰も住んでいないように見えるが、そこでは立ち止まらない。ライトの光は、キッチンの中央にあるおしゃれなメタルスツールや二メートルほどの高さの冷蔵庫を照らしていた。その先には、洗濯機が何台もある洗剤のにおいが漂う部屋が続き、さらにその先に開いたドアが見える。ドアの向こうには果てしなく長い廊下が延びていた。ドリスのライトがすでに遠くの寝室まで照らし出し、そこで彼は唖然とした声を小さくあげた。

「ちくしょう、夢みたいだ！　見てみろよ、このベッド！」

どんなものであれ、見に行くつもりはない。ぐずぐずしている余裕はないし、玄関のタンスの一番上の引き出しに古いクッキーの缶があり、その中に五十ユーロの札束がまとめて入っているのをすでに見ていたからだ。しかも、駐車カードやＢＭＷのキーも。家政婦は嘘をついていなかった。ここは取り放題だ。こういう階級の人たちが戸棚に何を入れているのか見るためだけでも、そこらじゅうを調べたくなる気持ちを抑えられなかった。おれのヘッドライトの光が美術館みたいな装飾の上をすべる。大理石、マントルピース、シャンデリア、天井を縁取るモールディング、それに優雅な椅子。とても繊細な作りなので、本当に座れるのかといぶかってしまう。一つだけ確かなのは、この豪邸の家主がデブじゃないってことだ。

ドリスがやっと寝室から出てきた。ＭａｃＢｏｏｋを片方の手に、電源をもう一方の手に持っている。そしてこのバカは、わざわざ白い毛皮のストールまで肩にかけていた。

「どう？」

「急げよ、ドリス。もう行かないと」

ドリスが笑い転げた。

「おい、落ち着けよ！　おれの母さんが喜ぶものを山ほど見つけたんだ」

ドリスの目は酔っ払っているみたいに輝いていたが、おれのほうはクジで車での見張り番を引き当てなかったのを残念に思っていた。緊張で喉がぎゅっと締めつけられる。この家は大きすぎる。一続きになった三つの応接室――三つもだ！――に書庫と書斎が一つずつ、寝室とバスルームがいくつか、作りつけの収納に、おびただしい数のドアと廊下。頭がくらくらした。

「見ろよ、この絵」ドリスが小さな絵を外しながら噴き出す。「ひでえよな。でも、すっげー高価なんじゃねえの」

侵入してから十分はとっくに過ぎていた。寄せ木張りの床の上を歩くと、靴底で何かが軋る。小さなガラスの破片のようなものだ。さっきぶちまけて空にした引き出しの中身だ。

「もう行かないと」おれは覆面の下で汗を拭いながら言ったが、ドリスはまたぶらぶらどこかへ行ってしまった。

さてどうするか。カバンはもう満杯だし、一秒ごとに見つかる危険が増している。でもドリスは正しい。おれたちはこのアパルトマンをまだ四分の一しか見ていないし、リスクを冒すだけの価値があるものはまだちょうだいしていないんじゃないかという気がした。

おれのヘッドライトが、ナイトテーブルに置かれたエヴィアンの小瓶とメドックワインのミニカタログのあいだにある指輪を照らし出す。輝く宝石のついた指輪を光にかざしてくるくるまわす。まるで宝石について何がしかの知識があるみたいに。それから、なくなっても誰も困らないだろうと考えながら、指輪をズボンのポケットにしまった。住人は金持ちだから気にしないはずだ、新しいのを買い直すだろう。もしこの指輪が大事なら、身につけているに違いない。

隣の寝室は子ども部屋だ。子どもはダヴィッドと同い年くらいでサッカー好きらしく、壁にはポスターや写真、それにフランス代表チームのユニフォームまで額に入れられている。三十平方メートルほどの部屋に、巨大なテレビ、『スターウォーズ』のデス・スターの形をしたランプが置かれていた。こんな家で成長するのはさぞかし楽に違いない。おれとしてはマーベルのミニフィギュアを持っていきたかったが、弟が喜ぶのはむしろプレイステーションのほうだろう。プラグを抜き、ジョイスティックを二つかすめ取る。家具の裏側でコードが絡まっていて、コンセントはかなり遠くにあるので、床に寝そべらなくてはならない。手は届くだろう。よし、そこだ。何も見えないが、コンセントに指が触れた気がした。その瞬間、心臓が止まった。

サイレン。

警察のサイレンだ。

大急ぎで立ち上がると、そのいまいましいコードに足を取られてつまずいた。吐き気が込み上げてくる。ヘッドライトが不規則に点滅しはじめた。リュックサックがどこかに挟まってしまったが、このまま置いていきたくなかった。だから、ガサガサと音がするまで肩紐を引っ張る。

「サツだ！」ドリスが廊下で怒鳴る。「ずらかるぞ！」

そうしようとした。でもヘッドライトが点滅しているし、頭にかあっと血がのぼり、覆面の下でもう息ができない。ライトの光線があちこちへふらふらとさまよい、ジグザグになって見覚えのないバスルームのドアを照らしている。いつのまにか違う方向へ走り、廊下の端に来ていた。おれは足手まといだ。

再び逆方向へと走った。

大急ぎで。

息もつかずに。

半分開いたカーテンの隙間から、回転灯に照らされた通りの一部が見えた。警察の車が一台、道路を塞いでいる。もう一台到着し、四つのドアがいっせいに開いた。落ちたリュックサックを拾おうともせず、キッチンにたどり着くことだけを考えて走りはじめる。あのいまいましいキッチンまで行けば、そこから逃げられるチャンスがまだある。ランドリールームを通り抜け、巨大な冷蔵庫にぶつかり、なぎ倒したスツールが転がった。そこまでしたのに、なんと通用階段の下から声が聞こえてきた。それにトランシーバーのザーザー音も。

くるりときびすを返す。

玄関へ。

正面ドアから出るんだ。

ちくしょう、正面ドアは閉まっている。三カ所に錠がある、金庫室並みの防犯ドアだ。

ここが四階だということも、通りに警察がひしめいていることも、飛びおりたら死ぬこともよくわかっているのに、おれは反射的に窓辺に駆け寄った。笑いたかった、泣きたかった、地べたに座り込んで手で顔を覆いたかった。消えてしまいたかった、いなくなりたかった、悪夢を見たあとで自分のベッドで目を覚ましたかった。でもおれはここにいる。バカみたいな忍者姿で、心臓は息ができないほど鳴っていた。ほらもう、キッチンに声が近づいてくる。そこでおれは覆面を外し、汗で濡れた髪に手をやり、花柄の椅子に座った。椅子の脚があまりにも細いので、おれの重みでつぶれてしまった。そして、おれはほっと息をつく。

6

グラスの底で光が躍っている。金の光はぼんやりと白く、解けていく角氷よりもとろりとしていて、私は頭がくらくらしはじめる。

「すみません、同じものを」

揺れるバーカウンターの後ろで、長身で白シャツ姿の取るに足りない男がためらっていた。私にはよくわかる。彼は私を、ほかの客たちを、騒動を恐れているのだ。ウオッカが私のタガを外し、〝夜はまだ始まったばかりだ〟とわめき立てやしないかと恐れている。

「もうすぐ閉店です、お客様」

なんだって。確かに私はここの常連ではないが、閉店まであと一時間、きっかり六十分あることは知っているし、あと一杯か二杯か三杯、その気になれば十杯でも飲める。それに、体を労るためにこのホテルに部屋を取り、あたたかみのない大きなベッドの上で、嵐の日の水平線のようにぐるぐるまわる天井を見つめながら一日を終えることもできるのだ。

「もしきみが質問のつもりでそう言っているのなら答えるが、私は酔ってはいないよ」

「もちろんです、お客様」

慇懃無礼であることは容易ではない。だがこのバーテンダーは実にうまくやっている。それが仕事だからだ。結局のところ、豪奢なシャンデリアの下、上等の木材を使った調度品に囲まれて客のグラスを満たすというのは、それほど悪い仕事ではない。閉店になれば彼はきっと満足して家に帰り、妻と子どもたちにまっすぐ駆け寄るだろうし、私と違って、ウオッカの香りの中に三つの角氷が解けていくのを眺めるためにどこかへ立ち寄ったりはしないだろう。私はウオッカがそれほど好きではない。だからこそ飲むのだ。心地よさにブレーキをかけるため、飲みすぎの弊害を減らすため、そして、もう眠っていなければならない時間にアルマニャックに耽溺しないために。

バーは閑散としていた。低い声で話をしているネクタイを締めた二人の中国人、一人でカウンターに座り微笑みながら私を見つめている若い女、それからピアニスト。『薔薇色の人生』ばかり演奏し続ける彼の腕前ときたら、その見事な中型グランドピアノに対する侮辱と言っていい。

「ウオッカでよろしかったかしら？」

いつのまにやってきたのだろう。バーカウンターの反対側から飛び立ってここに止まったかのように、若い女が私のすぐ隣のスツールに腰かけていた。スカートが少しめくれている。バーテンダーが一度は注文を拒んだ飲み物を差し出してくれたので、私は彼女に微笑みかけた。角氷が約束の音のようにカランと鳴る。

「ありがとう」

「どういたしまして」彼女が少し笑いながらスラブ訛りで答える。「私にも一杯くださらない？」

この言葉を聞いて、もしウオッカを一杯や二杯引っかけた程度なら、私は女を旅行者だと思っただろう。しかし、しこたま飲みすぎたいまとなっては、彼女の職業にほとんど疑いの余地はなかった。

「今夜はやめておこう」そう言いながら、このウオッカを自分の勘定書につけてくれるようバーテンダーに合図を送った。

女がいたずらっぽく微笑むと、作り物かと思うほど真っ白な歯が見えた。

「残念だわ。とってもいいお相手になれるのに。特に、つらい夜には」

「どうして今夜がつらい夜だってわかるんだい？」

女は答えず、含みのある目配せを投げてよこすと、引き返して自分のルイ・ヴィトンのバッグのそばに座った。言葉にできない感情を抱きながら、見たくもないのに彼女が遠ざかっていくのを見つめていた。その感情は、私のグラスの表面、アルコールの白い蒸気の中を漂っている。苦くて強くて鈍い感情。それは欲望に、あるいはきっと悲しみに似ている。私は自分のこと、自分たちのこと、マチルドのことを考えた。そのマチルドは、私がついに牢獄のように恐れることになってしまったベッドで、睡眠薬の力を借りてぐっすり眠っているはずだ。混乱した思いが血管を通ってのぼってきて、頭の中で花火のようにごちゃまぜになる。バーの白いネオンが目を傷つけ、ウオッカが唇を焼き、喉の中に熱く長い痕をつけた。私は若い女を見つめた。今度はまっすぐ両目を見る。そして心の中で呟いた。いや、私は彼女を、あの二十歳の肉体を求めてはいない。私を突き動かしているのは私ではなくアルコールなのだ。

立ち上がった。

すると若い女が置いていった名刺に気づいた。悪趣味なデザインの名刺には、黒い茎のついた薔薇と、イリーナ・なんとかという名前。人には言えない後悔や欲望や欲求を私が心に抱いたときのために置いていったのだ。よく考えもせず、名刺を手に取った。さっと、すばやく。バーテンダーにも中国人にも彼女自身にも、誰にも見られていないことを確かめながら。まるで悪魔の名刺をポケットに入れたような気がした。恥ずかしいし、めまいがする。バーの調度品はずっと揺れ続けていた。

ポケットの中でスマートフォンのバイブが鳴りはじめた。愚かなことに若い女のほうを見てしまったが、まさか、もちろん彼女のわけがない。目の前で止まる気配もなく揺れているのは、07から始まる知らない番号だ。

座り直し、ふうっと息をついた。電話に出る。聞こえてくるのは、軽い咳払い、沈黙、そして知らない声だった。

「こんばんは、駅のピアニストです。おれのことを覚えてますか?」

7

おれにも神様を信じられる日がある。さっき十字を切った母のように。おれに下された判決は、半年間の公益奉仕だった。公園で空き瓶を拾い集めたり、壁の落書きを消したりする仕事だ。強盗の罰としては、執行猶予つきであることを差し置いても、奇跡と言っていい。もしジーンズの尻ポケットからあいつの名刺――発音できない名前が書かれている――を見つけなかったら、刑務所に勾留されていただろう。大急ぎで母に電話をかけ、ポーランド語で叱りつけられていただろうし、裁判官の情けを買う目的で国選弁護士に共犯者の名前を吐かされていただろう。幼なじみを刑務所送りにしていたはずだ。

まったく、あの状況を切り抜けられたなんて信じられない。

百キロもあるリュックサックを背からおろしたみたいな気がする。

「あの方？」母がたずねた。立ち上がるのはこれで十回目だ。

「ううん」

母はこわばった表情で、おれには一瞥もくれずに座り直した。おれはといえば、いまや自由の身なわけだから、最初はストレスで広さすらわからなかったホールをゆっくり見渡すことができる。だだっ広く荘厳で、本物の大聖堂みたいだ……。黒い法服姿の裁判官、二人の刑事に挟まれた被告人、円天井の下でこだまする足音。テレビドラマで見る光景だ。ダヴィッドがあくびをした。靴紐はほどけ、白い石のベンチの上でぐったりしている。戒めのためと称して弟を裁判所まで引っ張ってくるなんて面白いアイデアだ。自分の兄が裁判官の前で直立不動の姿勢をとっているのを見れば、年頃になってもバカはやらなくなるだろう、ということか。でも弟に唯一理解できるのは、いつもならフェンウィックのリフトを運転している時間におれが落書きを消しているだろうということだ。

「あの人も違うよ」白いシャツの大男が近づいてくるのを見ながら言った。

もう十五分も、ここでおれの恩人がやってくるのを待っている。男性が通り過ぎるたびに、母は小さな青いカバンを手に立ち上がった。そのひどく打ちひしがれた様子は、まるで彼女自身が高級住宅地のアパルトマンに押し入ったかのようだ。上着とカバンと靴をきちんとコーディネートした正装で、白いブラウスの襟は喉元まで閉じられている。裁判官閣下に好印象を与えるために美容院まで行ってきたのだ。ここにいるような人たちに比べておれたちは下等な存在であり、豚箱行きにされる前に着飾らなければいけないとでも思っているのだろう。おれは母が大好きだが、ときどき恥ずかしくなる。

いずれにしろ、おれの考え方がおかしいのだろう。ピエール・なんとか氏にしても、あんなふうに話しかけてきたり、コンセルヴァトワールの名刺を渡したりして、おれをどうしたいのかさっぱりわからなかった。おそらく若い男と一発やりたいのだろうが、どうだっていい。彼もそのうち自分が一杯食わされたことに気づくはずだ。いまは向こうにいて、一緒にいる弁護士を下の名前で呼びながら、〝感謝するよ、今度夕食に来てくれ、絶対だよ〟なんて言っている。二人は頬に軽くキスしあい――あのキスはタダなんだよな、とさえおれは思いはじめている――それから彼がこっちへ近づいてくる。灰色のコートに身を包み、きちんとワックスがけした靴を履いて、いかめしくも心配そうな面持ちで。

「母さん、あの人だよ」

おれは視線を下に落とした。彼にはそれ相応のお礼をしなければならないし、母が横目でおれを見張っている。握手や感謝、挨拶の言葉を交わした。ダヴィッドでさえ猫をかぶって、恥ずかしそうに質問に答えている。下の名前、年齢、いま何年生か。もう少しで詩まで暗唱させられそうな雰囲気だ。

「ムッシュー・ゲイトナー、なんてお礼を申し上げたらいいか」母はそう言うが、お礼を言うのはこれでもう十五回目だ。

「いえいえ、ご心配なさらず。誰だって悪さをしてしまうことはありますよ」

だってさ。彼もおれの年には父親に〝ちくしょう〟と言ったり、土曜の夜遅くに家へ帰ったり、バカをやってたことがあるみたいな口ぶりだ。

「あのう、この子は良い子なんです。働き者で、真面目で……。家ではよくお手伝いをしてくれます。どうしてこんなことをしでかしたのかわかりません。きっとこの子が一緒に行動している不良たちの悪い影響です」

母からにらまれ、おれが縮み上がっているあいだ――ケヴィンとドリスの株がこの数年間で最低値を記録していることはよくわかった――ピエール・なんとかは父親みたいな微笑みをおれに投げかけていた。

「それもじきにおさまるでしょう」

とりあえず、半年間の奉仕活動のために、彼がおれをコンセルヴァトワールに呼んでくれたのは助かった。はっきり言って、そんなの苦役じゃない。

「この子は自分がどれほど運がいいかわかっていないみたいで」

「まさか、彼もわかっていますよ」

彼みたいに才能のある青年は必ずや自分の道を見つけるでしょう、それは時間の問題です、などなど親切ごかしのありふれたことを山ほどピエール・なんとかが話しているあいだ、おれはしょげた顔で首を縦に振っていた。「いまの時代、誰にでもできることじゃありませんよ、お母さん……」もしこいつがついさっき刑務所送りを阻止してくれた人間でなかったら、はっきりこう言ってやっただろう。そういう態度——臣民に手を差し伸べる国王陛下みたいな態度——をしてみたところで本性はわかっているんだ。結婚指輪をしているくせに若い男のあとを電車まで追いかけて、自分の名刺を押しつけるのも辞さないじいさんなんだと。このルイ十四世は本当に親切だが、おれに説教できる柄じゃないはずだ。

「では、そろそろ」彼が携帯をちらっと見たあとで話を終える。「マチュー、月曜日にコンセルヴァトワールで会おう……。時間に遅れないように！」

「もちろんです、ムッシュー。本当にありがとうございました」

ピエール・なんとかが最後にもう一度微笑み、丁寧な別れの挨拶をして、きびきびとした足取りで立ち去ると、おれたち家族は埋葬のときのような雰囲気の中に取り残された。おれは黙り込む。雷が落ちるのを待つあいだは黙っているのが一番だ。でも不思議なことに、母はおれを見もしない。必ずや涙まじりの説教を食らうものと思っていたけれど、そうはならなかった。母の靴のヒールが床の上でコツコツ響くのを聞きながら、おれたちは黙って来た道を引き返した。この沈黙にはいろいろな意味がある。母が疲労困憊していることや、無駄に過ごした今日一日およびほかのすべての日々のツケがまわってくること、つまり、おれが給料をもらえなくなるので、財布の紐を締められるだけ締めなくてはいけないということだ。今回は言い訳だけではすまないだろう。今度ばかりは度が過ぎた。面汚しの裏切り行為だ。胸が張り裂けそうになる。母のことを理解しているから。後悔しているから。楽して金を手に入れたいという愚かな空想のせいで、母の信頼を裏切ってしまったから。おれの人生にいま一番必要なもの、それはリセットボタンだ。

「それじゃ、刑務所には行かないの？」心配そうに目を大きく見開きダヴィッドがたずねた。

「まさか。心配するなよ」

「じゃあ、どこに行くの？」

「どこにも行かないよ。コンセルヴァトワールで働いて、それから家に帰って、毎晩いやってほどおまえに算数を教え込むんだ。おれとはまだ当分おさらばできないぜ」

こちらがもう少しで涙を流しそうになるほどダヴィッドがにっこりして、おれの手を取った。そして、子ども扱いされることを恐れながらきいてくる。

「コンセルヴァトワールって何？」

「音楽を勉強するところだよ」

「そこで何するの？」

二度とこの場所を目にすることのないよう願いながら、最後に一度だけホールを振り返った。

「掃除」

モップがけをするのは構わないが、バカだと思われるのは最悪だ。よくもこんな制服にしたものだ。清掃員の作業着はマスタードを思わせる鮮やかな黄色で、背中には赤字で〝メンテナンス〟と入っている。帽子も同じ黄色だ。おれの身分を誤解されないように、つまり、おれがここへ見学に来ているわけではないことをはっきりさせるためなのだろう。

バケツの水はすでに汚れている。

コンセルヴァトワールというと、古ぼけた建物に山ほど階段と踊り場があり、狭く仕切られた部屋の中、眼鏡をかけた老教授の前で制服姿の生徒たちがハープを弾いているところを想像していた。理由はわからないけれど、そう思い込んでいた。絶対にそうだろうと確信していた。だが間違いだったらしい。ここは広々として明るいガラス張りの超モダンな建物だ。だだっ広い廊下のモップがけはまだ終わっていない。どこでも自由に座れる机や、光が降り注ぐ練習室を前にして、心の中で呟く。もしここを掃除するのがおれでなければ、素直にすごいと思えるのに。

朝の七時頃はまだよかった。作業着姿でも一人で考え事ができた。でも少し前から廊下は混雑している。朝日がのぼると、金持ちのガキどもがわらわら登校してきたので、急いで階段の前の床掃除を終わらせた。みんな、まるで家具かなんかのように、小さなバケツごとおれを迂回していく。濡れた床の上で歩調を緩め、すべりやすいとぶつぶつ文句を言いながら振り返った。おれのことは見もせずに。なぜならおれは存在しないから。

ほとんど男ばかりの小グループがバイオリンケースを手に階段をのぼってきた。少しメッシュを入れた髪にVネックのセーターを着て、どいつもカッコいい。映画か連ドラの話をしながら、見るからに笑い転げている。その中の一人は、これまでの人生で一番おかしかったとか言っていた。彼のおかげで、おれもすごく幸せになる。だが、彼らのグループの輪から外れた一人の女の子を見て、特に幸せになった。彼女が唯一の黒人だからというわけではない。すらりと細身で、アーモンド形の大きな目にこぼれるような笑み、脚にぴたっとフィットするジーンズに、スタン・スミスのスニーカーを履き、タートルネックのセーターが体の線をすっかり強調している。背負っているコントラバスの巨大なケースは一トンもありそうだが、いわゆる〝育ちのいい〟ブルジョアのお坊ちゃまたちの中には、代わりに持ってあげようという考えの持ち主は一人もいないらしい。

自分がいまどんな格好か忘れようと努力しながら目で女の子を追いかけていると、彼女がコーヒーマシンの前で立ち止まった。小銭入れの中を探り、硬貨を数えている。それを見ておれは微笑んだ。なぜならマシンは故障していて、おれが二時間前に気づいたように、彼女も十秒後にはそのことに気づくだろうから。そこで心に囁いた。もし彼女に話しかけたいならいまが絶好のチャンスだ。

「やめときなよ、それ、壊れてるから。おれ、さっき一ユーロを無駄にしたんだ」

マスタードの瓶に扮した男が本当に自分に話しかけているのかといぶかりながら、驚いた様子で彼女が振り向いた。

「えっ？」

「そのマシンは故障してるよ」おれは同情した。おれだってものすごくコーヒーが飲みたかったから。

近くで見ると、女の子の目力がすごく強いので、おれはばつの悪さを隠そうとした。彼女が礼儀正しく微笑み、お礼を言ってから、少し遠くで待っている友だちグループのところに戻るため巨大なケースを背負い直そうとする。おれは何を言えばいいかわからず、バカな質問を続けた。

「それ、コントラバス？」

「チェロよ」

「どこにでも持ち歩くのは大変そうだね」

「大丈夫」

時間が経てば経つほど自分がバカみたいに思えてくるけれど、どうだっていい。おれはジヨージ・クルーニーじゃないんだ。もうコーヒーの話題ができない以上、やりたいようにやるだけだ。

「よかったら手伝おうか。重そうだから……」

「えーと……大丈夫です、ありがとう」

何メートルか離れた場所からバイオリン奏者たちがおれの顔をまるで宇宙人か何かのようにじろじろ見ていた。メンテナンススタッフに話しかけられることは滅多にないのだろう。それか、おれの顔が気に入らないのか。

「本当に？　おれは構わないけど」

「本当に大丈夫よ、ありがとう」

女の子の少しもったいぶった態度がおれの心をひやりとさせた。もちろん、こんなふうに近づくのはうまい誘い方ではない。ナンパというのは才能だ。だとすると、おれの揺り籠にはナンパの才能を授けてくれる妖精が止まらなかったと言えるかもしれない。一応自己弁護をしておくと、都会の女の子はお喋りな男をあまり好まない。それに、カッコいい制服を着ていないおれのことなど、パリジェンヌは眼中に入れないのだ。

「オーケー。コーヒーに関しては安心して。あとで修理の人が来るから」

女の子が無言で礼儀正しい微笑みを引きつらせていたので、おれに残っていた自信は葬り去られた。彼女の言いたいことは明らかだ。あなたと私とでは階級が違うんだから、あなたは清掃員なんだから清掃員らしくしていればいいでしょう。別にたいしたことじゃない。どうだっていいよ、こんなお姫様気取りのバカ女なんて。おれのことを愉快そうな目で見ているあの廷臣たちなんか、さらにどうだっていい。こんな浮世離れした場所でデカイ態度をとるのは簡単だ。あいつらがおれの街《ラ・クルヌーヴ》にいるところを見てみたいよ。猛犬《ピットブル》が一匹通り過ぎただけで、あと何秒生きてられるか数えているところを。

そうこうするあいだにも、あと二つ階段を掃除しなければならない。

それに便所もだ。

モップを手に取り直し、おれに何一つしていない階段をごしごし磨いて腹いせをする。半年か。ここは監獄ではないが、それにしても長い。おれは階段の上から目を背けた。ピエール・なんとかが姿を現し、生徒たちに取り囲まれているからだ。生徒たちは彼の言葉に聞き入っている。そら、ディレクター先生のお出ましだ。彼は自分に似ている女性、灰色のテーラード・スーツを着た、優雅だが冷ややかでしかつめらしい女性を連れている。五十歳か、その前後だろう。無表情な顔は蝋でできた仮面のようだ。生徒たちは散っていったが、彼女はそこに、階段の上に残り、ピエール・なんとかが低い声で何か話しかけるあいだ、用心深い態度でおれをじろじろ見つめていた。年寄りと三人でヤるなんて、はっきり言っておれの趣味じゃないと言ってやらなきゃいけないらしい。

ピエール・なんとかがおりてくるのを見て、慌てて小さなバケツをどけようとしたけれど、手遅れだった。彼は厳格な父親のような堅苦しい様子で、もうおれのそばにいる。

「マチュー、明日の朝はB36教室に来てくれるかな。きみの奉仕活動が始まるすぐ前の、六時きっかりに」

「どうして？」

まるでおれが世界でもっともバカげた質問をしたかのように、彼は肩をすくめた。

「きみを窮地から救い出したのは掃除をさせるためだなんて、本気で信じているのかい？」

8

最初の音は耳鳴りのように偶然聞こえてきた。それから、まだ暗いこの廊下で、音は一本の道、一筋の光になった。私は満ち足りた安らかな気持ちになり、心のおもむくままに音を追いかけた。もちろん、その音がなんの音かを言うこともできるし、楽譜に書き取ることもできる。音がどんなふうに動き、どこでよどむかを予測することもできるだろう。しかし、そんなことはしたくなかった。まだ誰もいない時間に、この空っぽの建物の中を、リストがたった一人で自由に散歩している。その自由さは、ほとんど陶酔の域にまで達している。二日酔いで頭ががんがんするが、そんなことはどうでもいい。青年の指の下で『ハンガリー狂詩曲』が伸び伸びと花開くのを感じる。だがその子は、自分の才能に気づいてさえいないのだ。

いまは七時。太陽がのぼりはじめている。約束の時間に遅刻してしまった。それに吐き気までする。

B36教室は当てずっぽうに選んだわけではなかった。ここはコンセルヴァトワールの大ホールにも引けを取らない広さだ。私の若き天才をこの雰囲気の中に溶け込ませてみたかった。ここは贅沢で重厚感のある真のコンサートホールであり、クリアな音色を響かせる見事なスタインウェイが鎮座ましましている。パリ北駅のピアノとはお別れだ。ここは別世界、鏡の裏側であり、音楽はこの聖域においてもはや、はぐれ者ではなく女王なのだ。

黄色い制服を着て帽子を目深にかぶったマチュー・マリンスキーは、たいした人間には見えない。しかし彼はピアノと一体になって、風になびく葦《あし》のように音の流れに合わせて揺れている。彼の指が鍵盤の上をすべり、走り、鍵盤を叩き、撫でるのを、私はじっと見つめた。ときにテンポがずれはするが、唖然とするほど自由自在だ。両目は閉じたままで、大きなバスケットシューズを履いている。うまくやったものだ、と私は心の中で呟いた。彼が今後どれほどのピアニストになるかを思えば、前科などさして重要ではない。

私がいることを感じ取ったのか、マチューは動物的な本能で恍惚状態から抜け出した。

「続けなさい」私は最前列に座りながら言った。

彼が立ち上がり、帽子をかぶり直すと、嫌みったらしい半笑いをこちらに向けた。

「あれ、六時きっかりって言ってなかったっけ……」

私はピアノを指差しながら答える。「きみはピアノと再会する必要があったはずだ。小一時間ほどピアノと二人きりで向かいあうのもいいんじゃないかと思ってね」

マチューが頷くのを見て、耳触りのいい作り話を彼が真に受けたと判断する。実際は、ウオッカを飲みすぎて朝起きられなかっただけなのだが。

「たぶんあんたの言うとおりだ。でも、そろそろ仕事に行かなきゃ。もう遅刻してるから」

「仕事はあとでいい」

「残業はしたくないんだけど……」

「する必要はないさ」

マチューに近づき、座り直すよう合図すると、彼の目の前に楽譜を並べた。シューベルトの歌曲だが、さっき彼が解釈してみせた曲に比べれば楽勝だろう。

「弾いてみなさい」

警戒心からか、マチューの目がきらりと光った。言葉では言い表せないようなその小さな光は、執拗に輝き続けている。

「なんのために？」

「私に聴かせるためだ」

「おれは興味ないよ」

この若き天才には少しいらいらさせられる。私は待ちきれずにトントンと指で楽譜を叩いた。

「この曲を弾きなさい、マチュー。同じことを何度も言わせないでくれ」

青年が目を細め、しかめっつらを作って椅子に腰かけた。両手の動きは一分前よりもあやふやで、指の置き場を探しているみたいに、鍵盤に触れるのをためらっている。どうにかこうにか最初の音がぎこちなく鳴らされたとき、私は自分がバカにされている気がした。いや違う、彼は苦しげに集中し、曲の始めの部分をできる限り読み解こうとしながら、うまく弾けずにいるのだ。まもなくして弾くのをやめ、両腕を大きく広げて無理だという合図を送った。

「できないや。難しすぎる」

「さっきの曲ほど難しくはないだろう」

「でも、これは初めて弾く曲だぜ！」

発作的で、ほとんど子どもっぽくさえあるマチューの抗議に、どこかしら病的なものを感じた。五分前には、あの難解な『ハンガリー狂詩曲』を目をつぶったまま弾きこなしていたというのに。

「どこでつまずいているんだい、マチュー？」

「わからない。こういうのがたくさんあって……」

マチューがいくつかの記号を指さした。見事に演奏することはできるのに、その名前を言うことができないのだ。

「変音記号かい？」

「たぶんそれのこと」

マチューを横目で見ながら、私は最初の何小節かを弾いてみせた。彼は聴いている。首を縦に振る。そして、私が靄《もや》の中に切り開いた道を一音一音たどり直した。

「絶対音感だ」私は微笑みながら言う。「どうして教えてくれなかったんだい？」

「あんただって何もきかなかったじゃないか」

「それじゃきくが、どこでピアノを覚えたんだ？　習っていたのかい？」

「まあ、少しは」

「誰のところで？」

「いや、一人で」

ティーンエイジャーのようなマチューの返答にいらいらして、彼の体を揺さぶりたくなる。だが、彼は怒りっぽいというより移り気なタイプのようだ。少しのショックで、私の指のあいだからすり抜けていってしまいかねない。

「マチュー、きみは自分の指先が金色に光っていることに気づかないのかい？」

「うーん……まあね」

「だが、やり直す必要がある。読譜《ソルフェージュ》や聴音や和音の弾き方など、基礎を身につけるんだ。楽譜も読めないようでは、どこへ行ってもやっていけないだろう」

「それじゃ残念だって言うんだろう、あんたは」彼が皮肉っぽく応じた。

「そういうことだ。とにかく、きみは明日から授業に出たまえ」

マチューが答える代わりに立ち上がり、帽子をまたかぶり直した。

「きみは運がいい」彼と視線を合わせることができないまま、私は言葉を続ける。「きみはコンセルヴァトワールで一番優秀な先生につくことになる。マドモワゼル・ド・クールセル。女伯爵《ラ・コンテス》だ。彼女のレッスンを受けられる者はほんの一握りなんだよ」

「女伯爵って？」

「彼女のあだ名だ。みんなそう呼んでいる」

「でもレッスン代なんか払えないぜ」

「誰も払えとは言っていない。きみは大変な潜在能力の持ち主だ。その能力をみんなで伸ばしてあげようというだけさ」

マチューが出会った最初の瞬間からずっとたたえている不信感を露わにしながら腕組みをし、私に探るような視線を投げつけた。

「それじゃ、あんたの望みってそれだけ？」

その質問に私は困惑した。しかし驚いている場合ではない。

「それ以外に私は何を望めばいいというんだね？　家政夫かい？」

「知らないよ。それに、あんたの申し出はありがたいけど、興味が持てないんだ。おれは楽しいから弾いているだけで、あれやこれや理論的なことにわずらわされるのはごめんだね」

「演奏する楽しさは上達の過程で得られるものだよ、マチュー」

彼が再び皮肉っぽい微笑みを浮かべた。それを見るとひっぱたいてやりたくなる。

「へえ、そうなんだ」

マチューが私に背を向け、教室を横切ってバケツを取りに行った。そこには箒、雑巾、モップといった道具が彼を待ち受けている。もし私たちが出会わなかったら、そうした掃除道具が彼の日常の一部になっていたかもしれない。

「わかっていないようだね、マチュー。きみがここにいることは契約なんだ。やる気を見せて契約を果たすか、それとも元の場所に送り返されるか、二つに一つだぞ」

「つまり練習かムショかってことだろ」彼が辛辣に言い放った。

今度は私が微笑む番だった。アマチュアの音楽家はこれほどのチャンスまでふいにしようというのか。それにしても、天才とは思わぬところにひそんでいるものだ。パリ北駅の雑踏はまさに玉石混交だったというわけだ。

「二つの選択肢のうち、一つ目は二つ目よりもずっと簡単だ。だが、もし練習がつらいというなら、刑務所へのドアがいつでもきみを待っているんだよ」

9

おれはヒーローだ。ブルジョアどもを蹴散らし、社会のルールや刑務所など、おれたち貧乏人を踏みにじる社会の仕組みをひっくり返したのだ。ばれない、つかまらない、監視されない。そんなことは普通ありえない。なのにおれはここにいる。空気のように自由の身だ。おれが戻ってきたことをわが目で確かめようと、みんながおれに会いたがっている。おれは奇跡を体現した人間だ。警察の犯罪対策班、通称BACに現行犯逮捕されたにもかかわらず、フルーリー＝メロジ刑務所の面会室以外の場所で証言できる男なのだ。すべてを改ざんし美化してカッコいい逃走劇に仕立て上げたくもなるけれど、そんなことをしたら母の耳に入らないかすごく心配になるだろう。母は手加減せずに、ずけずけたしなめるはずだから。

B棟の前で、聴衆から尊敬のまなざしを浴びながら――聴衆といっても、六人にすぎないが――おれは控えめに勝ち誇り、謎めいた微笑みを浮かべた。酒臭い息を吐きつつ、裁判官たちを騙すこと、彼らの顔色をうかがいながら後悔するふりをすることがどんなに簡単か、繰り返し説明する。二人の女の子が聴衆に加わった。うち一人は知らない顔だが、誰かの妹だろう。彼女たちの尊敬のまなざしのおかげで、自分の話が完全なるホラ話だということをほとんど忘れかける。ケヴィンがおれにウインクしてきた。今夜おれの友だちであること、日に日に伝説になるあの大冒険をともにしたことが、彼には誇らしいのだ。ドリスはそこに特殊部隊RAIDの介入をつけ加え、自分が忍者のように勢いよくゴミ箱を跳び越えて彼らの手を逃れたことにしている。この調子だと、半年もすれば、あの失敗した計画も世紀の大強盗になっているだろう。

「まったく、サツが到着したのを見たとき」ドリスがくっくっと笑いながらおれの肩を叩く。「本気でおまえが撃たれちまうって思ったぜ！」

ドリスが散弾銃に弾を込める身ぶりをし、ズダダダッと銃声の口真似をした。そんなバカげたことをどこまで本気で言っているのかわからないが、そういう細部の描写のおかげで聴衆の興味が再燃し、おれは質問攻めにされた。警察に銃を向けられたのか？とか、警察は本当にロープ伝いに窓から入ってきたのか？とか、あるいは、発煙弾を落とされたあと、テーザー銃を一発食らって気絶させられたのか？とか。

おれははぐらかした。

すると、今度は公益奉仕のほうに矛先が向く。

「何をさせられるの？」二人の女の子のうち一人がたずねる。「郊外電車の落書きでも消すの？」

「いや。十九区にある音楽学校のメンテナンス・サービスの仕事だ」

「いいじゃない。カッコいいわね、逆に」

「ああ、逆にね」

おれの口数が少ないほどみんな面白がってくれる。特にケヴィンなんか、もはや忠実な腕利きスナイパーの一団を従えたアル・カポネ気取りだ。取るに足りない指輪とプレイステーション4のためにおれが堅牢な刑務所に入る危険を冒すのはあれで最後だということを、ケヴィンは理解していないらしい。

「おまえの奉仕先、金持ちのガキがわんさかいるんじゃねえの」ケヴィンが考え深げに言う。「そこじゃ、きっと稼げるだろうな」

「たんまりな」ドリスがマフィアみたいな声音でつけ加えた。

二人が本当に天狗《てんぐ》になってしまう前に、おれがコンセルヴァトワールの廊下を掃除することになったそもそもの理由を二人に思い出させてやった。二人のことはよく知っているが、良家の子女のポケットを狙えと本気で勧めるなんて信じられない。

「おれだったら絶対にやるけどな」ケヴィンが断言した。

「おまえだけだよ、バカ」

ケヴィンに煙草の吸いさしを投げつけられたので、おれが避けると、吸いさしは芝生の中に消えた。草よりも吸い殻のほうが多い、吸い殻の墓地の中に。こんな状態では、いつか火事になるだろう。

「やめとけよ」ドリスが笑い転げながら口を挟んだ。「こいつは新しいダチを庇ってるんだ！たぶん、もう高級住宅地《ヌイイ＝シュル＝セーヌ》の女でも引っかけたんだろう」

今度はおれが手に持っている帽子——掃除用の黄色いやつじゃなく、もっとちゃんとした帽子——を放り投げる番だった。

「なんだよ、あの辺りの女なんて見たこともないだろ！」

「見てみたいけどな……。どんな感じなんだ？」

夢中になった観衆を前に、おれはこのあいだ無視された女の子の真似をした。あの少し慇懃無礼な態度を含めて、かなりそっくりに。もしこの姿を彼女に見せてやれたらと思うといい気分だし、みんなも大笑いしている。

「それじゃあ、男はどんな感じなの？」誰かの妹がきいた。

おれに答える暇を与えず、ドリスがブルジョアの物真似を始めた。それほどリアルではないものの、かなりわかりやすいのでみんなも真似しはじめる。貴族みたいな顔つきをしてベンチの前を練り歩き、しゃちほこばった姿勢をとった。ご機嫌いかが、シャルル＝ユベール？ ありがとう、上々だよ、マリー＝シャルロット。なんてね。バカみたいだが、みんな大笑いだ。そして、少し前までブルジョアを真似ていたケヴィンが、今度は軟弱なピアニストの物真似をした。小さくコッコーと鳴きながら二本指で演奏するのだ。これは大成功で、スマートフォンで撮影する者までいる。

でも、こんなふうにあざ笑うのが、おれには少し後ろめたかった。おれのリュックサックにショパンやシューベルトの楽譜が入っていることを知ったら、みんなはどんな顔をするだろう。いったん自分の部屋に閉じこもったら、そのカバーつきの譜面を解読しなくてはならない。というのも明日、正午の昼休みに、初めて女伯爵のソルフェージュのレッスンを受けることになっている。雨が降ろうが槍が降ろうが、昼飯はヘッドホンをしてベンチでサンドウィッチを頬張るつもりだ。誰かに話しかけられるのはうんざりだから。

広々とした教室はアクアリウムのようなガラス張りで、目が痛くなるほど白い光が部屋じゅうにあふれていた。コンセルヴァトワールの教室はどこもだいたい飾り気がないが、この教室はすべてを取り払ってしまっている。がらんとした空間を占めるたった一つのもの、それはグランドピアノだ。教室の真ん中に置かれたピアノは、教室を美術館の一室のように見せている。

そこで女伯爵がおれを待っていた。胸の前で腕を組み、冷ややかな目は据わっている。『子育てリアリティ　出張しつけ相談』に登場する教育係《スーパー・ナニー》みたいなポーズだ。服装はといえば、あまりパーティー向きではない。灰色のテーラード・スーツに灰色のブラウス、バレリーナが履くような平べったい灰色の靴。顔色は青ざめ、両目も青く、表情は完全にこわばっている。削られたコンクリート・ブロックみたいな印象だ。

二人きりのレッスンはさぞかし楽しいだろう。

「こんにちは。マチュー・マリンスキーです。レッスンを受けに来ました」

「遅刻ですよ」

おれはスマートフォンをちらっと見た。確かに三分の遅刻だ。いまで四分。遅れたのは明らかにこちらの落ち度だ。大急ぎで着替えて向かいのケバブ屋まで走り、ポテトを一つも落とさずに小走りで戻ってきたところだった。

女伯爵は蔑んだようなまなざしでおれの頭のてっぺんから足の爪先までじろじろ眺め、白いソースがしたたっているサンドウィッチに目を留めた。ソースが一滴、床にぴちゃっと垂れるのを目で追い、それから再び視線を上げておれの目を見た。

「もしカフェテリアを探しているのなら、ドアを間違えているわよ」彼女が冷たい声音で言い放った。

サンドウィッチに添えられているつるつるの紙ナプキンで床のソースを拭くが、きれいに拭き取れなかった。大丈夫、いずれにせよ掃除をするのはおれなんだから。

「ごめんなさい、昼飯がまだなんです」

「それはあなたの問題でしょう。なんでも持ち込まないで、ここは練習室ですから」

「オーケー、オーケー」

女伯爵はひどいにおいだとばかりに鼻にしわを寄せているが、心配はご無用だ。おれは昨日もこのサンドウィッチを食べたが、死んだりしなかった。

「それはどこかへ持っていって。そして手を洗ってから戻ってきなさい」

「マジで？」

「私が冗談を言っているように見えるのかしら」

数秒間、おれたちは何も言わずにバチバチにらみあう。第一ラウンドが始まる前のボクサーみたいに。レフェリーも観客もいないけれど。一つ確かなことがあるとすれば、最初に視線を逸らしたのは彼女ではなかったということだ。

「マリンスキーくん、私をいらいらさせないで。誰に対しても辛抱強いほうじゃないから」

おれはできる限り皮肉っぽい微笑みを作ると、頷いてから教室を出ていった。そーっと、そーっと、足を引きずりながら。おれたちはいい友だちになりかけているから、サンドウィッチをがぶっと一口食べるだけにしてドアを閉めた。

くそっ、気詰まりなブルジョアのババアめ。こっちは腹ペコなんだ。

サンドウィッチをもう一口食べてポテトを一つかみ食べると、さっき自分で空にしたゴミ箱にしぶしぶサンドウィッチを放り込んだ。汚れた指をジーンズで拭いてから、何もかも投げ出したいと強く思いながらドアをノックする。

「手を洗いに行きなさい」女伯爵が振り向きもせずに外を眺めながら言った。

彼女は時間を計って、おれがトイレまで往復したかどうか判断したのだ。いやはや、コンセルヴァトワールで一番の教師だなんて、よく言う。おれに精神異常者を押しつけやがって。

「もしよろしければ、シャワーを浴びてきましょうか？」

「マリンスキーくん、五分以内に戻ってこなければ、レッスンを終わりにします。それ以降は、二度とあなたに教えることはないでしょう」

おれは刑務所に戻りたくないから、感情を抑えて、もう一度このいまいましいコンセルヴァトワールの廊下に駆け出していった。

アクアリウムみたいな教室に戻ると、作り笑いでこの場の雰囲気を和らげようとした。だがもう手遅れだ。いますぐここでおれを銃で撃っていいのなら、女伯爵はためらいなくそうするだろう。さもありなん。従順なブルジョアのガキどもが彼女の前でへこへこしたせいで、よくない習慣がついてしまったに違いない。

女伯爵がピアノの前に座るよう合図した。おれは内心ほくそ笑む。女伯爵の上司を演奏で釘づけにしたように、彼女も釘づけにできるだろうから。

おれには才能がある。それは自分でもわかっていた。

もし才能がなかったら、ここにはいないはずだ。

「音階《スケール》を弾いてみなさい。左から右、右から左、それぞれ三オクターヴ」

落ち着き払って少し微笑みを浮かべ、スケールを弾いてやる。その微笑みではっきりと伝わっているはずだ。あんたはまだこの試合に勝ったわけじゃないと。

「三度上げなさい」

そのとおりにする。

「四度」

またそのとおりに。

「五度上げて。もっと速く」

もっと速くだと？　ピアノの弾き方ではなく楽譜の読み方を習うためにここに来たのであって、もうあんたにはできないほど速く弾いている。そう言ってやりたかったが、黙ってスピードを上げた。女伯爵をじっと見つめながら。おれはもうずっと前から鍵盤を見ずに弾くことができるからだ。彼女が命じ続ける。間違いやミスタッチを探しているのだ。失敗を見つけて、おれを壁際に立たせようという魂胆だろう。でも彼女にそんな楽しみを与えてやるつもりはない。

「左手と右手をずらしなさい。左手から始めて三音後に右手」

おれはずっとうまくやっている。それがいらつくらしく、いろいろ追加してくる。息継ぎもせず、息継ぎもさせずに。教室にサンドウィッチを持ち込んだおれへの復讐だ。

「のぼって。おりて。右手はへ長調。左手は変ニ長調」

女伯爵の表情は素晴らしかった。写真を撮りたくなるほどだ。

「今度は半音階で」

初めておれは弾くのをやめ、鍵盤の上に手を浮かせた。そして要求されたことを理解しようとする。どうにか、うまくやらなくては。

「なんのことかわからないのね」彼女が皮肉っぽく言い放つ。「それは最初に習うことよ。想像してごらんなさい」

女伯爵は触れたら汚れるとでもいうように、合図でおれをどかせてから、半音階がどういうものかを見せてくれた。もちろんそれなら知っている。単に名称がわからないだけだ。このスケールなら目をつぶっていても弾ける、彼女の好きなだけ。それは彼女もわかっているだろうが。

しかし、それだけでは終わらなかった。

第一ラウンドを制した女伯爵は、今度はテンポを二百に合わせたメトロノームをおれの鼻先に突き出し、スケールを長三度で続けるよう指示した。でも、おれは自分のペースで弾く。だって、それでは遅すぎるから。彼女が思っているよりもっと速く弾ける。両手から音がますます速く、ますます激しく奔流のようにほとばしった。おれはそれを自由自在に操っている。好きなように音を鳴らすのは楽しい。おれの能力が見たいって？　ほら、これでどうだ。女伯爵が目を剥いて「テンポに合わせなさい！」と叫んでいるけれど、どうでもいい。「ファ・ラ・ド、ミ・ソ・シ」という彼女の抗議の声など聞こえないふりをして弾き続ける。本能のおもむくまま、耳を頼りに、呼吸にまかせて、曲を奏でるようにスケールを走らせた。それなのに、おれの音に女伯爵の声がぶつかってきて、彼女の叫びに邪魔され、おれは音の流れを見失った。そして突然、ピアノの蓋が閉じられる——すんでところでおれは手を引っ込めた。

マジかよ、このバカ女。もう少しで指の骨が折れるところだった。

「おい、何がいけないんだよ？」

「ここをどこだと思っているの、マリンスキー？　これはレッスンなの、サーカスの出し物じゃないのよ！」

二秒、三秒、四秒と沈黙が続き、おれは歯を食いしばって相手をにらみつけた。第三ラウンドだ。もう少しで女伯爵の喉元につかみかかりそうになったが、黙って立ち上がった。そのあいだに彼女は大理石のごとく冷静な態度を取り戻していた。

「明日、同じ時間に」女伯爵が落ち着き払って続ける。「もしレッスンを続けたいのなら、遅刻しないようにね」

フルーリー＝メロジ刑務所に行くかどうか迷っていると言ってやりたかったが、尋常じゃない努力でこらえた。女伯爵がまだお説教を続けている。

「マリンスキー、もし音楽をコントロールできると思っているなら、それは間違いよ。あなたが音楽を続けようが、やめようが、音楽はあなたとは関係なく存在し続けるの。あなたが生まれる前から、そしてあなたが死んだあとも、音楽はそこにある。それを聴き取りなさい。敬意を払いなさい。さもなくば、あなたはどこにもたどり着けないでしょう」

おれは「ブラボー」的な称賛の言葉をもごもご呟きながらドアのほうへ向かった。すると、最後に一発アッパーカットを食らわすのもいいだろう、と判断した女伯爵がこう言い放つ。

「いずれにしろ、私と一緒にはね」

ピアノは友だちになった。それは優しくて心が安らぐ、親しい存在であり、その前に座ると、男の子はシャボン玉の中に閉じこもっているみたいな感じがした。きっと木やワックスから発せられるにおい、ひびの入ったニスの上に反射する太陽の光のおかげだ。ピアノは魔法の箱で、底なしの箱の中には、いたずら好きな音たちが無数にふわふわ浮かび、誰かに弾いてもらうのを待っている。それは音楽がわき出す井戸、形を変えるおもちゃであり、箱の鍵を持っているのは弾くことのできる人たちだけだ。それ以外の人にとって、それはただの古ぼけた物体にすぎない。だが、ひとたび蓋が開かれるや、ピアノは象牙色の歯を全部見せてにっこりと微笑むのだ。

小さな男の子は学校から帰ってくると、ほとんど毎日のように六階で立ち止まり、ドアをコツコツとノックした。ピアノが彼を待っているから。音楽と一緒に生活している男の人は、いまでは名前がある。ジャック、というよりは、ムッシュー・ジャック。男の子は彼をムッシューと呼ばずにはいられなかった。彼は少し年を取っているが、まるでいつか年を取らなくなることがあるみたいに、年齢にとらわれていなかった。大きなお腹とつるつるの頭、永遠のおじいちゃんみたいなムッシュー・ジャックは、いつも同じ風貌だ。そして、世界について、お星様について、幸せや悲しみ、音楽について、どんなことでも優しい声で説明してくれる。そんなムッシュー・ジャックがそこにいると知っているのは素敵なことだった。ムッシュー・ジャックはなんでも知っている。そして彼は友だちと話をするみたいにピアノとお喋りをすることができるのだ。友だちをないがしろにすることは絶対にない。なぜなら、安心させてやらなければいけないから。ピアノは野生動物みたいなもので、毎日訓練しても、次の日には覚えていない。忍耐が必要だ。それに愛情も。ピアノとの話し方や遊び方、音を出してくれるようお願いする方法を学ばなくてはならない。楽しいけれど、ときには少し難しい。でも小さな男の子は心を込めてピアノと向かいあった。それは友だちと一緒にいるのと同じことだから。ピアノが微笑みかけてくれるようになったのはいつからか、もうよく覚えていない。彼はすでに大きいのだ。九歳で、本当の音楽家みたいに演奏できる。男の子はそれを誇らしく思った。

学校でいい点数を取ることよりもずっと。

ときどき、夜眠りにつく前に、小さな男の子は思う。ピアノはあそこにある。二つ下の階に。明日もまだそこにあるだろうし、その次の日も、これから先、いつでもそこにあるだろう。そして安らかな眠りに落ちる。自分が弾いた音の思い出に揺られながら。そうやって思い出す音のおかげで、外から聞こえる叫び声や、人々がバイクを乗りまわす音、口笛やサイレン、罵声を、ほとんど忘れてしまう。

男の子は忘れる。外の危険な世界のことや、知らない人の車には絶対に乗ってはいけないこと、他人がくれた飴玉を舐めてはいけないことを。絶対に誰かを叩いたりしないと母に約束したことを。ぶらぶらしている上級生に話しかけたりせずに、学校からまっすぐ家に帰ると誓ったことを。殴られて頬を腫らしている、おびえた瞳の少年が階段にいたことも。大きな尻尾をつけて、歯を見せながら吠える、くすんだ色の犬たちのことも。男の子は知っている。目をぎゅっとつぶれば目に見えるのはもう音だけになるということを。

そう、薄いカーテンを通って入ってくる柔らかい光の中で、古い木のピアノから飛び立つ音だけが、彼の目に見えるようになるのだ。

そして男の子は微笑みながら眠りにつく。

なぜなら、ピアノが彼の敵になることは絶対にないから。

そう、絶対に。

10

女伯爵がブラッスリーのテーブルについている。写真でも撮りたくなるような光景だ。知りあいになってからというもの――記憶が脳裏に浮かびはじめる――私の見た限り、彼女は少量のキュウリと角切りのフェタチーズといった、テイクアウト用のミニサラダばかり食べていた。ある種のドイツ的な厳格さで、人生と同じく、食生活も律している。その厳格さが、体から贅肉を削ぎ落とし、別れた夫を絶望させたのだ。いつか街での夕食時に、女伯爵が自分の地位にふさわしく振る舞い、ワインを選ぶ際に美食家然として意見を述べているのを見たことがあるが、彼女が心の底では本質的な物事にしか重要性を認めていないことを私は知っている。食事は本質的な物事に入らない。とはいえ、彼女に感謝の気持ちを示すために食事に誘う以外の手段を思いつかなかった。オフィス以外の場所で会うのは久しぶりだ。

だが女伯爵は文学の話をしたがらない。

天気の話も。

政治の話もだ。

「さっきあなたのお気に入りの子に会ったわ」彼女はその言葉をまるで非難のように口にした。

「そうだったね。もう一度礼を言うよ。大臣並みのスケジュールに割り込ませてもらって

「……」

「これで三度目のレッスンだったの、ピエール」

「それで……うまくいっているかい？」

バカげた質問をしながら、それでも体裁を保とうと努めつつ、勇気を出してなんとか女伯爵を正面から見つめた。レッスンの状況は把握しているが、それを彼女に伝えることはできない。マチューは初めて彼女と三十分過ごしたあと、私の執務室にふいに姿を現してわめいた。〝ちぇっ、頭がおかしいよ、あの女〟彼はほかの教師を見つけてくれと懇願し、もしそうしなければ何もかも台無しになるだろうと言った。あの曲が難しいということはわかっている。女伯爵の助けを借りれば演奏できるだろうが、さもなくば無理だろう。

「あの少年から引き出せるものは何もないわ。意外だなんて言わないでちょうだい」

「エリザベス、きみは厳しすぎるよ。彼がそれほど従順じゃないことは事実さ、でも……」

「それほど従順じゃない？」

確かにその表現はあまり適切ではないと認めなくてはならない。

「あの子はちっちゃなうぬぼれた雄鶏で、ほんの少し厳しくされることも我慢できないの」

視界の端でメニューをざっと見ながら彼女は言葉を続けた。「彼はコンセルヴァトワールでは何もすることはないわ」

「マチューにはずば抜けた才能があるんだ……。彼がアカデミックな教育をまったく受けていないことに気がついただろう？」

「ええ、そのことならはっきり気がついているわ」女伯爵が冷たい笑い声をたてながら答える。「彼は何もかもバカにして、すべてを知っているつもりで、何も学ぼうとしないんですもの」

ウエイターが私たちの席にやってきたので、そのあいだに反論を考えておく。メニューに目を通すと、この店の料理が大きく様変わりしていることに気がついた。仔牛の胸腺《リードヴォー》はなくなっている。アミガサタケのリゾットもない。新たに加わったのは、超特大サイズのリブロース——まるでサービスエリアにある鉄板焼きレストランのようだ——に、しっかり熟成させたニシンのマリネとジャガイモのサラダのおばあちゃん風《グランメール》。その表現がいったい何を意味するのかよくわからないが、実のところ、私にはどうでもいい。フォークを少しばかり動かせば幸せな気持ちになれるだろうと思っていたけれど、それならばいっそ向かいのカフェで八ユーロのクロックムッシューにかぶりついたほうがまだよかった。

向かいのカフェに場所を移したくなった。

結局、私は牛肉のタルタル、エリザベスはランド地方のサラダ《サラダ・ランデーズ》を頼んだ。エリザベスが「砂肝抜きで」と明言したのだから、そのサラダが彼女のストイックな食習慣をかき乱すことはないはずだ。サンペレグリノの炭酸ミネラルウオーターの大瓶も一緒に注文した。申し分のない品揃えのブルゴーニュワインのメニューにじっくり目を通すような雰囲気ではないからだ。十九世紀の調度品に白いナプキン、銅の食器類がないことに目をつぶれば、この昼食はどこで食べても同じだっただろう。いっそのこと私の執務室でもよかったはずだ。

それに、皿にウスターソースをこぼし、タルタルは文字どおりソースの中に沈んでしまった。瓶の栓がきちんと締まっていなかったのだ。

ときにはこういう日もある。

「きみの言うとおりだよ、エリザベス。マチューは気難しい生徒だ。だが、私は三十年のキャリアの中でも、あんな子には滅多に出会わなかったよ」

「それはよかったわね！」

「私の言いたいことはわかるだろう。あの子には才能がある、もしかしたら天才かもしれない。だからこそきみに面倒を見てくれるよう頼んだんだ」

彼女はゆっくりと、とてもゆっくりと、サラダをかきまわした。どうやって言い返そうか、考えを整理するかのように。

「ねえピエール、あなた、夢中になりすぎているわ。確かにマチューには絶対音感があるし、素質は否定できない。それも、これからモーツァルトに取りかかれるくらいの素質が……」

「そのためには、練習が必要なことは認めるよ」

「練習させるだけなら、何も問題じゃないわ。あの子には学ぼうという気がないの！」

「いや、そんなことはないさ。マチューは少し道に迷っているだけなんだ。彼には粗野なところがあるが、きちんと指導してやれば、もっと伸びるだろうし――大成するかもしれない」

エリザベスの瞳に不審そうな光が小さくよぎった。彼女を非難するつもりはない。彼女の立場だったら、私だってマチュー・マリンスキーを引き受けるのはごめんだ。別の説得手段を持ち出さなくてはならない。

「マチューがどういう子か説明しよう……。彼は二十一歳で、倉庫で働いていた。母親は困窮していて……」

エリザベスは心を動かされた様子もまったくなく、私が始めかけたオリバー・ツイスト風の身の上話を身ぶりで遮った。

「恵まれない生徒たちはこれまでもいたわ」エリザベスがほとんど冷静さを失って叫んだ。「奨学生や、孤児院育ちの子も……。その子たちのうち、いまが人生のチャンスというときに、マチューみたいにやる気のない子は誰一人としていなかった。それどころか、みんな頑張っていたわ！」

「マチューもそのうち慣れてちゃんとやるさ」

「あんなだらしない歩き方をしている子が？　どうかしら。彼に唯一興味があるのは、賢い犬みたいに演奏し、繊細さなんか微塵もなしに自分の能力を見せびらかすことよ。フレージングやニュアンス、旋律やリズムの重なり……そんなことはいっさいお構いなしにね」

私は言い返すすべもなく、彼女のグラスに炭酸水を注いだ。グラスの中で泡がシュワシュワと大きくはじける。

「なぜマチューに入れ込むのか理解できないわ」エリザベスが続ける。「世間にはやる気のある人間がごまんといるのに、あなたはたった一人のやる気のない子に恩恵を施そうとしている」

「それが私のセント・バーナード犬的なところだ。博愛精神というやつさ」

「あなたのそういう性格は変わらないでしょうね、ピエール。でも、骨折り損のくたびれ儲けになるだけじゃないかしら」

私は苦すぎるタルタルを残すことにした。だが苦いのはタルタルだけではない。私は苦虫を噛みつぶすような思いであのバカな青年を呪っていた。マチューの一番見事な手柄は、ヨーロッパでもっとも名高い教育者の手を焼かせたことだった。まったく、そんなにモップがけがしたいのか！

「もしやめたいというのなら」私はため息をつきながら言う。「それも仕方ないさ。きみはこれ以上ないほど辛抱してくれたんだからね」

私の落胆した様子に、突如として彼女の怒りが揺らいだ。エリザベスのことはよく知っているので、彼女の心の中でためらいの波が持ち上がり、少しずつ怒りをのみ込んでいくのが感じられた。エリザベスが珍しく小さく微笑んでいる。そのかすかな謎めいた微笑みが、彼女のまなざしを秘かに輝かせる。この瞬間、テーブルの上で指を組み、バレエダンサーのようにすっと顔を上げた女伯爵は、いままでにないほどそのニックネームにふさわしく見えた。

「サラダ・ランデーズをおごってくれる人を見捨てるようなことはしないわ」彼女がそれだけ言った。

私はエリザベスに微笑み返した。私がどれだけほっとしたか彼女はわかっているだろうから、そのことは黙っている。

「砂肝抜きのサラダ・ランデーズをね」

「ベーコンも抜きの。でも、永遠に、というわけにはいかないわ、ピエール。もしあなたの若き天才が、私の努力に見あうだけの努力をほんのわずかでも惜しむなら、あなたは私に世界じゅうのサラダを食べさせてくれなくてはね」

11

軽やかに、だってさ。おれはただ、このクソいまいましいピアノの鍵盤を指から血が出るまで叩いてやりたいだけなのに。ブラームスの練習曲じゃ、それも無理だ。二分音符の和声的なリズムやペダルの変化に注意しなくてはいけないし、背中の右側と両肩を動かす必要がある。それに、四番目の指が両方ともついてこない。あまり柔軟じゃないからだそうだ。このスーパー・ナニーは柔軟さについて注意するのに打ってつけだ。箒の柄よりもお堅い彼女は、おれの顔にぶつけるみたいに指導の言葉を投げつけてくる。おれは何も言わずに耐え忍んでいる。さすがに微笑みかけたりはしない。これが彼女の望み。彼女とその上司の望みだ。おれを従順で訓練された、感謝することができる、有能な目下の兵士にすること、つまり、飼い主の前で叩かれないように頭を垂れる犬にすることが二人の望みだ。これはおれが自分自身で墓穴を掘った報いだが、考えてみればさほど難しくはない。歯を食いしばり、何か別のことを考え、彼らの望みどおりに精いっぱい演奏すればいいだけだ。規則に従い、レッジエーロ《レッジエーロ》。直感を忘れ、楽しさを忘れ、学んだことを全部、できることをすべて忘れて、大人しくブラームスとかそのほかの作曲家の楽譜を初見で演奏すればいいだけだ。絶対に道を踏み外したりレールから外れたりせずに。

彼らは何もわかっちゃいない。でも、別にどうだっていい。

女伯爵が目を閉じていた。おれが珍しく彼女の気に入るように演奏しているからだ。

「ずっとよくなったわ……そのまま続けなさい……右手にクラリネットを、左手にホルンを持っていると想像してみて」

はい、了解。それに、右足にエレキギターというのも悪くない。

「ソ・シ・ファ・レ！」

ありがとう、わかってる。

「シ・レ・ファ・シ！」

それもわかってる。目の前に書いてあるんだから。

「リズムが乱れていますよ、マリンスキー！　集中しなさい！」

こんなキンキン声を聞きながらでは、集中するのも簡単ではない。

「四番目の指！　木みたいに硬くなっているわよ」

それじゃあ四番目の指はどこに置けばいいんだよ。おれは努力しているし、あんただってその努力を評価しているじゃないか。そう思ったが、口には出さなかった。今朝、女伯爵の上司から厳重注意を受け、もし言われたことを真面目にやらないなら、ゴミみたいに見捨てるぞと念を押されたことも、彼女には伝えない。

彼らは服従を望んでいるのだから、おれは望みどおりにしてやる。

「最初から弾き直しなさい。心がこもっていないわ」

おれは弾き直す。

「譜面を見るのはよしなさい。ほら、この練習曲を弾くときはリラックスして」

え、そうなの？　さっきは目を閉じるなと叱られたのに。

「よくなったわ……」

女伯爵閣下はチョロすぎる。

「もうやめていいわ。今日はこのくらいでいいでしょう」

いい子ぶった声音で「わかりました、先生」と答えると、女伯爵が眉をひそめた。言わなくてもよかったのに、思わず口から出てしまった。この一時間でおれの評価は充分に上がったのだから、これくらい言ってもおかしくはないだろう。ちなみに〝よくなった〟という言葉を彼女がこんなに何度も口にしたのは初めてだし、〝いい〟も一回は言っていただろう。

「明日、同じ時間にね」女伯爵が楽譜をまとめながら言う。「今夜、復習してみるといいわ。もっと速く弾けるようになるはずよ」

「オーケー」

「特に四番目の指に気をつけて」

「オーケー」

「ペダルの踏み換えにもね」

「はあい」

あっさりした返事は女伯爵をいらつかせるはずだが、これまでさんざんいらいらしてきたせいか、このちょっとした無礼な態度に彼女は気づかなかった。一時間はあっというまに過ぎた――滅多にないことだ――それに、おれの態度にケチをつけることで、おれの見事な頑張りの成果を台無しにしたくないのだ。おれはもう黄色い作業着姿ではなく、私服で来ている。背筋をしゃんと伸ばして歩き、ブラームスを弾きこなした。これから彼女は上司のところへ走っていって朗報を伝えるに違いない。あなたの秘蔵っ子は更生しましたよ、楽譜の読み方を学びはじめています、ってね。最高だ。

「また明日、さようなら」おれは嘘くさい微笑みを作った。

「また明日、マリンスキーくん」

おや、〝マリンスキーくん〟に戻ったぞ。それを聞いておれはほっとした。あと二回もレッスンを受ければ、この女伯爵を手玉に取れるだろう。

「最後に一つだけ」ドアを通り抜けようとしているおれに、彼女が言葉を投げかける。

「はい」

「このレッスンから何か得たいと思っているのなら、心を込めて弾かなくてはだめよ」

女伯爵がこれ以上何を望んでいるのかわからず、おれは不審そうに顔をしかめた。

「マリンスキーくん、あなた、手を抜いているでしょう。なぜかはわからないけれど、できるだけそつなく弾こうと努めているし、それで得意になっているわね。もしあなたの野心が、結婚式のオーケストラで演奏するようなテクニックだけのピアニストになりたい、という程度なら、順調ではあるけれど」

おれは棍棒で殴られたような気分になり、無理に笑い声をあげたが、何も面白くはなかった。喉がぎゅっと締めつけられ、ほとんど痛いぐらいだ。怒りと落胆とストレスがまざりあったぐしゃぐしゃな気持ちで、部屋の外に出るときに息が詰まりそうになる。

ドアを勢いよく閉めると、肘金がガシャンと音をたてた。

おれたちは何も言わずにバカみたいに見つめあっていた。おれのほうは、彼女が相変わらずきれいだから。彼女のほうは、おれがどこかで見た顔だから。もちろん、マスタードみたいな色の作業着姿でさえなければ、おれだってスーパーマンの中の人、クラーク・ケントのようなものだ。つまり、スーパーマンだ、とまでは断言できないけれど、うっすらと見覚えのある男なのだ。彼女は忘れっぽいか、あるいは、清掃員とのギャップを埋められないのだろう……。この廊下の故障したコーヒーマシンのそばで言葉を交わしてからまだ一週間も経っていないのに。

ちぇっ、それにしても、なんて美しい瞳だ。

「どこかでお会いしました？」

おれも彼女が誰だか思い出そうとするかのように、頭のてっぺんから足の爪先までじろじろ眺めた。コーヒーマシンの会話を、どこがよくなかったのだろうと考えながら頭の中で何度も再生したことなど、一度もなかったかのように。彼女は初めて会ったときよりもさらにいっそう魅力的だった。黒いセーターを着て、アフロヘアで、こぼれるばかりの笑顔の頬にえくぼができている。

でも、おれはあのときのことを忘れてはいない。

おれのジーンズとバスケットシューズを見て急に思い出すなんて笑える。

「うん、どっかで会ったね」おれはことさら皮肉っぽく答えた。

「ああ、そうだわ！　コーヒーマシンのところで！」

彼女は悪びれずにぽろっと口にする。この前おれの顔に軽蔑のまなざしを投げかけたことは忘れているのだろう。

「そうだったね」

「じゃあ……レッスンを受けてるの？　でも、あなたは、その……」

「おれが何？」

「ここで働いてる人なのかなって思ってたわ」

悪くない、無難な言いまわしだ。〝清掃係だと思ってた〟と言わずにすませるなんて。ブルジョアというのは物事を包み隠すのに慣れていて、そういうのが板についている。

「じゃあ、働きながらレッスンも受けてるの？」

この女の子は、おれと女伯爵の会話の最後の部分を聞いたうえで、マスタードの瓶みたいなやつがどういう経緯でコンセルヴァトワール最高の教師から教えを受けているのか理解したいらしい。実のところ、おれ自身にもさっぱりわからない。でも、彼女の大きな目をおれに釘づけにさせるなんて、復讐としては最高だ。とはいえ、スーパー・ナニーが長話の最後でおれのことを最底辺の負け犬みたいに言っていたのは聞かれたくなかった。

「うん」

「すごいわね。あなた、何年生？」

その質問には答えずに――答えたくない――おれはできるだけ冷たい目で彼女をじっと見つめた。おれが彼女の取り巻きである育ちのいいブルジョアたちと同じ立場になったいまになってやっとお言葉をかけてくださるなんて、なんとも優しすぎるからだ。

「いまになっておれに興味を持つのか？」

「いいえ」彼女は気を悪くして答える。「どこで会ったかなって思っただけよ」

「もしおれが清掃員の服を着てたら、そんなことを思いもしなかっただろう」

「それ、どういう意味？」

「きみがかわいらしいお姫様で、下々の者とは関わりたがらないって意味さ」

彼女の目の中で怒りの炎が小さく燃え上がる。ふーっと長くため息をつき、何か言おうとしたものの、背を向けて大股で歩み去った。振り向きもせずに。もう少しでビンタを一発食らうところだった。

階段の下で眼鏡の男が近づいてきて、彼女の頬に挨拶のキスをした。彼女はあまりにもいらいらしていて、男の話をほとんど聞いていない。それを見て、おれは満足した。二人の会話は聞こえないが、男がどうしたのかとたずね、彼女がなんでもない大丈夫と答え、男のほうは当然それを信じない、みたいな感じだ。とはいえ、この勝ち誇った感情は長続きしない。きちんと刈り込んだ短い顎髭に、ラフで無造作な髪形、灰色のマフラーに黒いコート姿のその男は、そこそこカッコよかったから。そいつのあまりにも自信たっぷりな仕草、うぬぼれた態度が気に食わない。それに、彼女の肩に置かれた手も。いや、たいしたことじゃないよ、と男は言って彼女を安心させながら、コーヒーマシンまで連れていった。ああ、バカなことをしてしまったな、とおれは思いはじめる。

ところが驚いたことに、彼女はここまで戻ってきておれと喋ろうとした。

ただただ信じられなかった。

それなのに、おれは彼女を追い払ってしまった。

こんな女の子の前でプライドを貫き通すことができるのは、おれくらいだ。でも、それで得られることといえば、たった二分間の満足とつまらない復讐だけなんじゃないだろうか？

彼女は一時間もすればおれのことなど忘れるだろう。もう一人のおどけた友人が子どもっぽいポーズをとってふざけてみせるあいだ、彼女はコーヒーのカップを手にもう笑顔を見せている。ときどき、おれは本当に最底辺のバカなんだと思う。

まったく、女伯爵もそのことには同意するだろう。

12

高級紙『ル・モンド』の見開きには多くの人が目を通す。ぼんやりと渦を巻くマールボロのほのかな煙に包まれ、横目でちらりとカメラを見ている自分の姿を認めて、私はわが目を疑った。コントラストがはっきりとしたこのモノクロ写真は、十年前のものに違いない。撮影された日のことははっきりと思い出せる。私が音楽部門のディレクターに昇進したという記事に添えるため、サンジェルマン・デ・プレのカフェで撮られたものだ。当時、記事は小さなコラムにすぎなかったが、それでも私の周囲に火事のように広がった。電話は鳴りやまず、ゴンクール文学賞でも獲ったかのごとく称賛された。友人たちからマイケル・ジャクソンのようにもてはやされ、いまもまだ生きている母からはキリストのように扱われた。今日出た記事は小さなコラムどころか、見開きの中央部分の目立つ場所に掲載されている。一時間後、二時間後、二日後と時が経つにつれて、この記事が私の人生に及ぼす影響を想像してみた。しかも、タイトルはこうだ。

『ピエール・ゲイトナーの転落』

自分がすでに死んでいるかのようなある種の諦観を抱きながら、記事を三度も読み返した。さすがに『ル・モンド』は情報に詳しい。それにしても、少し詳しすぎないか。一枚岩ではないコンセルヴァトワールの関係者のうちご親切な誰かが、公的補助金の打ち切りの話を、さも国内問題であるかのごとく記者たちに吹き込んだのだろう。記者たちはセンセーショナルなネタを求めている。

バタンと激しい音をたててドアが開き、ロシジャックが深刻な顔つきで入ってきた。

「記事を見たかい？　一巻の終わりだ！」

「大げさだよ。文化省はまだ補助金の打ち切りを決定してもいないのに、これで終わりだとばかり騒ぎ立てるなんて」

「ピエール、最終的にどうなるかが衆人の目にさらされてしまったんだよ。みんなに知られてしまったんだ……」

意図的かどうかは知らないが、情報の出どころはロシジャックではないかと考えながら、私は苦々しげな微笑みを彼に向けた。

「情報がすっかり漏れていることは事実だ」

「何が言いたいんだね？　おかしな言いがかりはやめたまえ！」

「記者たちがこの話をでっちあげたわけじゃないということさ。それに、文化省から漏れたわけでもないだろう！　喋ったのは私たちのうちの誰かだ」

「それはそうだろうさ」彼が肩をすくめて同意する。「狭い世界だからね」

ロシジャックが私の机に座り、新聞をさっとつかむと、改めて記事に目を通し、神経質そうに髪に手をやった。いや、マスコミに知らせたのは彼ではない。たとえ彼がいっとき私をお払い箱にしたがっていたとしても。この記事は、ロシジャックのキャリアに対する痛恨の一撃であり、彼の出世欲を台無しにしかねないちょっとしたウォーターゲート事件の前触れなのだ。

「反論しなければ」ロシジャックが新聞を置きながらぶつぶつ言った。

「そんなことをしたって、噂をあおることにしかならないだろう」

ロシジャックの落胆のため息を聞き、私は胸が痛んだ。『ル・モンド』の見開きに載ったのが自分だということをほとんど忘れてしまいそうだ。

「確かにそうだ。それに、訂正記事なんてせいぜいページの下に二行出るだけで、誰も読まないだろう」

「情報が正しいかどうか確かめもせずに……」

「わかっているよ。みんな愚かなんだ」

どんよりとした沈黙の中、ロシジャックは立ち上がり、部屋を行ったり来たりしはじめた。私が気晴らしのために外へ目をやると、ガラス窓の向こうで秋の日差しが雲の上をくっきり照らしているのが見えた。考えることも、頭を働かせることもできず、疲労を感じた。それに、つらさと、少しばかりの悲しみを。結局のところ、私にはこの『ル・モンド』の記事などどうでもいいのではないだろうか。

「私たちの最後の望みは、国際ピアノコンクール《グランプリ・エクセランス》だ」突如として灰の中から蘇ったロシジャックが言葉を継いだ。

グランプリ・エクセランスと聞いて私はおかしくなったが、笑える雰囲気ではないので頷いた。共産主義体制下の労働者のように、生きることさえ忘れるほどの没頭ぶりで演奏するロシア人や中国人のせいで、毎年われわれは優勝を逃していた。二〇〇七年の受賞者はマリーヌ・ドルニエ、二〇〇八年はフェリックス・ド・レニャック。この過去の記憶にわれわれはしがみついている。古い板切れにしがみつく遭難者のように。われわれがもはや新しい世代の引き立て役にすぎないということを忘れるために、胸に手を当てながら年々美化されていく過去の勝利を祝っているのだ。

グランプリ・エクセランス。〝エクセランス〟は〝優秀〟を意味するが、グランプリは才能だけで決まるものではない。

それは練習、意欲、熱意、天分、すべてにおいて優れている、ということなのだ。

「やってみよう」私は少し無理をして答えた。

「頼むよ、ピエール！　少しは熱意を込めて言ってくれ。きみの代では一度も優勝したことがないんだから」

「やってみよう、と言ったじゃないか」

「そんな言葉が聞きたいんじゃない！　私が期待しているのは、はい、全力を尽くします、はい、やってみせます、あのとんでもないコンクールを勝ち抜いて、われわれにはまだまだ力があるということをほかの人々に知らしめてやりましょう！　ということなんだ」

「そういうつもりだったんだ……それほど口が達者じゃないだけで」

ロシジャックが心の内を見せないよう視線を上げて、辛抱強く続ける。私の心がぽっきり折れてしまっては困るからだ。少なくとも、いまは。

「さて。生徒たちの履歴書を見せてくれ……どうだい、いい人材はいるかな？」

ロシジャックが私が差し出した紙束に目を走らせ、よく聞こえないコメントをぶつぶつ言いながら、机の上で書類を二つの山に分けていた。次々とめくられる履歴書の写真は、にこやかな顔もあれば無表情な顔もある。興味を引かれる生徒もいれば、引かれない生徒もいる。ロシジャックのお眼鏡にかなった生徒は、すべての期待をかけられ、左側の山に積まれた。彼は自分が履歴書の中身に通じているといつも信じたがっているが、本当に関心があるのは自分のエクセルシートのセルに入っている補助金の額だけなのだ。

「アニェーリはどうだい？」

「だめだ。去年はとても残念なできばえだったよ」

「そうか。それじゃあ、かわいいベルギー人の……モー・ピータースは？　彼女は才能がある」

「コンクール向きではないな。それに、あまりにも独創性に欠ける」

ロシジャックは再び選考に取りかかり、得意げに私の鼻先で一枚の履歴書をひらひらさせた。

「セバスチャン・ミシュレだ！　彼は才能があるし、練習の虫だ。コンセルヴァトワールのオーケストラとよく共演している。女伯爵も彼のことを一番の宝だと言っているよ。将来はソリストになるだろうという点に関しては、みんな同意しているし、舞台慣れもしている……。彼なら完璧だ」

「まあね」

「どうして〝まあね〟なんだ？　ほかに候補者がいるのか？」

「たぶん。よく考えさせてくれ」

ロシジャックは不信感を抱いている様子だ。その不信感はますます隠しきれなくなってい
て、私の能力に対する彼の評価の低さをありありと物語っている。

「きみはこのコンクールに何がかけられているのかわかっていないようだね……。もし下手
な生徒を選んで失敗したら、今年もまた優勝を逃すだろうし、そうなったら音楽部門もコン
セルヴァトワールも、そしてこの先数年間の予算も、すべてが終わりになるんだぞ」

「わかっているさ」

「それに、きみの前途もだ、ピエール。もし優勝を逃したら、誰一人きみを救おうとする者
はいなくなるだろう。私も、ほかの誰もだ。友だちだからこそ言っているんだ」

「そのことは百も承知だ」

「もし優勝を逃したら、きみはさぞかしぐっすり眠れるだろう」

私は最後の皮肉には答えず、ロシジャックの人選をどう思っているのかはっきり示すため
に、履歴書の山を一つにまとめた。

「きみが選びたまえ」ロシジャックがやむを得ずに言った。

「明後日の会議のときに、関係のある教師たちと一緒にもう一度検討しよう。それでいい

か？」

「結構だ」

ロシジャックがまるで両肩にコンセルヴァトワールを背負っているかのように背中を丸め、ストレスと煙草のにおいを漂わせながらドアから出ていくのを見つめた。彼の苦しみも長くは続くまい。明日は明日の風が吹く。そして私には時間が必要だ。暗記しているこの履歴書の束を見直すためではなく、世界で一番納得しがたい候補者をロシジャックに納得させるために、申し分のない視点や論拠、反駁《はんばく》しようのない理屈を考え出す時間が必要なのだ。


マチュー・マリンスキーは、大ホールのステージ上でピアノに向かって座っていた。スポットライトの下で、若者らしいむすっとした態度で、そこで自分が何をするのか理解できずに待っている。私服姿でモップは持たず、ほかの誰かと会う約束もなく、楽譜もなしで、空っぽのホールで私と顔を突きあわせている。

私は腕時計で時間を確かめた。次のリハーサルの時間にずれ込まないように。

「このピアノと再会して、どうだい、マチュー？」

この愚かな青年は、だらしない、ものぐさな様子で金髪をかき上げると、感情のないまなざしをスタインウェイに投げかけた。彼がいつまで私に対してこんな子どもっぽい態度をとり続けるつもりなのかわからないが、もう無駄にする時間はない。

「別に」マチューがかったるそうに答えた。

「別に何も?」

「ああ」

私はマチューから目を離さずにそばに近寄った。

「これはスタインウェイ。車で言えばロールス・ロイスだ。それなのに、興味がないというのか?」

「うん」

「私ときみの、どちらが間違っているのかわからないが……」

「どっちも間違ってないいんじゃない。ロールスだろうがトゥインゴだろうが、おれはどうでもいいよ。車は好きじゃないんだ」

いま一度、このまったくもって取るに足りない青年の中に光を見出したのは、夢だったのではないかと思った。だが、私は知っている、彼の指が鍵盤に置かれた瞬間、闇が終わりを告げることを。少なくともそう願いたい。なぜなら、私たち、私と彼は、大きな賭けに乗り出すのだから。

「なぜピアノを弾くのか教えてくれないか、マチュー?」

「別に。暇つぶしだよ」

「それだけか?」

「それだってたいした理由だろう、違う?」

私は鍵盤を保護しているベルベットのカバーをゆっくりと外し、中央のドの音を鳴らした。

「ついこのあいだ、きみはこのピアノでリストの『ハンガリー狂詩曲』を弾いたね。もう一度弾いてくれないか」

「どうして?」

「私がそう頼んでいるからだよ」

「今日のレッスンはもう終わったんだけどな」マチューが気の進まない様子でもごもご言った。

そのとき、小さなカバンを手にして、折りたたんだコートを腕にかけた指揮者が姿を現した。頭を下げて私に合図を送ったあと、譜面台へと向かい、そこに静かに座ろうとしている。そして突然、はじけるような大声が廊下から聞こえてくる。あと何分かすれば、このホールは満員になるだろう。

「もうすぐ人が来るじゃないか。このホールで練習する人たちが」

「それならなおさらだ。最初のときのように、私のために『ハンガリー狂詩曲』を弾いてくれないか」

「おれが上達したかどうか見てみたいわけ? それなら、ほかの楽譜がいいな。あの曲ならもう弾けるから」

「弾けることは知っているよ」

いかにも思春期らしい態度の裏側にははっきりとした不安が表れていて、瞳には子どもらしい感情のようなものが映っている。

「いや、でもマジで、何がしたいの？」

「ほら」私はスタインウェイの側面をぽんぽんと叩く。「もたもたしていればいるほど、人が増えてくるぞ」

今度は三、四人の演奏者が入ってきて、フードつきのパーカーを着たマチューをちらっと見た。彼の顔は平静を装っているが、どことなくぴりぴりした様子が透けて見える。そう、彼は人前で演奏したことがない。本格的には。駅での演奏は数に入らない。駅というのは通過する場所、無関心で覆い尽くされた場所だからだ。大勢の人間がいるにもかかわらず、無名の通行人の注目は一陣の風よりも移ろいやすい。だがこの瞬間、マチューは激しい鼓動や、意のままに動かない指と闘っている。そこにいる全員のまなざしを一身に浴び、あたかも裸で太陽に焼かれているかのように、まぶたを閉じていても明るいスポットライトの強い光に焼かれている。恐怖と陶酔がまざりあった感覚だ。それからマチューはふーっと長く息を吐き、指先で鍵盤にそっと触れると、弾きはじめた。かなりの勇気を奮い起こして。というのも、このホールはみるみるうちに生徒たちでいっぱいになっていたからだ。彼らは判断してやろう、評価してやろう、バカにしたりけなしたりしてやろうと待ち構えている。無関心だが、おそらくは敵意のある聴衆だ。真面目に学校教育を受けて育ってきた集団。彼らのために、この金持ちの子どもたちのために、マチューは演奏するのだ。しかしこの生徒たちは、マチューのうわべに隠されたものを発見することだろう。

私には根拠のない自信があった。

初めに、力強くしっかりと、重々しい音が鳴った。『ハンガリー狂詩曲』の最初の何小節かには、どことない危うさ、戦いの誘惑、さらには死の誘惑があり、それはたちまちのうちに過剰な表現に堕《だ》する可能性がある。しかし、この青年はずっと以前からそういう演奏はしない。彼にとって音はおもちゃなのだ。きらきら輝く、いたずらな炎。音が軽やかに、しかし荘厳に解き放たれると、宙吊りになった余韻があふれんばかりの甘美な音の上で一続きになる。マチューの不安も反抗心も反抗的な態度も、すべては一瞬のうちにかき消えた。音楽が彼の体に点滴され、肩の中を流れ、血管に流れ込む。私の血管の中にまで流れてくるようだ。そして、一度ならず涙が込み上げてくるのを感じた。きっと私だけだろうが、張り詰めた記憶や挫折した人生、葬ってしまいたかった感情、そうしたものが、ひっそりと蘇るのだ。

ほかの人たちを見た。

彼らの目を見る。

生徒たちのお喋りは、ミツバチの群れが遠ざかるように消えて、大聖堂の中のような静寂に場所を譲った。私は、マチューが自分の子であるかのような誇らしい気持ちになり、息が詰まりそうだった。ほらどうだ、私はこの子のために奮闘しているのだ、と叫びたくなる。私の意見に理解を示さなかったすべての人々、ぶつぶつ不満を言い、あざ笑い、私が現実を検討する能力を失ったと思っているすべての人々に、叫びたくなった。『ハンガリー狂詩曲』が私たちを包み込み、運び去ろうとする。もし曲に身を委ねてしまえば、私はめまいさえ感じるかもしれない。

沈黙は最後の小節まで続いた。いや、それより少しあと、私たちが深い眠りから覚めたときまで続いた。マチューが両目に涙をため、息を切らして、恍惚状態からわれに返る。ほんの一瞬のあいだ、彼は仮面をつけ忘れた。スポットライトの冷たい光に照らされ、フードつきのパーカーを着たマチューは、ほとんどか弱くさえ見える。彼の見た目は、もはや彼自身を覆い隠すことはできない。私がマチューの本当の姿を見たのは、たぶんこれが初めてだろう。

ずっしりと重たい聴衆の視線を気にも留めず、親しみを込めてマチューの肩に手を置いた。

「なぜきみはピアノを弾くのか、もう一度教えてくれないか、マチュー」

彼は珍しく、いたずらっぽい微笑みを小さく浮かべた。

「別に。暇つぶしさ」

13

おれはいつも目立たないようにしてきた。壁と同じ色の服を着る。うつむきながら歩く。どこも見ない。これが厄介事を背負い込まない一番の方法だ。他人はおれをうんざりさせるために存在しているのだ。目立たなければ目立たないほど、そつなく生きていける。ドリスの赤い靴、あんなの履いてぶらぶらしていたらろくなことにならないだろう。

ちぇっ、みんながおれのことを見てやがる。

しかも最悪なのは、自分が楽しんでいるということだ。

どうだっていいみたいな顔をして舞台からおりたけれど、ぴくりともしないブルジョアの子どもたちの視線にさらされて、突如として快感を覚えた。彼らはおれがどこから来たのかといぶかっている。おれが黄色い帽子をかぶった清掃員で、ソルフェージュのレッスンを受けるために泥棒みたいに毎日学校に潜り込んでいる男だと、たぶん気づいているやつもいる。スーパーマンがクラーク・ケントだってことが、これでみんなわかっただろう。

人前で演奏することがアドレナリン注射に匹敵するなんて、いままでまったく考えたこともなかった。うっとりするような経験だ。誰だって走り出したくなるだろうし、同時に、すべてをさらけ出し、すべてを与えたくなってしまう。誰も拍手をしなかった。たぶんそうしてはいけないのだろう。でも拍手が起こったも同然の雰囲気だった。みんながおれのことを見ているし、通りすがりに頭を振って合図をよこしたり、ブラボー、すげえ、ワオ、みたいなちょっとした言葉をかけてくるやつもいるから。ピエール・なんとかはステージ上に残っているが、にこやかにおれをじっと見つめていた。あの人はたぶん、実はそんなに悪い人じゃないんじゃないか、とおれは思いはじめる。

でも一番嬉しいのは、彼女がそこにいたことだ。チェロを手にしたまま、大きな目をおれに釘づけにしている。驚きのほうが怒りよりもずっと強いからだ。わかっている、彼女はおれなんかを満足させたくないから、本当は背を向けてしまいたいはずだ。だが、自分でもどうにもできないのだ。最高だな。彼女がおれに言葉をかけるつもりがまったくないのと裏腹に、眼鏡の美男子が、前に彼女にちょっかいを出した清掃員だと気づかずに、おれを呼び止めた。きっとピアニストに違いない。なぜって、彼の態度には感嘆と憎しみの両方がまざっていたから。そいつはおれに手を差し出したが、その微笑みはあまりにも作り物っぽくて、大統領選挙に立候補できそうだった。

「やあ。ぼくはセバスチャン・ミシュレ」

「どうも」

「すごいね、きみのリストの解釈！」

「ありがと」

女の子の視線を感じながらでは会話に集中できないが、これも暇つぶしのうちだ。

「どこから来たんだい？」

「ラ・クルヌーヴ」

セバスチャンはおれが面白いことでも言ったかのように、嘘くさい笑い声をあげた。

「真面目な話、きみはどこかの私立学校の生徒なの？」

「いや。ここでレッスンを受けてる」

「変だなあ、一度も会ったことがないけど……。何年生？」

「入ったばっかりだよ」

たぶんおれが初心者に見えないからだろう、セバスチャンは今度も笑った。

「それじゃ、初舞台としては好調なすべり出しだね！　先生は誰？」

「女伯爵」

「ふうん……意外だな。女伯爵は三年生の先生だよ。どこの学生でもないのに、いきなり入学試験にパスしたのかい、こんなふうに？」

「まあね」

セバスチャンは友人を証人にしようと、右に左に目をやっている。

「そんなことができるなんて知らなかったな」

こういう、注意を引こうとして友だちをちらちら見るやつはよくいる。こいつのちょっとしたくせ――十秒に一回は顎髭をさする――がちょうど我慢できなくなってきたし、カッコつけた態度は言うまでもない。このバカは鏡の前でポーズを一つ一つ決めるのに何時間も費やしているに違いない。でも一見して、そんなポーズは彼女になんの印象も与えていない。

だって彼女が見つめているのはおれのほうだから。

「まあ、なんにせよ、幸運を祈るよ……。あ、なんて名前だっけ？」

「マチュー」

「名字はないの？　それがきみの背負っている苦労ってわけか」

オーケー、こいつには本当にうんざりしてきた。友だちの前でショーでもやっているつもりか？

「そうなんだ。ゴミ箱から拾われたもんで。でもケータイの番号ならあるぜ、よかったら」

セバスチャンの微笑みはあまりにも引きつってしまい、もはやしかめっつらだ。やつは同じ調子で話し続けることもできただろうが、本能的に引き下がった。まるで、大ホールで演奏し終えたばかりのこのピアニストのバックに誰かがついていて、親からも長年食らったことがないようなビンタがさっと飛んでくるんじゃないかと感じたようだ。あざ笑うだけで満足し、今度は自分がステージに上がると、ピアノの前に座った。

本当にそう感じたんだろう、賭けてもいい。

演奏者たちは音あわせを始め、ピエール・なんとかはおれを見つめながら指揮者と議論していた。あと何秒間かこの女の子とお喋りをする時間がありそうだ。

「元気？」

返事をする代わりに、彼女は怒ったように眉を上げた。そこでおれは、史上最低だったナンパのことを思い出す。

「この前はごめん」微笑みながら言う。「気を悪くしてなければいいんだけど」

「ご期待に添えずごめんなさいね」

「ああいうこと、よくやっちゃうんだ……」

「それも、得意げにね」

「いや、でも、おれのせいじゃないんだ。バカなやつほど、みんなおれに絡んでくるんだ」

彼女は思わずうっすら微笑んでいる。

「それじゃ、私もバカってことね」

ちくしょう、ついぽろっと口から出てしまった。

「いや、もちろん違うよ！　一般的なバカのことを言ったんだ……きみの友だちのセバスチャンみたいなやつのこと」

またしてもやらかしてしまった。いったいどうしたんだ、おれは。もはや失うものは何もないので、失敗ついでに、はっきり確認するためにもう一言つけ加える。

「もしあいつがきみの彼氏なら、おれが言ったことは忘れてくれ」

「セバスチャンは私の彼氏じゃないわ」

「彼氏なのかと思ってた。だって、すごく仲よさそうだったから……」

「彼はつきあいたいみたいだけど、どっちにしろ、すぐにはどうこうならないわ」

「安心したよ。あ、きみのために安心した、ってことだけど。あいつ、見た目と同じくらい中身もバカなの？」

「最悪よ」

悪評高いセバスチャンは、まるでおれたちの話が聞こえているかのように、おまえ殺すぞと言いたげな目でにらんでいる——あれも鏡の前で練習した顔だろう。突如として形勢が逆転したわけだ。あいつの代わりに自分が一人でステージの上にいて、憧れの女の子が別の男と喋っているのを見ていると想像してみる。セバスチャンにウインクを飛ばしてやりたいのを我慢した。

「まだ自己紹介もしてなかったね。おれはマチュー」

「知ってるわ。私はアンナ」

「名字はないの？」

「ええ、狼に育てられたから」

ここに来てから誰かの言葉で笑ったのはこれが初めてだ。

「立派に育ててもらったんだね」

「お世辞はいいわよ」

「おれがいつも失礼なわけじゃないってこと、わかってくれただろ！」

「まだ信じられないわ」

「オーケー、構わないさ。でも、おれにはほかにも山ほど長所があるんだ」

「それはさっき見たわ」アンナが微笑みながら答えた。ちくしょう、なんて魅力的な笑顔だ。

「素晴らしかったわ。本当に。誰かがあんなふうに演奏するのを一度も聴いたことがないもの」

アンナの褒め言葉で頭の中が真っ白になってしまうなんて、おれはだめなやつだ。でも仕方がない、自分ではどうにもできないのだ。礼を言うか、ひどい嫌みを言うかで迷いすぎて、言葉がまったく出てこなかった。誰かが彼女を呼んでいる。もうじきリハーサルが始まるのだ。

「行かなくちゃ」アンナがすまなそうに言った。

「オーケー」おれは相変わらずだめなやつだから、そう答えた。だが彼女がみんなのところへ行こうと荷物をまとめているあいだに、当たって砕けろとばかりに引き留めようとした。

「あとでコーヒーでも飲まない？」

「それが無理なの」アンナが待たせている人たちに小さく合図を送りながら答える。「早く帰らなきゃいけないから。私の誕生日パーティーの準備があるのよ。あ、でもよかったら、あなたも来て！　感じのいい人たちが山ほど来るわ」

「いいよ……場所は？」

彼女がスマートフォンを取り出したのを見て、おれの鼓動は高まる。今度こそ成功だ。

「全部ショートメールで送るわ。あなたの番号は？」

もしおれがセバスチャンだったら、そこですかさず野球のバットを手にステージからおりてきただろう。

　ずっと前から街灯の電球が一つまた一つと切れていた。なのに誰も気にしていない。時間が経てば経つほど、暗がりが広がっている。おれたちの顔を死体みたいに見せるオレンジ色の光がなくなったら、そのうちおれたちは吸血鬼みたいに闇の中に溶け込んでしまうだろう。そういう状況ははっきりしているはずだが、誰一人気にしている様子はない。人はどんなことにも慣れてしまうのだろう。世界の終わりみたいな――ゾンビまで出そうな――雰囲気の中、人々はスマートフォンの小さな光を頼りに帰宅する。夏ならまだいい、でも日が短くなって、明るい街灯が減るにつれ、おれたちは少しずつ夜にのみ込まれてしまう。おれはここで育ったし、この辺りのことは隅々まで知り尽くしているけれど、それでもやっぱり、オレンジ色の光と光のあいだにある闇の部分に来ると少し恐怖を感じる。誰かが暗がりで待ち伏せしていてもおかしくないし、駐車場の車なんか、まるで幽霊みたいだから。

　ダヴィッドにはもっと早く家に帰るよう言わなければ。

　とはいえ、おれたちのいるベンチを照らす街灯がついに消えてしまうとは思ってもみなかった。もし二つの煙草の先に火が灯っていなかったら、ケヴィンとドリスの姿はまったく目に見えなかっただろう。

「ちくしょう、何も見えないじゃないか、ここは！」

「おまえか、マット？」

「いや、おまえのロサンゼルスの従兄だよ」

　ドリスの笑い声を聞いて、彼が右側にいることがわかった。

「ほんと、足元しか見えないよな。別のベンチに移ったほうがいいな」

「バカ言うなよ、おまえ」ケヴィンが口を挟む。「別のベンチに移るくらいなら、このクソッタレの街灯によじのぼって電球を替えたほうがまだましだ」

「じゃあ、やれよ！」

「やったらいくらくれる？」

おれが近づくと、とうとう二人の顔が見えるようになった。ケヴィンが首につけている、ごつい金色のチェーンもだ。よくよく見てみると、こいつは本物だ。

「それ、どっから手に入れたんだよ？　プロニー通りの盗品を売り払ったのか？」

「ああ。おまえの分もあるぜ」

ケヴィンがズボンのポケットからくるりと丸めた札束を取り出したが、おれは彼の手を押し返して断った。

「やめてくれ、おれはいらない」

「なんでだよ、たんまり欲しいんじゃなかったのか？　おまえ、すげえ稼いだんだぜ！」

「あれは言葉のあやだよ……。それに、あの裁判以降、母さんが猜疑心の塊になってるんだ。そんなものが見つかったら殺されるね」

「お優しいことで……。おふくろにつらい思いさせたくないってわけか」

「つまり、厄介事はごめんだってことさ」

おれはスマートフォンで時刻を確認し、すばやく計算した。アンナのパーティーに大遅刻しないためには、とっくに着替えがすんでいなくてはいけない。とはいえ、すぐには立ち去らない。なぜなら、もし今夜パーティーに行くとこいつらに知られたら、放してもらえないだろうから。

ケヴィンもスマートフォンを見ていた。電話機の色とりどりの光を顔に反射させながら。

「おい、おまえらに渡す金がどこから来るのか、興味があるだろ。次のヤマはデカいぜ」

「次のヤマってなんだよ?」ドリスが暗闇で目を輝かせながら叫ぶ。「そいつはおれにも関係あるのかよ?」

「マットのことを待ってたんだぜ」

暗闇のせいで見えなかっただろうが、おれの顔には、この会話をこれ以上続けたくないとはっきり書いてあったはずだ。もう自分の将来をロシアン・ルーレットに委ねるつもりはない。加えて、いまのおれに重要なのは、山ほど金を持っているかわいい女の子の誕生日パーティーに何を着ていくかということだけだ。たぶん黒いジーンズ、もし汚れていなければ。それにグッチのスウェット。あれは完全に本物そっくりだ。香水は一つしかない――ダヴィッドがアルマーニのアクア・ディ・ジオの残りを勝手に使い切ったから――何年も前から洗面所に置かれている、黒と赤のパッケージの、数キロ先までキャンディのにおいを振りまくあれしか。

「おまえ、どこ行くんだよ?」ケヴィンがじりじりしている。「おまえらと打ちあわせをしないと……。これは究極の計画なんだ。それに今度のヤマは安全で、ゼロリスクだぜ」

「時間がないんだよ、弟に夕飯を食わせてやらなきゃいけないんだ。それに、おまえには言っておいたよな。おれはもうバカはやらないって」

「怖気づくなよ、マット！　クソみたいな給料のために一日八時間働くなんて、それこそバカじゃないか」

「たぶんな。でもムショ送りにされることは絶対にない」

「リスクはまったくないって言ってるだろ！　今度は人《ひと》ん家《ち》じゃないんだ！　工業地帯の倉庫で、監視装置もなしだぜ」

「それじゃまあやってみろよ。楽しんでこい。おれはもうやらないから」

ドリスが理由もなくぷっと噴き出した——こいつがマリファナを吸いすぎじゃないかと気づくのは、だいたいこういうときだ。

「なんだよ、掃除が好きになったんだな、こいつ」

「ムッシュー・きれい好きって呼んでやろうぜ」ケヴィンが同意した。

ムッシュー・きれい好きは答えない。なぜなら急ぎはじめているから、それに、この手の議論に加わりたくないからだ。だがドリスは話を終わらせるつもりはない。ベンチからおりて、おれを説得しようと耳元にいろいろ吹き込みながら、おれのあとをついてきた。一番近くにある街灯のオレンジ色の光の中で、ドリスの瞳孔は開いているように見えて、そのせいでもうほとんど表情がなくなっている。

「ほら、マット……バカはやめろよ！　金が必要なんだろう、なあ？」

「おまえが知ってるかどうか知らないが、おれは執行猶予中なんだぞ」

「関係ないだろ、つかまりゃしないんだから！」

「放せよ、ドリス」

「そうだ、放してやれ」ケヴィンがベンチに座ったまま声をかける。「マットはブルジョアのガキどもの便所掃除を始めてから、やつらみたいになったんだ！」

おれは振り向かず、つきまとってくるドリスと一緒に歩き続けた。

「掃除が好きなのか、なあ？」

おれは建物のドアを押した。ドアのガラスがまたしても割られている——おおかた、四階に住んでいるバカなガキどもの仕業だろう。

「清掃員はキャリアプランとして悪くないぜ。失業もしないし、学歴も必要ないし……」

エレベーターがやはり故障したままなので、階段に向かった。

「おまえ、なんの係だよ？　床掃除か、それとも便所掃除？」

三階。ドリスが相変わらずついてくる。

「恥さらしだなんて思う必要はないんだ。掃除する人間が必要だろ」

四階。

「よお、おまえに言ってるんだぜ、クソまみれの女中さん！」

平常心というのはゲームでいう生命力《ライフ》ゲージのようなものだ。少しでも残っていれば攻撃を耐え忍ぶことができる。だがゼロになった瞬間おしまいだ。

「おい！　聞いてんのか？」

おれが振り向くと、ドリスが避けられずにぶつかってきた。おれはドリスの着ているサッカーのユニフォームを乱暴にひっつかんだ。ビリビリと縫い目が裂ける音が聞こえる。エレベーターケージの壁にドリスを押しつけた。おれの指先はこのクソッタレの壁のことをよく知っていて、どこがざらついているか隅々まで覚えている。ドリスは幼なじみだが、それでも血が流れるまで何発も顔面を殴りつけたい衝動を我慢するには、ありったけの自制心を働かせなければならなかった。もし何か言ったら、たった一言でも口にしたら、おまえを殺すぞと怒鳴りつけてやりたい。だが顎が痛くなるほど歯を食いしばり、黙っているほうがましだ。

「どうしたんだよ、おい？　おまえ、完全にイカれちまってるぜ！」ドリスがおれを押し返しながらわめいた。

階段灯が自動的に消えたが、どうだっていい。暗闇の中で階段をのぼるのはこれが初めてじゃない。それに、闇に包まれているあいだは無駄な言い訳をしなくてすむ。誰にも、何一つ言うことはない。今日は朝の五時に起きて窓ガラスを拭き、レッスンでは指の間隔について文句をつけられ、大勢の人の前でリストを弾いてから満員電車に詰め込まれて窒息しかけた。そうやって一日を過ごし、いまは女の子の誕生日パーティーに行くために半分空っぽの洋服ダンスの中から何かしら取り出して恥ずかしくない服装をしなければならず、それなのに、彼女に花束一つ贈る金さえない。そういう言い訳も、暗闇の中ならしなくてすむ。

14

「シオランが音楽についてなんて言ってたか知ってるかい?」

答えを求めているわけではない質問、話題を提供するために発せられたその質問を耳にして、ワイングラスに映る暗い影を見つめながら物思いに耽っていた私は、はっとわれに返った。自分に向けられた質問だと思った。というのも、ここにいるみんなが、永遠に続くかと思われる食事の終わりに、ほろ酔い機嫌の親切そうなまなざしでこちらを見つめていたからだ。

なんと、デザートもまだ出てきていない。

「もちろん知ってるわよ」マリオンがどっと笑った。さっきまでは自分が編集者として送っている生活について、ひとしきり語っていた。「音楽に関することならなんでも知ってるわ!」

「その代わり、サッカーについては……」

「ああ、それはね。サッカーのことなら、みんなほとんど無知なんじゃない! ねえ、ピエール?」

「あらゆる分野に通じているなんて無理さ」

実のところ、みんなが私に話しかけているのだ。みんなが同時に。それが少し気詰まりだ。

なぜなら、社交的かつ親密なこのテーブルを囲んで楽しもうと努力したにもかかわらず、しばらく前から興味が失せてしまったせいだ。精いっぱい頑張ってはみた。堤防道路を歩行者専用にすることが妥当かどうかという議論にまで加わった。だが、時間が経つにつれて頭が鈍り、空元気もしぼみ、グラス一杯しかワインを飲まなかったことを悔やんだ。しかし、ここにいるのは友人たちだ。それに、友人の友人、編集者、ジャーナリスト、オペラ座の関係者、テレビの情報番組担当者……。場所は自宅から目と鼻の先にある、セーヌ川に面したお気に入りのレストランの二階で、ワインも食事も素晴らしい。それにもかかわらず、私は退屈していた。一秒一秒時間が過ぎるのを数えたり、遊覧船の光を目で追ったり、しまいにはパンくずを指でもてあそんだりしている。延々と続く大人たちの食事に加わっていた十二歳の頃が思い出された。大人しくしなさい、椅子にまっすぐ座りなさい、ママに何かきかれたら返事をしなさい。そんな声が聞こえてきそうだ。

どうしてシオランの話になったかは別にどうでもいい。私はごまかせていることを期待しながら、たずねられたことに答えようとした。

幸い、私の代わりにほかの人がこの思想家の文章を引用してくれた。

「〝音楽において、胸を引き裂くようなところのないものは表層的である〟ってシオランは言ったんだ。おれはわりと賛成だな」

アントワーヌ——自分の新しい芸術番組について以外は話題がない——は酔っ払った微笑みを浮かべて私の腕に手を置いた。

「素敵だね。でも、それはぼくが考えていたやつじゃないな」

「すべてを引用しろなんて求めちゃいけないわ」マリオンがくすくす笑った。

「いいじゃないか。彼はなんでも知ってると言ったのはきみだよ！」

彼らは私を無気力から引っ張り出すためにできるだけのことをしてくれている気がした。みんな私とはつきあいがあるし、『ル・モンド』に記事が掲載されて以来、これが私にとって初めての友人たちとのディナーだということ、その記事が私の肩に重くのしかかっていることを知っているからだ。彼らは親切だ。本当に。だが、私は自分のことなど忘れてほしかった。壊れ物のように、常に気を使ってやらなければならない子どものように扱うのはやめてほしい。

私がここにいるのは、復活しなくてはならないからだ。

「さて、誰もわからないのかい？」アントワーヌがグラスをまわしながら続ける。「これはシオランのもっとも美しい言葉なんだけどな。〝音楽が私たちの心のどこに訴えかけているのか知ることは難しい。だが確かなのは、狂気さえも入り込めない心の深い部分に、音楽は触れることができるということだ〟」

「その言葉はきっとピエールの生徒全員に当てはまるわね」マリオンが楽しげに言った。

「そこに入り込めないのは狂気だけじゃないさ」名前は忘れたが、オペラ座の男がつけ加えた。遊覧船から放たれる光が冷たい輝きを放ち、私は再び外に注意を引きつけられる。コートのポケットに手を突っ込み一人で川岸に立ち、セーヌ川をさかのぼってノートルダム大聖堂前のひとけのない広場まで行きたい衝動に襲われた。冬の初めが好きなのだ。それに、一息つく必要がある。

「失礼」私は断ってから立ち上がった。

「おっと、ピエールをうんざりさせてしまったかな」アントワーヌが陽気に言い放った。

私は答える代わりにアントワーヌに微笑みかけると、ナプキンをテーブルの上に置き、孤独な時間を一秒一秒味わうためにゆっくりとトイレに向かった。笑い声や私に向かって投げられた子どもっぽい冗談が背後から聞こえたが、そのうちレストランの騒音にかき消される。ナイフやフォークがカチャカチャ鳴り、話し声がざわめき、ウエイターたちが山と積まれた皿を手に忙しく歩きまわっていた。ふかふかの絨毯の上を歩くと、雲の上を歩いているような気がした。

元気を取り戻す方法は人それぞれだ。

「突き当たりを左です、ムッシュー」ウエイターが教えてくれた。私が力を尽くせば暗闇の中でも自分の道を見つけられるだろう、ということも知らずに。

後ろ手にドアを閉めると、部屋のざわめきが消えた。アンティーク風にするためにわざと斑点をつけてある大きな鏡の前で、私は一人きりになる。乾燥機がゴーゴーうなり、石鹸の泡がまだ洗面台のくぼみに残っている。

ひどい顔をしているな、私は……。

女性が一人やってきて私に微笑みかける。自分が自分でいられる最後の空間が侵されてしまった。そこで個室に閉じこもり、蓋をした便器に座って待った。女性がいなくなるのを、時間が経つのを。五分か十分か、ここで過ごしてもおかしくないだけの時間が過ぎ去るのを待った。十分などたかが知れているが、気力を取り戻すことは可能だろう。できる限り気力を取り戻すのだ。クソみたいなインテリア――この場にふさわしい表現だ――を背景に、こんな状況でもなんとか気持ちを立て直すしかない。

静かな場所に身を落ち着けると、心が混乱しはじめた。仕事、不安、希望、それに後悔が、分かちがたくもつれあう。もうすぐデザートが運ばれてくるだろう。もう腹いっぱいだ。クレープを選んだことが悔やまれる。優勝できるはずだ、国際ピアノコンクールでは前にも優勝者を出したことがあるのだから。マチルドも来ればよかったのに、単調な日々を過ごしていたら頭がおかしくなってしまうだろう、などと考える。そして、アントワーヌがさっき撮ったグループ写真をSNSで公開してくれることを期待する。なぜなら、私は人前から姿を消してはならないからだ。まだ現役だということを知らしめなければいけない。

目を閉じると、最悪の気分だった。酒を飲んでもいないのに。そこで、無意識のうちにスマートフォンを取り出し、アプリ画面をスワイプする。Gメール、これは結構、メールなんかどうだっていい。ニュースも同じだ。ここでは、このトイレの便器の上では、ニュースを読む気分ではない。一瞬、ピアノのシミュレーターの上で指を止める。バスや電車の中では楽しむこともあるが、これもうんざりだ。ピアノなんて。二十四時間同じことにかかずらわってはいられない。

そこで私はバカげたことをした。いつか自分がやるだろうなどとは一度も思わなかったことをしたのだ。

ここで、人工的なレモンの香りが漂うトイレの中で、クロスワードパズルのアプリを開いた。

一問目はこうだ。

ダンテの『神曲』に出てくる山といえば？（十文字）

15

できるだけのことはした。これで絶対に大丈夫だ。黒いジーンズに黒いバスケットシューズ、丈の短い革のブルゾン――フェイクレザーだけど――にロシアのマフィアっぽい、巨大なグッチのロゴが入ったスウェット。さすがにロゴはピカピカ光ってはいない。ダヴィッドが持っている小さいルイ・ヴィトンのショルダーバッグを拝借しようかとも思ったが、いかにも郊外の住人っぽく見えるのではないかと思ってやめた。それに、ちょっと触っただけで、サン＝トゥーアンの蚤《のみ》の市で二十ユーロで売られていた安物だとわかる。帽子はかぶらない。一度もやったことはなかったが、少しはブルジョアらしく見えるように髪をセットした。

一つ心配なのは、クラブの入り口が超高級な雰囲気を漂わせていることだ。黒いスーツ姿の警備員が、入店する人々を頭のてっぺんから足の爪先までじろじろ値踏みしている。クラブに警備員だなんて、まったく別世界に来たみたいだ。

宝石店のショーウインドーに映る自分の姿を確認するのはこれでもう十回目だ。とうとうスクーターに乗っているどこかの男に胡散くさそうな目で見られてしまった。おれが何かしでかすとでも思っているのか、このバカは？　ショーウインドーを頭でかち割って、ショーケースにでんと飾られた二万ユーロのダサいネックレスをひっつかんで逃走するとでも？　あんなもの、たとえ地面に落ちていたとしても、十ユーロでだって売れない。

ここはたいした地区だ。人っ子一人いないのに、高級ブティックが山ほど並んでいて、パン屋なんか一軒も見かけない。朝飯にダイヤモンドでも食っているんじゃないかと思ってしまう。この辺りにあるのは、チュイルリー公園の閉ざされた鉄門と、ファッションデザイナーのブティックと、ケヴィンが見たら嬉し涙を流すような車だけだ。フェラーリ、マセラッティ、ランボルギーニ――イ段で終わる名前の、アパルトマン並みの値段の車。それらを手に入れるためなら、ケヴィンはためらいなく母親を売り払うだろう。さて、あいつをいらつかせるために写真でも一枚撮っておくか。

クソッ、警備員がおれのことを見てやがる。あれが誰かの車でなければいいのに。いずれにせよ、この辺をぶらぶらするのはもうやめだ。丈の短いジャケットにモカシンを履いた三人の男たちが中に入ろうとしている。おれもそろそろ入るとしよう。アンナが〝感じがいい〟とか言っていたクラブに。さて、どうなるか。

「こんばんは」スーツ姿の大柄な黒人が声をかけてきた。おれのことを靴底にへばりついた犬の糞《ふん》か何かのようにじろじろ見ながら。

「……んばんは」

おれは何食わぬ顔で男の目の前を通り過ぎようとしたが、身ぶりで呼び止められた。これほど大きな図体をしていてはどかすこともできないし、〝あなた〟とか〝兄貴〟とか呼びかけても、おそらく喜ばないだろう。

「今夜は貸し切りだ」男が横目でおれの服を隅々まで観察しながら続ける。「あんた、招待客のリストに載っているのか？」

リストなんて本当は存在しないのだろう。こいつ、手に何も持っていないじゃないか。いいさ、わかった、貸し切りパーティーの件は知っている。パリのクラブはどこもこうなんだろう。

「いや、でも、誕生日パーティーの主催者はおれの友だちなんだ」

「主催者の名前は？」男がスマートフォンで何か確かめるふりをしながらきいてきた。

「アンナだ」

「名字は？」

狼に育てられたと言われた話をしても、事態は複雑になるだけだろう。

「知らないけど、同じコンセルヴァトワールの生徒なんだ……。クラスメートさ」

またしても、このバカがおれのあら探しをしているあいだに、ほかの人たちはリストに載っているかどうかきかれることもなく入っていった。その中には、ウルトラスキニージーンズと茶色のダサい靴を履いて得意げな様子の、三十五か四十歳くらいの美青年が二人いる。変わった言語、オランダ語かスウェーデン語を喋っていた。あんなやつらがコンセルヴァトワールの女の子の誕生日会に入れるなら、おれはローマ法王にでもなれるだろう。

「すみません、あの、みんな普通に入ってるじゃないですか。おれに何か問題でもあるんですか？」

「あの人たちはリストに載ってるんだ」

ほら、おれの見た目をバカにしてやがる。

「おれがバスケットシューズを履いてるから？　いま入っていったやつも、コンバースだったけど」

「今夜は貸し切りだって言ってるんだ。誰かあんたを入れてくれそうなやつに電話するか、さもなくばこの辺をうろうろするかだ。オーケー？」

警備員は無礼ではないが、危険な感じを漂わせながら近づいてきた。だが、ためらいなくおれを外に放り出すだろう、それも片方の手で。だって、彼は一二〇キロもありそうだから。

おれは自分からあとずさり、階段を二段おりた。歩道はバカ女が貸し切っているこのクソッタレのクラブの敷地ではないからだ。それからスマートフォンを取り出した。もちろんアンナは出ない。きっと音楽に合わせて叫んだり踊ったりするたくさんの人々に囲まれて、スマートフォンはカバンの奥にしまわれているのだろう。

奇跡的に女が二人やってきた。丈の短い黒いワンピース姿で、ばっちりメイクをし、ZARAの包装紙のプレゼントを持っている。

「やあ！　アンナの誕生日会に行くの？」

「えーと……そうですけど」

「一緒に入ってもいい？　あのバカな警備員が通してくれないし、アンナも電話に出ないんだ」

まるでおれが爆弾を持って入ろうとしているみたいに、二人は不審そうに顔を見あわせている。二人を安心させようと、グッチの二つ重なったGがよく見えるようにブルゾンの前を少し開けてみるが、効果はない。

「オーケー。それじゃ、せめておれがここにいることを伝えてくれないか？　おれはマチュー、コンセルヴァトワールの生徒なんだ」

彼女たちは再び不安そうな視線を交わしている。きっと二人もコンセルヴァトワールの生徒で、おれにさっぱり見覚えがないのだろう。

「いいわ」二人のうち茶髪のほうが、警備員をすばやくちらっと見てから答える。「アンナに言っておくわね」

「ありがとう」

二人がいなくなると、大男はとうとう階段を二段おり、そんなところでぐずぐずしているなと言いに来た。歩道の端にいる人間にまで口出しする権利はないだろう、と答えたかったが、事態を悪化させたくなかったので、近くをぐるっと一まわりして向かいの歩道へ行った。

そしておれは待った。

十分。

十五分。

もしあの二人のバカ女が伝言を伝えていたなら、アンナがおれを迎えに来る機会は何度もあっただろう。アンナが見つからなかったのかもしれない。それとも、アンナはゴージャスなクラブの中で、五百ユーロ札の雨を浴びながら金色の蝋燭の火を吹き消すのに忙しいのか。

いずれにせよ、ここで、こんな胸クソ悪い地区で、おしっこをさせるために連れてこられた犬みたいに、歩道を端から端まで歩いて夜を過ごすつもりはない。もしアンナがおれに会いたければ、スマートフォンを確認したはずだ。四回もかけたんだから、ちくしょう。彼女のために電車に乗り、地下鉄に乗り換え、屈辱を受け、そして、いまもまだ胸がむかむかするキャンディのにおいの香水までつけた。何もつけないよりは、つけたほうがましだと思ったからだ。でも間違いだった。これ、死ぬほど臭い。それに、そもそも家から出なければよかった。映画を観ながら、友人や貧乏人たちと一緒に、自分の居場所にいればよかったのだ。そう、二万ユーロもするダサいネックレスなんか売っていない地区に。

16

ボクシングの試合は一度も観たことがない。武道もやったことがないし、なんであろうと言葉による争い以外のものに加わったことは一度もない。それに、闘技場に入場する前に剣闘士《グラディエーター》がどんな感情を抱くのかということについて、ぼんやりとしたイメージしか浮かばない。だがそれはきっと、今日私が抱いている感情と似たものだったただろう。私に欠けているのは、背中に自分の名が刺繍されたガウン、高まっていく群衆のざわめき、そして更衣室のすえたにおいだけだ。

廊下の蛍光灯の下で、じっと呼吸を整えた。一つ一つ、繰り返し、自分が組み立てた論理の筋道をたどる。できるだけ冷静に。彼らに何を言われるかはわかっている。どう反論されるかも。それをかわさなくてはならない。彼らの感情に支配されたり圧倒されたりしないこと。〝私〟ではなく〝われわれ〟を主語にすること。これからどうなるかという可能性ではなく、どうしたらいいかという解決策を話すこと。禅の境地を見せるのだ。落ち着いた揺るぎない態度を示さなくては。それは、実際の心境とはかけ離れているが、それでもやはり、自分がとらなくてはならない態度なのだから。

ドアをノックした。

中に入る。

そして、自分が最後の一人だということに気づいた。

非公式の会議と称しているものの、ロシジャックのやり方は徹底していた。広く参加者を募り、音楽関係の教師はほぼ全員招集している。段取りが大好きな彼は、毎回欠かさず配る〝メモ〟をプリントアウトして、エヴィアンの小さなペットボトルと一緒に各席の前に配布していた。こんな輩がいったいなぜ音楽の世界に身を置くことになったのか、私にはさっぱり理解できない。

「みなさん、こんにちは」ロシジャックがバインダーを開きながら言う。「議題に移る前に、みなさんに素晴らしいお知らせがある」

私は眼鏡を取り出した。自分に関係のある議題——国際ピアノコンクールへの出場者の決定——は三番目だ。前の二つは取るに足りない内容だから、そのあいだにこの部屋の空気をうかがっておくことができる。みんなが私の苦境を待ち構えているのか、それとも私が被害妄想を抱いているだけなのか、視線を交わして判断するのだ。私が手ぶらでやってきたことは誰もが気づいているだろう。それもそのはずで、マチュー・マリンスキーの履歴書などあるわけがないからだ。私が推す候補者は、型破りな青年というだけでなく、この学院に在籍すらしていないのだ。

「ボルドーのコンセルヴァトワール学長であるアレクサンドル・ドローネーのことは、みなさんご存じだと思うが」ロシジャックがさも得意げに続ける。「光栄なことに、来月、彼が本校を訪問することになった」

一同が私を注視した。さもありなん。噂や風聞がうるさいほど飛び交っているからだ。ドローネーはパリで活動したいという野心を大っぴらにしていて、私が失墜しそうだという知らせに、ハゲタカのように爪を研いでいるらしい。彼はさまざまな人に働きかけ、いろいろな約束をし、結束を呼びかけ、パリの夕食会を荒らしまわるだろう。闘技場に入場するつもりなのだ。それに、このテーブルについている誰かがすでに戦いを始めていることも、私は忘れてはいない。おおかたその裏切り者が『ル・モンド』の記事を仕掛けたのだろう。

「彼に礼を尽くしてくれるよう、みなさんに期待している」ロシジャックが続ける。私にもおずおずと視線を向けながら。「言うまでもなく、彼は現在乗りに乗っている人物だ。この交流はきっと、双方にとって実りのあるものになるだろう」

私は答える代わりに超然とした態度を装って眼鏡を外したが、動揺は隠せなかった。会議がこんなふうに始まったことが気に食わないし、もともと弱かったグラディエーターの闘争心が早くも揺らいでいる。

「この件についてはまた今度話すことにして」ロシジャックが締めくくる。「とりあえず、本日の議題に移ろう」

さて、ここからはどうでもいい話だ。このあいだに私は女伯爵と目を合わせようとした。彼女はセバスチャン・ミシュレの履歴書の上で手を組んでいる。女伯爵が私に小さく微笑みかけてきたので、私は心の中で呟いた。自分は臆病だった、彼女に秘密を打ち明けておくべきだったのだ、そうしておけば、私が用意している爆弾を投下したとき、彼女がそれをまともに食らうことは避けられたのに。

客観的に見れば、私はミシュレにむしろ好意的だ。才能があり、無難で、確かな将来が約束されているとさえ思っている。だが、コンクールは彼の手に余る。玉砕するだろう。われわれには新しい血液が、エネルギーが、この古い学院の規範を少し揺るがすような人間が必要なのだ。私は自分の決断をまったく疑っていなかった。まったくだ。それに、たとえ疑いがきざしていたとしても、もう手遅れだろう。

「さて……この非公式の会議の三つ目の議題に移ろう。国際ピアノコンクールだ。応募書類の提出はコンクールの一カ月前だが、出場者は完璧に準備をしておく必要がある」

心臓が早鐘のように打った。このあとの何分間かで、アレクサンドル・ドローネーに私の座を明け渡すか、それとも阻止するかが決まるからだ。

「今年の応募者を選んでおくよう、ピエールに頼んだのだが……。それと、みなさんには打ち明けるが、応募者の選定は今後の学校運営の鍵を握っている」

「確かにそうでしょうなあ」バイオリン教師のパジョが同意した。教育方法の見直しを指示してからというもの、私は彼に毛嫌いされている。

このテーブルの上空に漂っているありとあらゆる敵意が、パジョの短い言葉の中に疑いようもなく込められていた。

「私の意見では」ロシジャックが続ける「最有力候補は、誰がどう言おうとセバスチャン・ミシュレだ。彼を知らない人のために説明しておくと……」

エリザベスの陰鬱なまなざしが、雷雨の空のように陰った。彼女は察知したのだ。彼女が察知したことを私は察知した。

「ああ、そう」ロシジャックが渋面を作る。「では、誰がいると? やっぱりかわいらしいピータースにしたいなんて言わないでくれたまえよ」

「いや。マチュー・マリンスキーだ」

「マリンスキー……。彼の履歴書は見たことがないが」

「当然だ。ここの生徒ではないのだから」

尋常でないざわめきが部屋じゅうを駆け巡り、私は微笑んでしまいそうになった。もってのほかだ、学院への冒涜だ、と言いたいのだろう。私が手塩にかけている若い天才の話は全員の耳に入っているし、彼が演奏した『ハンガリー狂詩曲』の噂は学院内に広まっている。しかし、誰一人として考えてもみなかったらしい。そう、ここの生徒でもない人間をコンクールに出すことは、コンセルヴァトワールへの冒涜であり謀反的行為だ。

まるで私が建物に放火でもしたかのように、憤慨した叫び声が高まった。

「待ちたまえ」ロシジャックが腕を上げて静粛を求める。「それは、きみが清掃員として連れてきたあの青年のことか?」

「そうだ」

「どっちにしてもバカげているよ、ピエール! 教育も受けていない生徒をコンクールに出すことは無理だ！　博打を打てる状況ではないということがわからないのか？」

「これでわれわれもピエロになり下がるってわけだな」パジョがつけ加えるが、誰も聞いていなかった。

「マリンスキーは私の三十年のキャリアの中でもっとも才能のあるピアニストだ。このことについては、エリザベスも同意してくれるだろう」

エリザベスが仰天している。私は刺すような目でにらまれ、最悪の事態を予想した。それでも、彼女の協力がなければ、私の反乱は絶対に成功しないだろう。

「あの子には才能があるわ」エリザベスがしぶしぶといった調子ながら同意した。「指導するのは大変だけれど、才能はある」

「ミシュレよりも？」ロシジャックがきいた。

「ええ。才能がすべてではないけれど」

息子の成績を見てがっかりした父親のように苦しげなため息をつきながら、学長は椅子の上にどっと倒れ込んだ。

「ピエール、きみは自分がどんな提案をしているのかわかっているのかね？」

「ああ、よくわかっている。マチュー・マリンスキーはコンクールで優勝するためにわれわれに与えられた唯一のチャンスなのだ——いいか、唯一の、だ。おそらく彼にコンクール対策の訓練をするのは、ほかの生徒と比べて容易ではないだろう。しかし、彼には信じられないほどの感受性があり、ミシュレのような可もなく不可もない生徒には夢見ることさえ決してできないような、莫大な潜在能力を秘めているのです」

「そこまで言うのかね」

「ああ、そこまで言える。マリンスキーの演奏を聴けば誰もがそう言うだろう」

各人が自分の意見を述べはじめ、がやがやと耳障りな騒がしい声が続いた。そのあいだにエリザベスに懇願するような視線を送ってみたが、彼女は眉を上げただけだった。言うことを聞かせられる女性ではないのだ。

「きみのことはいつも信頼しているよ、ピエール」ロシジャックがため息をつく。「だが、この件に関しては袋小路だ」

「少なくともそれだけは言えるな」パジョが同意した。

一同がミシュレで優勝できると安易に信じはじめた頃に、ようやく場が静まった。だが、私はまだすべてを言い終えてはいない。ロシジャックを説得したければ、音楽について語るべきではない。銀行員に向かって詩を暗唱しても意味がないのと同じだ。

「決めるのはきみだ、アンドレ。だが、優勝できるかできないかにかかわらず、マリンスキーをコンクールに出すことで、われわれの評判はいまだかつてなく高まるだろう。何年ものあいだ、われわれの出場者はまったく見向きもされなかった。少しでも耳目を集めることは、われわれのためになると思わないか？」

「一理ある」ロシジャックが認めた。「バズるかもしれない」

バズる、だって？　こんな鳥肌が立つような表現を使えるのはこの男だけだ。

「時代は変わるんだ。いつも同じような顔ぶれでは飽き飽きされるだろう。ところが、マチュー・マリンスキーのプロフィールは破天荒だ。背筋を伸ばして歩くこともできない、郊外育ちの少年。十七歳で働きはじめ、服装はみすぼらしく、話しぶりはまるでティーンエイジャーのよう――だが、ひとたびピアノに向かえば、彼はモーツァルトだ」

このとんでもない経歴を聞いて、再び尋常でない叫び声があがった。だが、ロシジャックはかすかに微笑んでいる。やっとトンネルの先に光を垣間見た瞬間だ。

「その点に関しては、きみと同意見だね」ロシジャックが譲歩する。「そういった人間ならソーシャル・ネットワーク上にごまんといるし、おそらく、メディアにも大勢いるだろう。諸刃の剣だが、悪くない選択肢だ」

「そのとおり、悪くない。試してみる価値はあるんじゃないか？　最悪、失敗が一つ増えるだけだ。それにみんなも知っているとおり、責任を取るのは私だけだ」

ロシジャックは、なおも反対する人々の不平不満には耳を貸さず、頷いて賛意を示した。たぶん私の失敗からどれだけの恩恵を引き出せるか、早くも考えているのだ。私の勝ちだ。たぶん人生最悪の愚行を冒している最中だが、それでも勝ちは勝ちだ。

「それで、きみの若き天才の指導は誰がするのかね？」

「エリザベスだ。もちろん、彼女が承諾してくれるならだが」

女伯爵の冷ややかなまなざしをどう受け止めたらいいかわからないとはいえ、ミシュレの履歴書を指先で軽く叩いているところを見ると、彼女が葛藤しているのは確かだ。もし私が失敗し、白い目で見られる羽目になれば、その後長らく彼女自身もとばっちりを受けることは、女伯爵にもわかっているのだ。

「エリザベス以外にマチュー・マリンスキーを鍛錬できる人間は誰もいない」私は彼女の心を動かすために言った。「彼女はもうレッスンを始めていて、目覚ましい成果が上がっています」

「だが、あと三カ月しかないぞ。今日から数えて三カ月だ。それで、ずぶの素人にコンクール対策のレッスンをするんだ」

「三カ月もあれば充分です」

今度はエリザベスが決断する番だ。この場に私さえいなければ、彼女がなんの迷いもなくミシュレを選んでいたということは承知している。

「どうだい、エリザベス？」ロシジャックがたずねた。

「いいでしょう」彼女が私の顔は見ずに答える。「やりがいがあるわ」

私は興奮でまだ少し震える手で、エヴィアンの小型ボトルのキャップを開けた。冷えたミネラルウオーターを飲むと生き返るようだった。これこそ、ボクサーが最終ラウンドで観衆の喝采を浴びながら、レフェリーに腕を掲げられているときの気持ちだろう。安堵と陶酔と、それに熱狂の残滓がまじりあっている。

残るはあと一つ。今度は私のチャンピオンを説き伏せて、闘技場に連れていくのだ。

人混み、騒音、煙草の煙、それにこの不快な音楽。私の生徒たちは小ぎれいなコンセルヴァトワールのカフェテリアをばかにして昼も夜もこういうカフェにたむろしているが、私はこういった場所が大の苦手だ。汚らしいだけで、そのほかに何があるのかさっぱりわからない。だが結局のところ、私だって彼らの年頃には同じだった。私もまた、場外馬券売り場《PMU》の看板を掲げたうらぶれたカフェに入り浸り、煙草をスパスパ吸い、仲間たちと一緒に人混みに紛れ込んでいたものだ。それに、自分の執務室にマチューを呼び出して、顔を突きあわせることもしたくなかった。今回ばかりは彼にリラックスしてほしかったので、ハードルの低い場所を選んだのだ。

「グランプリ・なんだって？」

「グランプリ・エクセランス」

私の若き天才は、コーヒーカップに四つ目の角砂糖を入れながら、おかしそうに微笑んでいる。

「今度はまた、なんの話だよ？」

「コンクールのことだ。一年で一番重要なイベントで、学校は問わず、有望な若手ピアニストに賞が授与される」

「それ、本気で言ってるの？」

「もちろん」

マチューが今度は心から笑い声をあげた。無理もない。時が経てば経つほど、自分の身に降りかかっていることが理解できなくなるだろう。この新たな知らせを彼がどう思うかは別として、落ち着いて受け止められるまで時間が流れるのを少し待ち、そのあいだにコーヒーを一口飲んだ。

「それで、そのノーベル化学賞とやらは、いつあるの?」

「ピアノのコンクールだと言っただろう」

マチューは五つ目の砂糖を入れようとしていた。その手つきがあまりにも無造作なので、数えていないのだろう。困惑しきった目つきで、視線はほとんど定まっていない。

「ふざけないでくれ。やめてくれよ、そういうの。ソルフェージュのレッスンでさえ苦労してるんだ。楽譜も読めないんだぜ……」

「練習すればいい。大事なのは、きみにそれ以上のものがあるということなんだ。才能、素質。あるいは天分。どういう言い方をすればいいかわからないが、プロの音楽家の多くはきみのポテンシャルの半分も持っていないのは確かだ」

「最高だね。それはどうも」

マチューがまたもや、子どもっぽくて人をいらいらさせる皮肉を見せた。しかし、私はもう彼のそういう態度を許すつもりはない。お愛想はここまでだ。

「そういうリアクションはやめてくれないか、マチュー。もし興味がなければそう言ってくれ。もう時間を無駄にする気はないんだ」

「ああ、オーケー。じゃあ今回は、さもなくば刑務所行き、ってやつじゃないんだ?」

「今回は違う。国際ピアノコンクールはとても大きなチャンスなんだ。優勝すれば報酬つきのリサイタルが五回開けるし、国際的にも知名度が上がる。聞いたことがないのかい？　きみが出ないのなら、ほかの生徒が出るまでだ」

こんなふうに説得すると、マチューの顔色が変わった。私が我慢の限界に達していること、今回は懇願するつもりはないことを感じたらしい。もしこの愚か者が一生ブルジョアのアパルトマンに強盗に入り続けるほうがいいというなら、止めはしない。このコンクールに私のキャリアがかかっているとしても、彼のために自分に残された最後の誇りまで犠牲にする気はないのだ。

「わかったよ。いらいらしなくてもいいだろ。それに、おれの身にもなってくれよ。もしあんたがコンクールなんて聞いたこともなかったとしたら……」

「わかっているさ。これまでと同じように、きみにとっては降ってわいたような話だということはね。だがマチュー、そろそろ理解してもいい頃だぞ、これが人生のチャンスだと」

「でも、おれはコンクールに出るような階級《レベル》の人間じゃないだろ！　見た目だけでみんなにバカにされるんだから」

「練習すれば腕前《レベル》は上がるさ。あと三カ月ある。短い期間だが、もしきみが根性を見せれば、コンクールで優勝できるだろう」

「どうやって？」

「コンクール対策のレッスンを受けるんだ。公益奉仕はもう終わりにして、一日じゅうピアノを弾きなさい。もし本当に掃除が好きだというなら別だが、まさかそんなことはないだろう」

マチューの顔がまたもや猜疑心の鉄仮面で覆われた。

「わからないな」

「何がだ？」

「どうしておれなのか……。どうしてあんたがおれをコンクールに出したいのか。それで、あんたは何を得られるんだ？」

「きみと同じだよ。コンクールでの優勝だ」

マチューが少しためらってから、再び微笑んだ。

「コンクールで優勝できそうなやつが、おれ以外にいないってこと？　コンセルヴァトワールじゅうどこにも？」

「そのことはきみが証明してみせてくれ」私は立ち上がりながら言った。

だが、私がカップの受け皿の下に紙幣をすべり込ませているあいだ、マチューは雷に打たれたようにはっとして、おびえた顔で質問してきた。

「そのレッスンをするのは、まさか女伯爵じゃないよな？」

「そのまさかだ。それもチャンスの一つだぞ」

私はコートのボタンを留めた。ウールの生地には煙草のにおいが染みついてしまっている。さあ、これからマチューの返事を聞くことになる。私にできるのは、無関心な様子、感嘆してしまうほど彼に似合っているその態度から目を離さずにいることだけだ。彼がどう返事をしようと、私はもう限界に達していた。このよどんだ空気、周囲の喧騒のせいで、神経がすり減っている。頭上のテレビ画面、ルーマニア語で怒鳴りながら電話をしている輩、ゲラゲラ笑っている三人の学生。もう耐えられない。

「それで、返事は？」

「わからないよ……。よく考えさせてくれる？ それとも、いますぐ答えてほしい？」

意外なことに、マチューの返事は大人のそれだった。

「よく考えてみなさい。そして明日、返事を聞かせてくれ。しかし、きみがどう決断するにせよ、一度決めたらそれ以降は変えられないよ」

「わかった」

マチューが立ち上がり、私に握手を求めた。私が駅のプラットホームまで走って追いかけたあの日以来、彼は初めて小さな雄鶏のような態度を脱ぎ捨てたのだった。だが、そんな貴重な瞬間はわずかしか続かない。というのも、かわいらしい三年生のチェロ奏者が店に入ってきたからだ。二人は知りあいらしく、マチュー・マリンスキーは再びジェームズ・ディーンに戻ってしまった。冷たい目つきの仏頂面で、両肩をすぼめた姿は、まさにキャンキャン吠え立てる小犬だ。私は彼を先に通し、ドアを通り過ぎてから微笑んだ。彼こそが、私が国際ピアノコンクールに送り出したい人間だ。タキシード姿でパリの名高いコンサートホール、サル・ガヴォーで演奏するのは、彼なのだ。せめて審査員たちの驚く顔を見るためだけにでも、承諾してくれればいいが。

17

アンナからこんなメッセージが届いて、しばらく知らん顔をしていた。長いあいだ、たぶん一時間ぐらい。

『さっきカフェで会ったとき不機嫌そうだったけど気のせい?』

『全然、不機嫌じゃないよ』

『ほんと?』

『うん』

『じゃあ、不機嫌なときはどんな顔するのかな(^^)』

アンナの答えとスマイルマークを無視して、おれは長い沈黙に突入した。まだ怒りがおさまっていなかったからだ。こんなふうにちょっとしたメッセージを送ってくるところはかわいらしいが、昨日の件についてまだ謝罪の言葉さえ聞いていない。あれが当然だというのか。貧乏人を閉め出すクソッタレなパーティーにおれを招待して、面白がっていたのか。さっきばったり出くわしたときも、〝あれ、昨日は結局来なかったの?〟なんて言ってから、一緒にコーヒーを飲もうと誘ってきて、おれが断ったら驚いていた。ああいうのが金持ちのやり方なのだ。やつらはあれが普通だと思っている。

きみだっておれのリストに載っていないからな、と言ってやればよかった。

そうこうしているあいだにも掃除機をかける。自分の家で。一日じゅう掃除をしてきたあとなのに。背中はあちこち痛むし、だるいし、腹立たしいし、モップの水を力いっぱい絞ったせいで両手が荒れてがさがさだ。こんなことではドリスに笑われる。セバスチャン・ミシュレにも。あいつはピアニストだから便所掃除の道具に手を触れたことなんてほとんどないに違いない。とはいえ、母にたった一人で掃除をさせるわけにはいかない。今日は母の唯一の休みの日だし、算数のテストで二十点満点中三点だったダヴィッドを叱りつけたりもしていた。もしおれが彼女だったら、そんなことはすべて放り出して、ビールを飲みながらテレビでも見るが、母は何事も中途半端にしたがらない。なぜなら、おれたちがいるから。それに、中途半端でいいと思ったことが一度もないから。このままじゃ、いつの日か倒れてしまうだろう。死ぬほど忙しい母から、おまえは休みなさいと言われても不安になってしまう。母は麻酔薬《ジエチルエーテル》と死のにおいがする病院から帰ってきて、この埃だらけの古い団地の部屋の掃除をするのを当然だと思っている。埃は家具の一部になっていて、もう掃除機では吸い込めないときもある。部屋の隅で黒ずんでいたり、粉々になってドアの上に舞い上がったりする場合もある。あまりにも擦り切れてすっかり色あせた古いカーペットの上では、掃除機はなかなか動かない。掃除機をかけ終わった場所には、爪跡のような長い筋が残っている。

ちくしょう、へとへとだ。

へとへとになるとおれはバカをやってしまう。世界じゅうの男が苦心惨憺《さんたん》してお茶に誘おうとしている女の子から、自分宛てにメッセージが送られてきても返信しない、というバカを。結局、おれもアンナに責任がないことはよくわかっている。彼女には想像することができないだけだ。シャルル＝アントワーヌみたいな、いかにもフランス人らしい名前じゃないという理由だけで警備員に放り出される男の身に、彼女は一度たりともなったことがないから。そのことはよくわかっている。さて、掃除機の電源を切り、またもやアンナを取り逃がさないよう、再びスマートフォンを取り出した。

『そうだよ、たぶんちょっと不機嫌な顔をしてた』
『そうなの？』
『いいんだ、誰でもそういうときがあるさ』
『いやな一日だったの？』

ちぇっ、本当に何も疑っていない。

『いや、いやな夜だった』
『ほらね、私のパーティーに来ればよかったのに！』
『それ、本気で言ってる？』

『もちろん。帰るとき履歴にマチューの着信を見たけど、朝の二時にかけ直すのもどうかと思って。いずれにしても、ちょっと遅かったね(^^)』

つまり、あのバカ女たちはアンナに何も言わなかったのだ。別に驚きはしないが、怒りは覚えた。

『どうして来なかったの?』

こういう状況は大嫌いだ。自分の殻に閉じこもるしかなく、八方塞がりな状況は。アンナもアンナのパーティーもそのほか何もかもがどうでもいいから、昨夜は別の場所にいたと嘘をつくこともできる。あるいは、本当のことを言って自分を茶化してもいい。

『きみのパーティーに行ったよ。中に入れなかった。ブルドッグみたいなガードマンに門前払いされたんだ。リストに載ってないって言われて。でもまあ、楽しかったよ。ショーウインドーを見てた。

二万ユーロの超ダサいネックレスがあった。

いいプレゼントになっただろうね』

『嘘!!!(T_T)』

ビックリマーク三つに泣き顔の絵文字を使うなんて大げさだ。率直に打ち明けようと決めたことを、おれはもう後悔している。アンナに同情する羽目にでもなったら大変だ。

『嘘って何が? アクセサリーは好きじゃないの?』

『バカ(^o^)』

『よく言われるよ』

『ほんっとにごめんね、マチュー!

電話をかけ直せばよかった。

でも夜遅かったから。

それに、来られないって電話してきたんだと思ってたの。

本当にだめだね。

入り口で入場制限してたってことさえ知らなかった!!!』

もう少ししたら、一二〇キロの巨体に黒いスーツを身にまとった番犬も見かけなかったと言ってくるだろう。

『もういいよ、今夜はこれでおしまい』

『すごく反省してるから！』

『当然だよ(^^)』

おれは初めてスマイルマークを使った。これで揉め事は終わり、というサインだが、それで少しだけ――ほんの少しだけ――優越感を覚えた。

『お詫びに何かできることある？』

『来年の誕生日パーティーはマクドナルドで開いてよ』

アンナの返信――大笑いの絵文字が三つ――を見て、彼女が自分の部屋にいるところを思い浮かべた。プロニー通りの部屋みたいな高さ三メートルの天井、マントルピース、天井を縁取るモールディング。ただし、マーベルのミニフィギュアはなし。大きなベッドに大きな窓。どうしてかわからないが、おれの空想では、彼女は素足で腹這いになり、スマートフォンを見ながら微笑んでいて、白いTシャツが腰の下辺りでめくれている。携帯電話会社の料金プランの広告にそっくりだ。あるときは女性がジョギングウエアを着てメトロに乗っていたり、またあるときは祖母の家で食卓についていたりする、例の広告だ。なんでもいい、空想するのはタダなんだから。著作権使用料も無料だ。

『レストランで食事は？』

予期せぬ質問に鼓動が速まった。十四歳のとき、カミーユ・ルベールが通るのを見かけたときと同じだ。おれはあの娘に夢中だったが、相手にもされなかった。つまり、カミーユとは口をきいたこともなかったのだ。

『レストランによるかな』
『ピザは？　とびっきり美味しいお店を知ってるよ』
『それ聞いたら行きたくなってきた』
『今夜は？』

アンナのスタイルや笑顔の魅力はもちろん、彼女には毎回、なんとなく惹きつけられてしまう。これからどうなるかさっぱり予想がつかない、という感覚がわりと好きだ。でも、おれは普段は自分が主導権を握るタイプだから、わくわくすると同時に少し気に障る。というのも、どんな望みも思いどおりになるかわいらしいお姫様の前で、おれが演じるのは敗者の役柄だから。いわば『ノートルダムの鐘』のカジモドだ。ダヴィッドでさえ、あのディズニー映画を延々と観ていた年頃には、ふられ男のカジモドではなく、お姫様とくっつくフィーバスの真似をしていた。フィーバスの服と剣が好きだったためだ。

『オーケー』

オーケー。ソルフェージュのレッスンを二時間受け、一日じゅう働いてから帰宅したばかりで、掃除機もあと二部屋かけなくてはならなくて、すでにげっそりしているのに、おれは承諾した。でも、どうってことはない。彼女と夕食をともにするのだ。おれのエネルギーゲージは一秒ごとに上がっている——一分後には最高値になっているだろう。あとは、グッチのスウェットがまだ洗いたてのにおいがすることと、母が掃除機をかけておいてくれること、それに、ダヴィッドが三点しか取れなかった算数の授業の復習を一人ですることを願うのみだ。おれが算数が得意だったっていっても、ずっと昔の話だ。おれがいなくてもなんとかできるだろう。クソッ、掃除をするだけの人生なんてやっていられない。たとえ母が十年間そういう人生を送ってきたとしても。おれの言い分はわかってもらえるだろう。

「出かけてくる！」通りすがりに声をかけたが、二人とも聞いちゃいなかった。三点のテストの件で口論しているせいだ。

風呂場の鏡をのぞくと、青ざめた顔に箒みたいな髪形の自分が映った。額の真ん中にはニキビまでできている。でも瞳は変わらず青いし、唇の端にうまく微笑みを浮かべることもできる。こんなふうにしたら、彼女は気に入るだろう。きっと気に入る。今夜は香水はつけなかった。キャンディのにおいがもう充分に服に染みついているから。その代わり、髪に少しジェルをつけて――ダヴィッドのやつをくすねて――毛束に動きを出した。これでよし。ブルゾンをはおると、クールでちょっとバッド・ボーイみたいな、いい感じの格好になる。きっとおれのこういうところを彼女は気に入ってくれているのだ。さて、唯一の問題は金だ。カネット通りとかなんとか言ってたものの、ピッツェリアが具体的にどこにあるのかは知らない。だが、とんでもなく高い店だという予感はする。しばらく前からおれの銀行口座は残高不足だから、唯一当てにできるのは靴下用の引き出しに隠してある古い貯金箱、子どもの頃に母からもらったプラスチック製の豚の貯金箱だけだ。おれはその中にいつも節約した分の金を入れている。乳歯が抜けたあと、夜寝る前に枕元にその歯を置いておいたら、眠っているあいだにネズミが歯と取り換えてくれた小銭も、トラックから落下したダンボール箱の保管料としてケヴィンがくれた金も。新しいスマートフォンを買って以来、そこにはもうたいした額は入っていないが、それでも何枚か残っていた紙幣で夕食代を払えるだろう。

女の子におごられるなんて、とんでもない。

いくらおれがカジモドだといっても、おごられたりまではしない。

壁に往年のスターの写真が貼ってあった。おれが生まれる前に撮られたモノクロ写真やカラー写真の中の微笑み。誰でも知っている有名人の顔もあれば、なんとなく見覚えがある顔もある。母は、まだテレビを見ていた頃には、こういう俳優たちのファンだった。子どもだったおれにとって古い映画ほどつまらないものはないから、母の膝の上で眠り込んでいた。

アンナはメニューを読みふけっていて、注文をまだ決めていない。おれもまだだ。勘定が合計いくらになるか、計算するのは簡単ではない。二十ユーロはするメインに前菜かデザートを頼んだら、あっというまに高額になるだろう。一番安いピザを注文するなんていかにもケチだし、ケチだと気づかれてしまうのはどうにも避けがたい。とはいえ、おれはその一番安いピザが気に入った。具はハムとキノコとチーズで、十五ユーロ。俳優のモノクロ写真が山ほどあるレストランにしては、それほどの値段ではない。もっと高いかと思っていた。特に、アンナが誕生日パーティーを開いたあの手のクラブを見たあとでは。もし彼女がリブロースを注文したりなんかしなければ――ピッツェリアでそんなことするやつはバカだ――大丈夫だろう。アンナが目を上げておれを見る。嬉しそうな顔をしているのは、おれと違って値段を計算していないからだ。

「ワインを飲む?」

ボトル三十ユーロのワインか。いや、結構。

「飲まないほうがいいかな、明日は五時起きなんだ」

「五時!」

「そうだよ、掃除にのめり込んでるんだ。生きがいだね」

「すっごく向いてるってことね」

かわいらしいアンナのいたずらっぽい目つきを見たら、いますぐメニュー越しにキスしたくなってしまう。でも、まさかそんなことはしない。にっこり笑うだけにしておくほうがいい。こちらからキスなんてできないから。おれにとって、女というのは基本的に向こうから近づいてくるものだ。

「何歳のときから始めたの？」

アンナがなんのことをたずねているのか二人ともわかっていたが、おれはそのことについて話したくなかった。

「掃除を？」

「そう、掃除を」アンナが笑いながら答えた。

「七歳から」

「教室には全然行かずに？」

「そう」

アンナがおれの目をまっすぐ見ていた。どうしておれが話を逸らすのか、どうして暗記するほどじっくり眺めたメニューを再び読みふけっているのか、彼女がいぶかっているのがわかる。

「あなたみたいに掃除する人、私、初めて見た」

「窓ガラスを拭いてるところも見てほしいね」

「楽しみにしてるわ」

ちょうどいいタイミングで店員がやってきたので、恵まれた人生を送ってきた女に、まったく恵まれない人生を歩んできた男の話をしなくてすんだ。おれのバイト、うらぶれた団地、うらぶれた母親、ベンチに居座っている友人、アンナが授業を受けている学校でおれが掃除をする羽目になった原因のしょぼい計画についてなんか、話す価値もない。そんなことより、彼女が喋ったり体を動かしたり笑ったりするのを見ているほうがいい。それに、彼女がそのかわいらしい目つき――おれが言いたがらないことをおれの瞳の中に探ろうとするような――でおれを見つめるのを眺めているほうが。

アンナの話を聞けば聞くほど、彼女のことが好きになる。

アンナはこの辺りで育ったそうだ。家のすぐ近所にあるこのピッツェリアは、幼い頃から大好きだった。部屋の窓からは木々が見えて、昔は壁に映る木の影が怖かった。風が吹くと鉤爪が揺れているように見えたから。それから彼女は成長し、窓を開け放って鳥たちのために演奏しはじめた。夜、車の騒音が消えて静けさが戻る頃に。最初はバイオリン、次にギターを少し、アコースティックギターとエレキギター、次にチェロ。だが弦楽器というだけで、彼女にピアノを弾かせたがっていた両親はうんざりしてしまった。なぜなら、ピアノこそ一流の楽器だから。学校でいい点数を取り、乗馬もやった。両親は二人とも弁護士だ。南西部でのバカンス、家族で過ごす家、波、松林、地中海。すべてから遠く離れて、そこで一生を過ごしたかった。でもまさか、そんなことは誰もできない。勉強はうんざりで、バカロレアを取得して法学部に進む気になれなかった。大きながらんどうに向かって進んでいる気がしたからだ。それで、一大決心をして両親に宣言した。驚くかもしれないけれど、音楽がやりたいのだと。両親があらゆる手段を用いて娘の気を変えさせようとしたことを、少し恨んでいる。とはいえ、両親のことは愛しているし、いまでは両親も娘を誇りに思っている。自分たちは望まなかったキャリアだが、アンナは有名になるだろう、と。有名になるなんて、とアンナは笑っているが、両親は本気だ。だが両親もおいおい間違いに気づくだろう。

そしていま、アンナは皿の隅っこに残ったティラミスをスプーンですくっている。

「私の話はやめにしようよ。インタビューでも受けてるみたいじゃない!」

「将来のスターのためのインタビューさ」

「スターのチェロ奏者? まさか! スターになるのはあなたでしょ、将来のソリストさん」

アンナに比べたら自分の人生なんてクソだと感じているのに、彼女から尊敬のまなざしを浴びるのは変な気持ちだ。

「ソリストになるなんて絶対にありえないよ」四ユーロ五十サンチームもするエスプレッソをもう一杯飲みたいがやめておこうと思いながら、おれは返した。

「そんなこと、ゲイトナーが聞いたらなんて言うかしら! あの人が一人の生徒にあんなにかかりきりになるの、初めて見たわ」

「あいつの話はやめてくれよ……。あいつ、おれをコンクールに出したがってるんだよな……。コンクールがなんだっていうんだよ」

「なんてコンクール？」

国家機密を漏らしてしまったみたいな気持ちで、おれはいまの自分には分不相応な、そのクソ高いエスプレッソを頼んだ。

「もうよく覚えてないけど、グランプリなんとかってやつ。グレートネスとか、ビューティーとか」

「グランプリ・エクセランス！」

アンナの目がきらきらしている。たぶんワインのせいだろう。そして彼女は初めておれの腕に手を置いた。

「信じられないわ」おれが天からおりてきたかのようにじっと見つめて、アンナが言葉を続ける。「国際ピアノコンクールの出場者に選ばれたのってマチューなの？」

「知らないよ。まだ返事をしてないから」

「どうしてよ、なぜ返事をしないの？」

「ゲイトナーに出るよう勧められたけど、どうするかわからない、迷ってる」

アンナがわっと笑い声をあげると、隣のテーブルの男たちがこっちを見た。さもなくば、彼らが見ているのはTシャツから露出したアンナの肩のほうかもしれない。

「どうかしてるわ！　コンクールに出るのがどういうことか気づいてないの？」

「なんとなくしか」

「オーケー。つまり、それはあなたの人生を左右するチャンスなの。そのチャンスをつかむためなら、コンセルヴァトワールじゅうの生徒があなたを殺しかねないくらいよ。なのにマチューったら……迷ってる、なんて言って」

「コンクールに出るようなレベルじゃないよ」

「あらあら」

「ほんとにそうなんだ。耳で音を拾って弾くことはできても、ソルフェージュはからっきしなんだから」

「まさか」

おれは黙った。店員がテーブルの上にレシートを置きに来たから。それに、腹を決めたから。出てやるさ、そのコンクールってやつに。チャンスを逃してしまったと後悔しないだけのためでも。出てやるさ、だって出たいから、ずっと出たいと思っていたから、ピアノがおれを呼んだから、アンナが注いでくれた三杯のワインで頭がくらくらするから、彼女の尊敬のまなざしが心地いいから。出てやるさ、おれのことを見下しているブルジョアのガキどもを見返してやりたいから。出てやるさ、あいつらに、自分に、アンナに、コンクールでおれの姿を見せつけてやるために。

それはそうと、クソッ、どんな計算をしてたのかわからないが、会計は予想以上に高かった。

「貸して」アンナが手でレシートをもぎ取ろうとしながら言う。「私が誘ったんだから！」

「今度でいいよ、たぶん」

「でも、そういう話だったじゃない！」

「いいから」

バカみたいだが、こういう役柄を演じるのは嬉しい。とはいえ、ケヴィンがおれに押しつけようとした金を断ったのが悔やまれた。もしあの金があったら、今夜みたいな店で何回でも食事ができるだろう。

「安っぽい男じゃないぞってことを証明したいの？」アンナが二つの意味を込めて微笑みながら言った。

「そうさ。金目当てでつきあってると思われたくないからね」

アンナが面白がっている。おれはバカみたいに、はっきりこう説明しておかなければならないのではないかと思っていた。つまり、つきあっているといっても、二人は恋人同士ではなく、一緒に食事をしているという意味にすぎないと。でも、ここに、このレストランにアンナと一緒にいると、おれは少しだけ魔法に浸ることができた。

アンナはおれにありがとうと言った。

頬にお礼のキスをもらう。

いいにおいの香水だ。

「今夜ベッドに入ってから何をすればいいかわかってる？　ゲイトナーの提案についてよく考えて、すごい、これはチャンスだ、このチャンスをつかまなくちゃって思うのよ。そして、そのチャンスをみすみす逃すなんてとんでもないことだって気づくの。それに、もし断ったらアンナに殺されちゃうってね。わかった？」

「オーケー」

「何がオーケー？」

「わかった、出るよ」

アンナが立ち上がってコートのボタンを留め、最後に地面までこぼれそうな笑みを見せた。

「ああ、これで安心したわ」

一方、おれのほうは安心どころではなかった。ゲーム『アサシン クリード』の登場人物みたいに虚空に向かって両腕を広げてジャンプしているみたいな気持ちだ。でも、なんとなくうっとりしている気もする。もしかしたら、ワインのせいかもしれないが。

18

「どうぞ？」

儀式的で、バカげた問いかけだ。精神分析家の唇の端から発せられたこの問いかけは、患者にはけ口を与えるためのもの、つまり、いまは深く考えずに自分の心に浮かんだことを吐き出す時間だと私に思い出させるための問いかけなのだ。支離滅裂な議論をするよう私に促している。自分自身との、虚空との議論を。私の前には無表情な男、ストライプの靴下に明るすぎる色の靴を履いて、常に足を組んでいる精神分析家がいた。彼の靴下は必ずストライプだ。ストライプの靴下はこの男の冒険心の表れだ。臆病な人生を思わせる地味な格好の中で、靴下だけは精神分析のセッションごとに色が変化する。青いストライプ、赤いストライプ。この小さな変化がなければ、ときに沈黙で中断される、いつ終わるとも知れない同じ時間を、もう千回も経験してきたような感覚に陥ってしまうだろう。だが、そんなことはない。私は財布から百二十ユーロを支払って革のクラブチェアに座るために、毎週ここにやってくる。これまでいったい何人の抑鬱《よくうつ》的な人間がこの椅子に腰かけたのか知らないが、彼らのおかげで肘かけは擦り切れている。

今日は何も言うことがなかった。

「どうぞ？」

この問いかけに、ついにいらいらしてしまう。だがこの反応は正常であるらしい。反抗心の芽生えは、治療中にたどるさまざまな段階の一つであり、その後、沈黙には言葉と同じだけの価値があるという理解に到達するという。私はまだそこまでは達していない。〝どうぞ?〟は心理療法を施す者だけが使う問いかけだ。〝どうぞ?〟は何も意味しない。この状況では。この短い問いかけのために百二十ユーロの小切手を切らなくてはならない。なぜなら、もちろん精神分析家にはクレジットカードで支払えないから。

何分か経った。ゆっくりと。無駄に過ぎていく時間を正当化しようと何か言葉を探すが、何も言いたくはない。いつものように部屋の中に視線をさまよわせ、ベージュ色の壁でしばらく目を留める。その壁をずっと見ていると、目を閉じても頭の中でミリ単位まで再現できそうだった。向かいあう二脚の椅子、ルイ・フィリップ様式の机、革のデスクパッド、手帳、モンブランの万年筆、アラベスク模様の絨毯。私はその模様を細部まで知り尽くしている。そして寝椅子《カウチ》。最初の頃、私はその上に寝そべっていた。治療の段階が進み、現在はこの椅子に座っている。一人で話をするのは以前と同じだが、いまは精神分析家の目を見て話している。

彼の瞳には何も映っていなかった。

「たいして言いたいことはありません」

「たいして?」

「こう言ってよければ、何一つ」

だが、そう言ってはいけないのだ。精神分析家は爬虫類じみた目で私をひたすら見つめていた。そして待っている。私が話すのを。私がセッションに没頭するのを。帰りに私がサインする小切手が無駄だった、という結果にならないためだけに。私が黙り込んでさまざまに思いを巡らし、やがて予想もしなかった心の扉が開くのを、彼は待っている。一連のこうしたことに対して、彼は報酬を受け取る。だが、セッションはうまくいっていない。一度もうまくいったことがない。さもなくば、私の知らないうちにうまくいっているのかもしれない。精神分析家が〝作業〟と呼ぶものを開始してから、自分の心にのしかかる重みが一グラムでも軽くなったとは思えない。常に不眠で、飲酒や喫煙をしたくなる。人生が過ぎ去るのをただ待っていた。もう一花咲かせることができるなどと信じるのをやめたかった。

「時間を無駄にしていると思います」

精神分析家はそのことを知っている。もう十五回も伝えたからだ。そして彼は十五回、それに対して何か言う代わりに頷いたのだ。しかし今日は介入したい気分らしい。

「ここで……それともほかの場所で？」

私は腹が立ち、椅子に座り直した。その革の座面は雨氷でできた板のようにつるつるしている。

「私が何を言いたいか、あなたはよくご存じでしょう。あなたが私を診るようになってどれくらいになりますか？　一年？」

「一年弱です」

「そのあいだ、私たちはまったく前に進んでいません」

私たち、というのは私のことだ。それを聞いて精神分析家が微笑んだ。

「あなたは大変前進しましたよ」

あまり才能のない、かわいそうだから褒めてやらなくてはいけない生徒と向かいあっているような気がした。

「私にはそうは思えません」

またしても彼が頷いた。その鋭いまなざしを見て、私は最初の頃のセッションを思い出した。当時はまだ、いまにも泣き出さんばかりの状態で、心を生き返らせたいという最後の望みをくだらないカウチにかけていた。泣きたければ泣いてもいいと言われ、泣く人もいるのだろうと思っていた。なぜなら、手の届くところに常にティッシュの箱が置いてあったから。泣いたとしても誰からも批判されることはないし、涙を流しても心の弱さを露呈したことにはならないと承知していたが、それでも、泣きながら心の内を打ち明けることはできなかった。横目で時間を計りつつ、そうしても私には気づかれていないと思っている、こんな輩の前では。

これが最後のセッションになるだろうと私は本気で思っていた。

「あなたが現在こうしてそこにいるのも、これまでに長い道のりをずっとたどってきたからなのですよ」

いまになってようやく私に話しかける気になったようだ。

「私はどこにもたどり着いていません。仕事で少しやる気を取り戻した、というだけです」

「少しだと思うのですか？」

いや、少しどころではない。しかし、やる気を取り戻したのは偶然だ。この男のおかげであるはずがない。彼は〝どうぞ？〟としか言わず、足を組んで時間が過ぎるのを待っていただけなのだから。トンネルの先に小さな希望の光が見えたことは、精神分析家とはまったく関係ない。パリ北駅でバッハを演奏したのは彼ではないし、私が万難を排して国際ピアノコンクールに推薦したのも彼ではないのだ。あれは偶然だ。ただの偶然だ。もし駅を通りかかったのが十分早かったら、それとも十分遅かったら、私の人生はまだ以前と同じように暗闇の中にあっただろう。しかし、精神分析家がこちらには伝える必要がないと思っていることにも、私は気がついている。つまり、そうしたすべては誰の目から見ても補償行為、対症療法、あるいは感情転移にすぎない、ということに。すなわち、父性本能の高まりだ。子どもが父親対象をある人から別の人へ移すことがあるように、私は自分の父性をマチューに向けているのだ。

私は立ち上がった。

「あと四十分ありますが」

「わかっています。あなたに差し上げますよ」

精神分析家がほとんどあざ笑うような薄ら笑いを浮かべた。私がセッションをおしまいにするとは信じていないのだろう。来週になれば、私がひどく落ち込んだ十代の少年のように尻尾を巻いて逃げ戻ってきて、私たちがやり残した〝作業〟を再開すると思っているのだろう。

それは間違いだ。

これで終わりだ。

もしいつの日か私が復活を遂げるとしても、それはこの場所に通ったおかげではない。

「時間をかけてよく考えてください」精神分析家は小切手をちゃっかり受け取っておきながら、優しい声で言った。

「セッションはもう必要ありません」

「ご自由に」

私は精神分析家とともにひっそり静まり返った廊下を歩き、カーテンの引かれた入り口まで来た。このカーテンの内側に二度と足を踏み入れるまい。握手をすると、彼の手は蝋人形のように冷たく、作り物のようだった。

「では、もしかしたら、また次の火曜日に」

19

「どうぞ？」

おれは中へ入り、ヘッドホンを外した。勧められて椅子に腰かける。ここは素晴らしい、彼の執務室は。どこもかしこも白く、一面ガラス張りだ。ここでなら一日八時間、プレッシャーにさらされることなく、落ち着いてよく仕事ができるだろう。そう思えるような場所だ。音楽を流して素敵な椅子に座り、正午には二時間の休憩、午後は二杯のコーヒー、二千ユーロのiMacでちょっとネットサーフィンでもして、夕方六時にはおさらばだ。それにしても、こんな生活を送っているやつが本当にいるわけだ。

ゲイトナー——おれはついに彼の名前を覚えた——が、待ちきれない気持ちを隠しきれずにおれの目をまっすぐ見つめていた。彼がなぜスフィンクスみたいな表情を作りたがるのか、理解できない。無表情だ。ゲイトナーや女伯爵を見ていると、いかめしい態度の人間以外はコンセルヴァトワールで教えてはいけないのではないかとさえ思える。

「さて、マチュー。よく考えたかい？」

「ああ」

ゲイトナーは指先でおれのほうに面白くもなさそうな楽譜をすべらせた。ラフマニノフの『ピアノ協奏曲第二番』。

「何これ?」

「コンクールのためにきみが練習する曲だ」

「承諾したなんて言ってないぜ!」

ゲイトナーが微笑んだ。

「そうだ、まだ言っていなかったな」

断ってやろうかと思った、こいつにいやがらせをするだけのために。だが、おれにはもうこいつしかいない。それに、そんなことをしたらすぐさま清掃員に逆戻りだろうから、いやがらせというささやかな楽しみを我慢した。

「いまならまだ断れるぞ」おれの沈黙の意味を読み取ろうとするかのように、ゲイトナーが言葉を継いだ。

「わかった、出るよ、あんたのコンクール」

「私のコンクールではない、マチュー。もうきみは傍観者ではいられないんだ。これから先はね」

「わかってるさ……」

「いや、きみはわかっていない。このコンクールはきみが生きる理由であり、きみが吸い込む空気であり、戦いなんだ。きみは毎日その戦いの采配を振り、勝利に向かってみんなで一緒に努力する。楽しいこともいやなことも、いろいろなことがあるだろう。だが、無関心な態度はもうおしまいだ」

ゲイトナーが戦いの前に一席ぶっているところを、おれは面白がって見ていた。まるで映画の一場面みたいだ。

「カリカリするなよ、おれは何かやるとなったら、徹底的にやるさ」

ゲイトナーが再び微笑み、楽譜を遠くまで押しやったので、それはおれの膝の上にぱらりと落ちた。四和音に五和音、至るところに強弱記号、そしてあふれんばかりの書き込みがある。

「ラフマニノフを弾いたことは？」

「ない」

「インスピレーションがわいてくるかい？」

おれは解読を試みた。一音また一音。だが、唯一感じたのは、音楽がはっきり聴こえてこないということだ。自分が弾きこなせる曲を演奏するほうがいい。

「いやー」

「いやー？　本当に？」

また説教が飛んでくるかと思ったが、そうはならなかった。ゲイトナーがiPhoneを取り出し、何か探し出すと、おれにヘッドホンを差し出した。BOSEのノイズキャンセリング・ヘッドホンだ。電車内で音楽を聴くのに買いたかったけれど、三百七十五ユーロもすることに気づいて諦めたやつだ。

「楽譜を置いて、聴いてみなさい」

ヘッドホンをかぶると、たちまちのうちに何も聞こえなくなり、ただ静寂だけ、何もない空間のようなものと自分の呼吸だけになった。ゲイトナーが自分に何か言っているようだが、それも聞き取れない。最初の旋律は、どこからともなくやってきた。軽やかな音なのに、力強く重々しい。早くも指先がむずむずしはじめた。それからオーケストラが入ってくる。そう、オーケストラだ。おれはひとりぼっちじゃない、バイオリンや弦楽器、金管楽器に低音楽器が大勢でやってきて、すべてをさらい、音楽を渦の中へ連れていく。それは呼吸し、くるくると螺旋を描き、ふくらむ。おれが音楽の扉を開けると、みんなが続き、おれを囲んでくるくるまわる……。みんなは、一隻の船を海の真ん中まで押しやる帆であり、風である。おれはとうとう道に迷い、ピアノがどこにいるのかもうわからなかった。自分にこの曲が弾けるかどうかも、みんなのあとについていけるかどうかも、みんながおれのあとについてこられるかどうかも、定かではない。それでも、ああ、なんてきれいなんだ。

ゲイトナーがヘッドホンを取るよう合図を送っていた。

「これでもまだ〝いやー〟かい？」

「ううん、すっごくきれいだよ。でも弾くのは大変そうだ。もっと簡単な曲じゃだめなの？」

ゲイトナーの皮肉っぽい微笑みを見ただけで答えはわかった。それはそうだ。童謡の『月の光に』でグランプリ・なんとかを勝ち取れるわけがない。

「来なさい」ゲイトナーが立ち上がりながら言う。「女伯爵と会う予定を入れてある」

「彼女、コンクールに出るのがおれだって知ったら、頭に弾を一発撃ち込んで自殺しちまう

いた。

「それで、まだ生きてるの?」

「もう知ってるよ」

ぜ!」

ゲイトナーは不機嫌な父親のように大きく目を剥いてにらみつけたりはせず、面白がって

「私の知る限り、生きている」

ゲイトナーのあとをついて廊下を歩きながら、不思議に思った。どうやって女伯爵を説得して、このクソいまいましいコンクールに出るおれのコーチ役を引き受けさせたのだろう。彼女が読ませようとしてきた楽譜のうち一番簡単なやつでさえ、おれは苦労しているというのに。百万ユーロやると言われても彼女は断るだろうと思っていた。

女伯爵は大ホールの前でおれたちと合流した。スイス製の柱時計みたいに時間ぴったりだ。四十五分の約束で、きっかり四十五分に来ている。四十四分でも四十六分でもなく。ゲイトナーがにっこりしながら合図を送っても、彼女は楽しそうな顔一つしなかった。おれのことを見ようともしない。ソルフェージュのレッスンと国際ピアノコンクールでは天と地ほどの差があり、おれが口を挟む余地などないというわけだろう。彼女の考えていることならわかっている。その額に書いてあるから。それに、もし彼女の身になれば誰だってこう思うだろう。おれみたいな負け犬とコンクールに挑戦するなんて自殺行為だと。

「私の教室に集まってもよかったのに」女伯爵が少し皮肉を込めて言う。「熱狂的な聴衆が

待っているのならともかく」

「聴衆はまだいないよ」ゲイトナーが返し、彼女を通すために脇へ寄った。

それから励ますような小さな身ぶりで、おれも中に入るよう示した。

ライトがついている。

舞台の上には、二台のピアノが隣りあわせに並んでいた。

「あれがあなたのアイデア？」女伯爵がきいた。モロッコからかかってきた胡散くさい電話でインターネットサービスに加入しないかと勧誘されたみたいな、不審そうな顔だ。

「いいアイデアだろう」ゲイトナーがうろたえる様子もなく答えた。「マチューは最低限の知識さえないかもしれないが、絶対音感がある。それはものすごい武器だ。隣同士のピアノで練習すれば、完璧さ！」

「たぶんね……」

女伯爵の〝たぶん〟は〝無理〟ということだ。だがゲイトナーは引き下がらなかった。

「試してくれ！　やってみればわかるよ、マチューは目をつぶったまま、きみの音を拾うから」

「よくわかってるわ。でも、それだけじゃ不充分よ。コンクールのためにはね。あなたは……そうとう難しい曲を選んだんじゃないかと思うけれど」

返事をする代わりに、ゲイトナーは彼女を注意深くじっと見つめながら楽譜を差し出した。

「ラフマの二番？　冗談でしょう」

「マチューなら弾けるさ」

「まさか。彼は簡単な楽譜だって初見で弾けないのよ！　テクニックは言わずもがな。片方の手で十度の和音を弾くためには、いままで以上に指の開きが必要だわ」

「指の開きなら、練習すればいい……」

「三カ月で？」

二人のやりとりを見ているとかなり奇妙な感じがした。おれがまるでここにいないかのようにおれのことを話している。おれは大ホールの中を、誰もいない座席の前を何歩か歩き、自分がこの舞台で演奏したとき、あそこの、最前列の左から三つ目の席にアンナが座っていたことを思い出した。その席に近づいて、彼女に自分がどう見えていたのか想像してみる。心の中で、おれってペテン師だな、と呟いた。

「マリンスキーくん！」女伯爵がおれに話しかけている。「あなたに質問しないからといって、私たちの話をまったく聞かないのはおかしいわ。いま話題になっているのはあなたのことなんですからね」

「すみません。おれの意見は必要じゃない気がしたので」

「そんなことないわ。それに、『レ・ミゼラブル』のコゼットみたいに哀れっぽい態度はやめなさい。あなたはとても恵まれた立場なんだから」

「よくわかっています」

話の雲行きが怪しくなってきたので、ゲイトナーが割って入った。

「マチュー、エリザベスがきみにたずねているのは、きみ自身がこの曲を練習できると感じるかどうか、ということなんだ」

「この曲を演奏できるかどうか、よ」女伯爵が訂正した。「練習なら誰でもできますからね」

この二人と一緒にいて最高なのは、プレッシャーをかけ続けられることだ。

「全然わからないね。それに、この曲を弾けって言ったのはあんたたちだろ。弾けるとは思うよ」おれは女伯爵を怒らせるために言う。「大変だけど弾けると思う。それか、ひょっとしたら、二日後にはできないって言うかもね」

「ひょっとしたら」彼女がゲイトナーをじろりと見ながら強調した。

ゲイトナーが楽譜を差し出し、おれの肩にぽんと手を置いた。

「きみたちならできるだろう」

ゲイトナーはそう信じている。彼がそう信じている様子だから、おれはついに弾いてみたくなった。ゲイトナーは、この男は、なんといってもコンセルヴァトワールのディレクターだし、初めて会った日からおれの才能を信じている。おれはここで、この大ホールで、アンナやほかの演奏家たちを前に演奏したし、そのとき、おれが身のほど知らずだなんて誰一人として思っていなかった。誰一人として、だ。あのミシュレのバカでさえ死ぬほど嫉妬していた。おれのことをペテン師だと思っている唯一の人間、それはおれ自身だ。それに、指の開きなんてくだらないことを気にしている女伯爵も。

「座って」彼女がピアノを指さしながら言った。「すぐに準備しましょう」

「ほどほどのペースで頼むよ」おれが機嫌を損ねるのを恐れて、ゲイトナーがつけ加える。おれが体勢を整えているあいだに、女伯爵はおれの目の高さに楽譜を置き、それから、もう一台のピアノの前に座った。ゲイトナーよりもずっとずっとスフィンクスに似た顔つきだ。彼女が一つ、二つ、和音を弾いた。おれは何も見ずに同じ音を弾く。彼女はそのまま二小節、三小節と続けた。おれもそれに倣う。彼女は最初から弾き直した。おれもそうした。すると、女伯爵は、考えの読めない冷淡な表情のままくるっと振り向くと、うわべだけの微笑みをゲイトナーに送った。

「よくわかったわ、ピエール」

答える代わりに一つウインクをすると、ゲイトナーはおれたちとラフマニノフをそこに残して立ち去った。

20

エレベーターの鉄格子が背後でギロチンのようにガチャンと閉まった。私は鍵を持ったままドアの前に突っ立ち、足が痺れはじめるまでもたもたしている。だめだ。もうだめだ。靴の踵《かかと》は絨毯に沈み込み、両肩はぎゅっと縮こまり、息は詰まりそうだ。息を吸っては吐き、込み上げてくる不安、血管を流れていて、思考を停止させる不安を追い払おうとする。十二歳の頃の登校時の不安を再び経験している気がした。カルノー学園の中庭と、その刑務所のような細い廊下、灰色の空が見えるガラス屋根を思い出す。授業はすでに始まっているのに、閉まったドアの前で立ち尽くしていた。誰かが自分の名前をバカにしたようにひそひそ囁いているのを察して。なぜなら自分はやせっぽちで、眼鏡をかけているから。ドアをノックしようか迷っていた。時間が止まればいいと願っていた。

どうしてそんなことが思い浮かんだのかわからない。

物音をたてないように、電灯はつけず、くるっときびすを返して階段をおりた。マチルドに聞こえないように。彼女を心配させないように。四階の人たちがもう帰宅していればいい、とまるで泥棒みたいなことを考えた。ちょうど帰宅してばったり出くわしたりしなければ、挨拶をしなくていいし、社交辞令だとかアパルトマンの管理組合の噂話だとか、中庭の工事に関する話題を避けられる。壁にぴったり身を寄せ、鏡に映る自分の姿は見ずにロビーを横切ると、学校をサボって遊んでいるようなうっとりした感覚を抱きつつ通りに出た。ショルダーバッグが邪魔だし、足に疲れが広がっているが、どうだっていい。外にいるほうが気分がいいのだ。酒を一杯飲むか、一人きりになるかする時間が必要だ。夜の冷たい空気を顔に受け、血液が再び血管を巡りはじめ、息を吸い込む。家から遠ざかれば遠ざかるほど呼吸が楽になった。放浪者にでもなったかのようだ。家で過ごす時間の安らぎや、アパルトマンが自分のよりどころだった頃、家に入るやすぐに靴を脱ぎ捨てていた時代など、もうほとんど思い出すことができない。二十年の共同生活。二十年だ。私たちは友人であり恋人であり、親友であり相棒だったけれど、現在ではもはやそのどれでもない。一心同体というわけではなく、一つのマットレスに横たわる二人の孤独な人間にすぎないのだ。沈黙が重たくのしかかる。悲しみと無力感も。もしどこか別の場所へ行ってみたいと願うなら、ギリシャの島々やベトナムや南イタリアのためにすべてをなげうつだろう。だが私は何も願いさえしない。たった一晩、ぐっすり眠れる夜があれば、それでいい。夢も見ず、物音もなく、他人の呼吸音でそばに誰かがいることを思い出す必要もない夜、そんな夜さえあればいいのだ。

もし勇気があれば、彼女にこう言えるのに。

マチルド、ぼくたちはもうだめだ。もうだめなんだ。

きみのせいじゃないし、ぼくのせいでもない、そうなってしまったんだ。

　大通りにはほとんど人がいない。何人かの通行人と何台かの車、それに自分だけだ。私はコートのボタンを留め、マフラーを巻き直して、決然と歩き出した。たぶんセーヌ川のほうへ。それか、鉄柵越しに濡れた草のにおいを嗅ぐために、リュクサンブール公園のほうへ向かう。ここにいると居心地がいい。この辺りは自分の地区、テリトリーだ。自分の小道、近道なのだ。ラ・ラムリーのテラス席では、酔っ払ったおえら方のグループが寒さをものともせずにカクテルをちびちび飲んでいる。彼らのバカみたいなくつくつ笑いが神経に障った。観光客たちは――ようやく――姿を消したが、彼らのはじけるような笑い声に夏の思い出がぼんやりと蘇る。この辺りでは絶対に一人きりにはなれないのだ。セーヌ通りの角でホームレスが犬を撫でている。教会前の広場では少女がどうにかスクーターのエンジンをかけようと頑張っている。とにもかくにも、ベンチの上にショルダーバッグを放り出し、身軽になって、自由を感じながら歩きたいと強く願った。だが、そんなことは無理だ。かろうじてバッグを反対の肩にかける。もっと前にそうしておけばよかった。ショルダーバッグのことだけでなく、ほかのことも。いまとなっては遅すぎることがいろいろある。

見慣れた薄暗いショーウインドーには一瞥をくれるだけだ。古本やマカロン、ダンスシューズなんか、どうだっていい。努めて頭を働かせないようにする。柱廊玄関、屋根、下手な駐車で歩道までタイヤがはみ出している車など、細かい部分に注意を向けてわれを忘れた。薄手のカーテン越しにアパルトマンの室内を観察する。ある部屋は明るく、ある部屋は薄暗い。家具や絵画、壁の上で揺れるテレビの光などを見ながら、どんな人にもそれぞれの人生があるのだなと思った。ほとんどの人生は私の人生よりもさらに陰鬱だ、私はまだついているほうだ、とも考える。両開きの大きな門の下で、ダンボールにくるまって眠る人たちもいるのだ。

それでも、たいして気分は上がらない。

芸術橋《ポンデザール》を渡っている途中で、小型トラックに危うく轢《ひ》かれそうになった。トラックはすでに川沿いの道の上の二つの赤い点にすぎないが、たっぷり罵声を浴びせかけた。都会のど真ん中を、歩道を避けもせずにあんなふうに突っ走っていくなんて信じられない。バカ野郎め。私にはコンクールが待っているんだぞ。国際ピアノコンクールのために青年を指導しなければならない――それだけではない。ほかにもいろいろやらなければならないことがある。身も凍るような寒さの中、ルーブル美術館まで見渡せる眺めを背景に、配達の車に轢かれるよりもっと大事なことがあるのだ。

しかし、私はこの場所がとても好きだ。特に夜は。

この辺に来たのはしばらくぶりだ。

橋の欄干に肘をついて、セーヌ川を眺めた。川はもはや長い一筋の墨にすぎず、風がマフラーに吹きつけてくる。欄干に南京錠をぶら下げることは禁止されたのに、それでもまだぶら下げることに成功した愚か者がいるらしい。南京錠には、誰それと誰それ、永遠の愛、と書かれている。それを見ると、自分ではもう死んだと思っていた不思議な欲望が蘇る。女性を腕の中に抱きしめて、うなじにキスをし、香水の香りを吸い込んで、耳の中に女性の吐息を感じたい、という欲望だ。最後に若い女を欲したのは数日前のことだ。名前はもう思い出せないものの、彼女の名刺と、バーのスツールに腰かけた長い足のおぼろげなイメージは残っている。誘うような微笑みと、無関心と無頓着のまじりあった態度。いまここで、彼女のことを考えるのは少し恥ずかしい。マチルドを裏切ったことは一度もないのだ。二十年間で一度たりとも。心の中ではあるかもしれないが、それは数に入らない。

本当に寒くなってきた。

財布を取り出すと、捨てておくべきだった名刺、もう捨てたはずだった名刺を、泥棒のようにゆっくりと抜き出した。イリーナ。そう、そんな名前だった、顔も忘れてしまった娘の名前は。だが、両足と声の記憶はあまりにも鮮明で、この橋の上で、この欄干にもたれたまま、彼女にキスすることもできそうだった。深く考えずにスマートフォンを取り出すと、少しだけ、ほんの少しだけ考えてから、自分の番号を非通知にする。

二回の呼び出し音。

彼女の顔を思い出せずに困惑する。

二本の足に電話をかけているような気がした。

「はい、もしもし?」

あのスラブ訛りだ。私は黙っている。

「もしもし?」

電話を切った。心臓が激しく打ち、両手は震え、頭の中で恥と恐れと後悔と嫌悪感がごちゃごちゃにまざりあっている。その名刺、黒い茎のついた薔薇などというバカげた装飾入りの名刺を、できるだけ遠くに放り投げた。名刺は風にさらわれてくるくるまわり、街灯の光に照らされながらセーヌ川の上に落ちると、まもなく影の中に姿を消した。これでもう二度と私の手に戻ることはないだろう。

21

確かに夜のパリはきれいだ。ひとけがない川沿いの道、アパルトマンの窓の光。突き当たりにはノートルダム大聖堂があり、おれの前には自転車のサドルに乗ったアンナのお尻がある。世界で一番素晴らしい光景だ。写真でも撮りたいが、やめておいたほうがいい。おれは風を切って走っている最中で、絶対に転びたくなかったから。自転車の乗り方は忘れないというけれど、このクソッタレな貸自転車《ヴェリブ》はあまり乗り心地がよくなかった。一トンもあるんじゃないかというほど重たいし、セミトレーラーと同じでうまく曲がれない。でも、こうなることはわかってた。おれが最後に乗った自転車はいまダヴィッドが使っているやつで、それさえ、おれが十歳の頃のものなんだから。

「大丈夫、マチュー？」

アンナはおれとは逆だ。立派なパリジェンヌらしく、パーティーから帰るとき、友人に会いに行くとき、それにいまみたいに、ただ夜を楽しもうというときに、毎日自転車に乗っている。

おれもアンナと同じように振り向いて、ハンドルから手を離してみるか……。

アンナは後ろ向きになって、歩道に落ちる危険をものともせず写真を撮っている。おれがカリカリしながら自転車をこぎ、道のへこみに差しかかるたびにぐらつくのを見て、面白がっているのは間違いない。

「大丈夫」

「大変じゃない？」

「全然。完璧に乗りこなしてるよ」

おれはアンナの笑い声が好きだ。

彼女が背を向けているときでさえ、そのまなざしを想像できる。

「どう？　私の勝ちでしょ？」

「いや。パリはダサいし汚いね」

「素直じゃないわね！」

狭すぎる歩道でアンナの後ろをついていこうとするが、道端に置かれている蓋の閉まった箱の一つにぶつかりそうだ。箱の中には川沿いで売られている古本が入っているそうだ――アンナが教えてくれた。彼女は自分の勝ちだとよくわかっている。始める前から勝負が決まっていた賭けとはいえ。その賭けは、おれたちが家でスリッパを履いてくつろいでいた頃に、こうやって夜更けに会う約束をするための単なる口実だった。アンナもおれと同じくらいしつこい性格に違いない。

すべてはショートメールのやりとりから始まった。二時間ほどたわいのないやりとりをしていて、おれがアンナにこう送ったのだ――どういう文脈だったかさえもう忘れた――パリなんか好きじゃない、あそこはクソみたいな街で、もし金がなければ、仏頂面のやつらと一緒にメトロにぎゅうぎゅう押し込まれるぐらいしかすることがない、と。それで二人で賭けをした。おれがアンナに一時間あげて、その一時間で彼女がおれの意見を変えさせるって賭けを。おれが帰途につく頃には、パリは……なんだっけ？　そう、魔法みたいな街だと思うようになる、という賭けだ。それで、おれは終電に飛び乗った。どうやって家に帰るかさえ考えずに。でも、どうだっていい。たとえそれが泳いで下水道に行ってみないかという提案だったとしても、駅へと駆け出していただろう。おれたちはあちこち走りまわり、特にセーヌ川沿いを走った。泉や広場、路地、歴史的建造物、ライトアップされた橋をいくつも見て、おれは何回も転びそうになった。もちろん、パリは素晴らしい。

残念なのは、勝負に何も賭けなかったことだ。

ノートルダム大聖堂の脇にある小さな橋の上で、アンナが時計を見ながらくすくす笑っていた。

「あーもー、このでこぼこ道ときたら！」

「ねー、もう、街じゅう走りまわったわね。三回も通った場所だってあったわよ」

「冗談だろ。アンナの方向感覚が狂ってるんだ！　街じゅうっていっても、柄の悪いパリ十区には行かなかったじゃないか……」

「オーケー、あなたのほうがパリっ子ね」

おれたちは自転車からおりて、大聖堂の向かいの低い石垣に腰かけた。おれは心の中で呟いた。まるでアメリカの芝居だ。アンナの言うことは嘘じゃなかった。パリは魔法みたいだ。

もしここでアンナにキスしなかったら、おれは本物のバカだ。

「判定は？」彼女が誇らしげにたずねる。「くれぐれも正直に言うのよ」

「アンナが正しかったよ。すっごくきれいだね」

「ほら！　こんなふうに、お金を使わなくてもパリでは素敵な時間が過ごせるのよ」

「本当だね」

おれの余裕ありげな小さな微笑みを見て、彼女がいぶかりはじめている。

「でも、っていう言葉が聞こえたような気がするけど」

「でも、賭けはアンナの負けだよ」

「どうしてそうなるの？」

「あげるのは一時間って言ったろ。もうとっくに過ぎてるよ」

アンナがわっと笑い声をあげ、いろいろなののしり言葉を浴びせ、おれの体をぎゅうぎゅう押した。おれが負け犬の遠吠えだと言い返すと、アンナは立ち上がって遠ざかろうとするそぶりをしたので、追いかけてつかまえると、彼女はおれを押し戻し、二人の仲はもう終わりだ、絶交したんだから自転車は二台とも返しておいてね、と言うので、おれはもう一度チャンスをくれと懇願した。だがアンナは、いやだ、せいぜい自分の自転車を自分で返しに行くぐらいならしてもいいと言う。

そこでおれがアンナのウエストをつかみ、引き寄せると、彼女はおれの目をまっすぐ見つめ――なんて瞳だ――おれにキスをした。

映画の中のこういうシーンがいつも大嫌いだった。あまりにもバカみたいで。

でもちくしょう、いまは好きだ。

おれたちは何も言わずに立ち尽くし、倒れてしまいそうなほどきつく抱きあっていた。顔をアンナのタートルネックにうずめ、彼女の肌のにおいを吸い込んだ。体をあたためようと、冷えた両手を彼女のセーターの下にすべらせた。それに、彼女の体をじかに感じたかったから。アンナはそんなことをされたら困る、手の冷たい男なんて冬は最悪だと言った。夏になれば素晴らしいよ、夏まで待てばいいだけだ、とおれは答えた。だが彼女は待ちたくないし、おれもそうだ。

「私の家に来ない？」アンナがおれの耳元で囁いた。「ここは寒いわ」

「オーケー……。でも、きみの親が気にしないかな……？」

「ちっとも。私はもう大きいから。それに、どっちにしろ、家にはいないの。明日、週末の夜に帰ってくるわ」

「明日は火曜日だけど、きみの親には週末なんだね」

「ノルマンディーに家を持っていて、三日か四日ほど、よくそこで過ごすの。そこのほうが落ち着いて仕事ができるからって……でも、どうだっていいじゃない、私の親なんて。来て！」

おれは行く。もちろん行く。ペダルを勢いよく踏み込みすぎたせいで、危うくノートルダム大聖堂前の広場に倒れ込むところだった。でも、どうだってよくはない、おれのほうは。アンナの両親には絶対に会いたくない。週の半分をセカンドハウスで過ごす大ブルジョアの姿なんて簡単に想像がつく。きっと車はＢＭＷ７シリーズで、ゴルフバッグを担いでいるのだろう。娘が家に連れ込んだ男を見て彼らがどんな表情をするかは、なおさら想像がつく。

鍵をまわす音がして、ドアがバタンと鳴った。

「ただいま！」

ただいまって、どういうことだよ？　ホラー映画の中で悪夢から目覚めた男みたいに、おれは跳び起きた。毛布から肩を出しているアンナを揺さぶる。

「おい、きみの親が帰ってきたぞ！」

「なあに？」

アンナが疲れの見えるかわいらしいふくれっつらで、猫みたいに伸びをした。

「きみの親、帰ってるよ！」

「それが？」アンナがぶつぶつ言う。「別に問題ないわ……」

そうか。別に問題ないなら少し安心だ。でもやっぱりストレスを感じる。おれはさっさと着替えて、シャワーも浴びず歯も磨かずに、丁寧に挨拶だけしてとっとと外に出ようと思った。だが、アンナに腰をつかまれて毛布の中に引き戻され、彼女の体に触れるとたちまち頭に血がのぼる。彼女が欲しい。もう一度。繰り返し。居間のほうで物音がしているし、アンナの親が部屋に入ってきやしないかと心配だったにもかかわらず。いまは朝の七時四十分だ。二時間か、たぶんそれより少し多く眠ったはずだ。疲れてはいない。頭の中にはたくさんのイメージがある。二人がためらうところ、気まずそうに微笑むところ、それから、近づいて、黙り込み、舌を絡めあうところ、服をほとんど全部脱がしあうところ。熱を帯びたアンナの体、脱がされるのを拒んだブラジャーの下でぴんと立った乳首、熱い唇、彼女に触れるおれの手、脚のあいだの指。おれは暗いほうがよかったが、おれが見えるようにとアンナは再び電灯をつけた。服を脱がせあったり触れあったり感じあったりするあいだ、どれだけ時間が経ったのかわからなかった。わっと声をあげて笑い、見つめあう。荒い呼吸。毎回、これで最後にしようと約束した。眠らなければいけなかったし、アンナは十時から練習があるし、おれはまだ自分の楽譜を練習していなかったから。女伯爵のレッスンがあるのに、前日に徹夜はできない。

アンナがおれの肩にキスしている。うなじにも。耳の後ろにも。

彼女の体を見ようとして毛布をずらした。

そのとき、目覚ましが鳴った。

「ああー、起きなきゃ」アンナが疲れたように微笑みながら嘆いた。

開いた鎧戸《よろいど》の向こうには木が見える。アンナが幼い頃にその影を怖がったというあの木の枝だ。おれはこんなに……都会的な木だとは思っていなかった。木々は道路の反対側の、先端が丸く金色に縁取られた鉄柵の後ろにある。アンナが言う〝庭〟という言葉から、噴水が一つあり、木がうっそうと茂って、あちこちに鳥がいる、少しさびれた小さな庭を想像していた。でもこれは庭じゃない、このとんでもない公園は。芝生はきちんと平らに刈り込まれ、あちこちに彫像が立ち、砂利の敷かれた広い遊歩道は道路のようだ。ここからも見えるいくつかの噴水はかなり大きいし、公園の中にある建物は城みたいだ。テニスコートや大きな温室のようなものまである。温室があるということは庭園だな。もしアンナがおれの部屋からの眺望――高層ビル、高層ビル、駐車場――を見たら、なんて形容するかわかる。たぶん村って言うだろう。

「来ないの？」アンナが起き上がりながら言う。「コーヒーを飲んだほうがいいと思うな」

「えーと……。行くよ。またあとで、学校で会おう」

「ねえ、一緒に学校へ行こうよ！　朝ご飯のあとシャワーを浴びて、それから出発ね」

明るいグレーのパジャマのズボンに、胸の形がはっきりわかるぴったりしたTシャツ姿のアンナは昨日よりさらにずっとセクシーだ。でも、両親の笑いあう声がキッチンから聞こえている以上、彼女に飛びかかることはできない。

アンナの親の前に出ても恥ずかしくない格好であることを願いつつ、彼女のあとをついていった。フードつきのスウエットは一晩じゅう丸めて置いてあったから、それを着たまま寝たみたいに見える。とはいえ、幸い色が黒だから、それほどしわは目立たない。いずれにせよ、彼女の両親を騙せないことはよくわかっている。セバスチャン・ミシュレみたいな印象は絶対に与えられないだろうし、庭が一望できる素敵なブルジョアのアパルトマンで、おれが居心地悪そうにしているのは一目瞭然だ。

アンナの両親はアンナに似ていた。美男美女で、優秀そうだ。二人とも黒人だから、びっくりしてしまう。黒人のブルジョアなんかいるはずがない、とばかりに。そう思うなんてどうかしているし、完全にバカげている。でも言い訳しておくと、おれは二時間しか眠っていなくて、お姫様と一夜を過ごしたあとで王様とお妃様の前に姿を見せるのはちょっと気が引けるものだ。カジモドに拍車がかかっている。

「おはよう！　マチューを紹介するわ」

結局のところ、二人の態度はカッコよかった。娘には頬に挨拶のキスをして、おれとは微笑みを絶やさずにとても愛想よく握手したからだ。二人はおれに椅子を勧め、コーヒーか、もしよければ紅茶をどうぞと言った。紅茶は種類豊富で、シリアルに果物、二人が帰宅途中で買ってきたクロワッサンまである。アンナの親は、娘が男を家に連れ込むところを思い浮かべただけでヒステリーを起こす保守的なカトリックだろうと思い込んでいたが、現実はかなり違った。

「すっごく早く帰ってきたのね」アンナがおれにコーヒーを注ぎつつ言った。

「お父さんがパレで人と会う約束があったのに、またしても忘れてたの」アンナの母親が笑いながら返した。

「忘れてはいなかったよ」父親も同じような朗らかな調子で言う。「メモしていなかっただけさ。忘れるのとは大違いだ」

おれはどの〝パレ〟だろうと考えたが、二人が弁護士であることや、自分が出頭したパレのことを思い出した。王宮《パレ・ロワイヤル》やオペラ座《パレ・ガルニエ》ではなく、裁判所《パレ・ド・ジュスティス》だ。

「あなたもコンセルヴァトワールの生徒なの、マチュー？」母親にたずねられる。こんなに親しげに話しかけられるなんてまったく想像していなかった。

「えーと……はい、だいたいそんなところです」

おれの答えがあまりにバカっぽいので、アンナが仕方なく口を挟む。

「マチューは新入生よ。彼、国際ピアノコンクールに出るの」

当然、おれは感嘆の叫び声やお祝いの言葉を浴びせられ、クロワッサンをもう一つもらった。だが、これまでにないほど自分がペテン師だと感じた。続いて、父親からも母親からも相次いで質問を受ける。どの楽器を弾くのか、何歳から始めたのか、コンクールはいつか、これから先どうやって仕事をしていくのか——まるでおれがそんなことを考えているかのように——それに、ブラームスを演奏するかどうか。というのも、ブラームスは巨匠だから。質問が矢継ぎ早に飛んでくるので、よく考える暇もなく返事をすることができたし、たぶん二人にはおれが自分たちと同じ世界の人間だと信じてもらえただろう。おれのことを評価してくれている様子だし、さもなくば、とても礼儀正しいのだろう。

アンナとはいつから知りあいなのか、とよくカップルがきかれることを質問された。答えたのはアンナで、そのあいだおれは試験に合格したみたいな気持ちで二個目のクロワッサンを頬張っていた。アンナはおれたちが学校ですれ違い、最初こそ険悪な雰囲気だったものの、それも長くは続かなかった、そのことは、おれがいまここにいるのを見ればわかるだろう、とだけ説明した。両親がにっこりしている。清掃作業のことや、おれのマスタード色の作業服のこと、空振りに終わったナンパのことには、一言も触れなかった。幸いなことに。おれは取り繕うことができた。ドリスやケヴィンみたいな団地訛りがないのもついていた。母にくずみたいな言葉遣いを禁じられていたからだ。母から――ポーランド訛りで――たしなめられるたびに、おれはずっと怒鳴り返していたが、今日はその母に感謝だ。

「どの辺りに住んでいるんだい？」アンナの父親がたずねた。彼のほうは、おれと少し距離を置いた口調だ。

「九十三県のラ・クルヌーヴです」

「電車だと結構遠いんじゃないかね？」

「大丈夫です」

彼はノルマンディーから高速道路で朝の七時にパリに帰ってくることの大変さについて話し出した。パリ市内ではメトロしか選択肢がないせいで、車での移動が地獄になったことについて。ラ・クルヌーヴという地名が、庭の反対側に住んでいるというのと同じ効果しか持たなかったこと、父親が少し眉を上げることさえしなかったことに気づく。おれはどうやら金持ちについて思い違いをしていたようだ。

でも試験はまだ終わっていない。

「自由業のメリットは混雑する時間帯を避けて動きまわれることなんだが」父親が続ける。

「アンナはそれを不満に思うどころか、私たちがパリにいないあいだ、せいせいしているね！」

「いつもポン・オードメールにいればって勧めてるの」アンナが笑いながら言った。

「それでマチュー、きみのご両親は何をしているんだい？」

アンナの母親が、夫のぶしつけな質問には答えなくていい——職業病だから——と口を挟んだ。

「母は病院で働いています」

「お医者様かな？」

「夜勤です」

「救急医か……。それは疲れるだろうね！」

「はい、少しは。でも大丈夫です、なんとかやっています」

アンナの父親はもう一度頷いた。おれのほうは、自分の母親が最低賃金をやや下まわる給料をもらうために病院でトイレ掃除をしていることをどうにか言わずにすんだ。こういう人たちの前で、こんな理想的な家族の前で、かわいらしいお姫様の前で、最底辺の人間だと思われたくない。母親が医者なのに、どうして朝の六時からコンセルヴァトワールでいやいや掃除なんかしているんだろう、とアンナが不思議に思わないか少し心配だ。でもいいさ、どうにかなる。

まだ次の質問がある。それは必ず出てくる質問で、聞きたくもないのにみんながおれにきいてくる質問だ。

コーヒーを飲み干す。

そして待つ。

「それで、きみのお父さんは何をしているんだい？」

今日は何も出てこない。白鍵の音も、黒鍵の音も、一音も。喉を締めつけられて長いあいだ沈黙し、涙をこらえている。男の子は泣いちゃいけない。男の子は強いんだ。それにもう十歳なんだ。九歳と六カ月なら、ほとんど十歳だ。だから彼は目をこすりながら鍵盤を見て、大きく息を吸って指を鍵盤に乗せ、そして思う。音たちはそこにいる、ニスを塗った木の後ろに隠れて待っている。音たちは遊びたいんだ。いまかいまかと待ちかねているんだ。音たちを閉じ込めたままにしておいたら、音たちを少しがっかりさせてしまうかもしれない。でも、また涙が込み上げてきて、こらえても目がかすんでしまう。心がずっしり重たくなり、どんよりとしたその気持ちがつーっと頬を伝っていく。泣きたくないときでさえ、涙はまつげの端にとどまり、まばたきするとひとりでに落ちてしまう。ごしごしこすって全部拭い去ろうとしても、涙はまた込み上げてきて次から次へと流れ、川になる。

ムッシュー・ジャックがピアノの蓋を閉じた。鳥が止まるように、手をふわりと少年の肩に置く。そして待った。辛抱強く、黙ったまま。ただそこにいること以外は何もせずに。ムッシュー・ジャックがそばにいると、カーテン越しに太陽の光が差し込むかのように、部屋の中の寒さも和らいで少しあたたかくなる。ムッシューは少年の目を見るだけでわかる。涙がこぼれそうなことが。ピアノのお腹の中でふつふつとたぎっている音を解き放つように、涙を出してしまいなさい、涙を自由にしてあげなさい、とムッシューが言う。涙だって流れる権利があるんだ。涙の言うことに耳を貸し、涙を流れるままにしてあげなきゃいけないし、たまっている水を出して心を軽くしてやらなきゃいけない。

いいんだよ、泣くのは悪いことじゃない。

泣いたからって弱いことにはならない。

誰も川をせき止めることはできないのだから。

男の子は自分が話を聞いてもらいたいのかどうかわからない。自分が語りたいのかどうか、涙の理由を説明したいのかどうかわからない。男の子は幸せなはずだったし、実際、幸せなのだ。悲しくもあり嬉しくもあるなんて変だ。いまでは、男の子には弟がいる。ちっちゃな手としわくちゃの変な顔をした、まだ髪の毛もちゃんと生えていない弟が。弟はまだ何もたいしたことはしない。笑うことさえしないけれど、そのうち笑うだろう。男の子は弟をそっと大事に抱っこしてもいいのだ。この赤ちゃんを、男の子は毎日ノートに小さな線を一本ずつ書き入れながら、ずっと前から待っていた。赤ちゃんのベッドや小さなおもちゃも準備していた。弟ができるなんて思いがけない幸せだ。それはみんなにとって幸せなことだ。

でも男の子の父親は違った。

父親は赤ちゃんが欲しくなかった。

子どもができないよう気をつけたのに。絶対に欲しくなかったのに、と言った。

父は昨夜出ていった。

昨夜のことは、父の持ち物と同じように、すでに思い出になっている。バスルームにあった髭剃りや、いいにおいのするシェービングフォーム、玄関にあった巨大な靴。男の子はその靴に足を入れると『おやゆびこぞう』に出てくる〝七里の長靴〟を履いているみたいな気がした。触らせてもらえなかった父の電話機。それに、居間にあったDVDプレーヤーまでなくなっていて、戸棚の上はそこだけがら空きだ。

父がいつから肩車をしてくれなくなったのか、〝ぼうや〟と呼んでくれなくなったのか、自分たちには絶対に買えるはずもない赤い車のカタログを見せてくれなくなったのか、男の子にはもうよくわからない。それはずっと前のことだ。父がいつでもすぐ怒り出すようになり、ときどき夜に家に帰らなくなった頃よりも前だ。ノートに線を引くなんてくだらない、赤んぼうなんか絶対に生まれてこなければいい、と父は言っていた。それは喧嘩みたいだった。大人たちがワーワーやりあう諍いのようだった。でも昨夜は、父が叫びはじめた。これ以上子どもなんて欲しくない、上の子だって全然欲しくなかった、と言いはじめたのだ。前もって考えておくべきで、神様にまかせることではなかった、だって神様なんていないのだから、と。もし子どもたちがいなければ、自分とおまえ、二人で幸せに暮らせただろうに、と言ったのだ。

それは喧嘩以上のものだった。玄関にスーツケースがあるのを見たとき、男の子は父が本気だとわかった。だから父に両手を差し伸べてさようならを言い、ごめんなさいと謝り、父がこれからどこに行っても覚えていてくれるように、甘えて抱きついた。しかし、父はすでにスーツケースを手にして、ビニール袋も持っていた。それから男の子をじっと見つめて、一つ頷くと、「じゃあね、ぼうや」と言った。

22

ラフマニノフの『ピアノ協奏曲第二番』。女伯爵の言葉を借りれば〝ラフマの二番〟。この曲はいつでも、人生最悪の時期でさえ、私の支えだった。この曲のうねりの中にいると、心が和らいだ。迷っているときはこの曲が話しかけてくれた。幸福なときもこの曲が背後で流れていた。椅子にゆったりと腰かけ、すっかり照明を落とし、煙草を最後の一口まで味わいながら、陶酔するほど耳を傾けた。ほかの曲と同様、この曲は私の一部だ。だがこの曲はたぶん少し特別だ。

しかし、いま聞こえるのはそれ以下のものだ。

はるかにずっと劣る。

私はカバンを手に持って廊下に立ち尽くし、聴き入っていた。音が流れてくる練習室に耳をくっつけんばかりにして。生徒たちの群れが私に挨拶しながら通り過ぎるとき、耳をそばだてて聴いている小節が、一瞬、かき消える。生徒たちの話し声が遠ざかると、再びピアノの音が響く。いや、これでは全然だめだ。肉体が、魂が欠けている。技術的には非の打ちどころがない。完全に楽譜どおりに、安定して弾きこなしている。一言で言うと、上手だ。だが、国際ピアノコンクールで優勝を勝ち取れるレベルではない。

結局、エリザベスの言っていたことが正しかったのだろう。

才能がすべてではない。意欲がなくては。

言うべきことを整理し、厳しい父親の態度を装う。意欲が足りない、中途半端だ、最後のチャンスだぞ、といったことを強調しようと考えた。このダイスの一振りに、このロシアン・ルーレットに命をかけている私、この私の行く末を、涙まじりに訴えるのだ。ミサ曲『怒りの日《ディエス・イレ》』のように。

ドアを開けた。だが演奏しているのはマチューではない。

それは別人だった。私が望まなかったチャンピオン、天賦の才の欠けた優等生、セバスチャン・ミシュレだ。目に髪を一房ぱらりと垂らし、青いジャケットを着て、ソリスト気取りだ。インスピレーションに乏しい両手が鍵盤の上を跳びまわり、なんとか正確にリズムを刻んではいるものの、まるで和音を一つ鳴らすたびに安堵のため息を漏らしているかのようだ。こんな教科書的な解釈をしつつ、さもインスピレーションがわいているかのようなポーズをとっているのはほとんど滑稽でさえある。しかし、なぜミシュレがそこにいるのか私には理解できなかった。

ドアを閉めもせずにつかつかと歩み去るミシュレから面白がるようなまなざしを浴びせられ、私は背中が焼けるようだった。つまらないバカ者め。さぞ得意がっていることだろう。一方の私は間抜けな操り人形だ。いまや、落ちぶれた名ばかりのディレクターといった風情だろう。愛想のいい曖昧な微笑みを浮かべた人々にゆっくり押されて退場させられるディレクターだ。自分にチャンスが残されていると信じていたなんて、まったくおめでたい。

私はノックもせず入室した。怒りで真っ青になっていたため、ロシジャックのアシスタントがファイルを放り出したまま引き下がった——雷が落ちそうだ、くわばらくわばら、とでも思ったのだろう。

「こんにちは、ムッシュー・ゲイトナー」彼女はすれ違いざまそっと口にした。

「こんにちは、カミーユ」

私は待った。

ロシジャックは私が入ってきたところなど見ていなかったようだ。

保険会社《アクサ》の請求書にじっくり目を通している。まるでそれが世界をひっくり返す重要書類であるかのごとく。

「すぐ終わるからちょっと待ってくれ、ピエール」

ロシジャックは椅子の上で身を屈め、完璧に役を演じていた。重々しい顔つきで、顎をこわばらせ、片方の腕を背中にまわしている。まるでオーステルリッツのナポレオンだ。それから、彼は視線を上げた。この新たな戦いのステージで勝機を探るため、私たちは長いこと見つめあった。

「説明してくれるかい？」

「何をだね？」

「ミシュレがラフマニノフを練習している理由だよ！　まさか偶然だなんて言わないだろうね？」

驚いたふりをするロシジャックを見て、顔面にモーツァルトの胸像を投げつけてやりたくなった。

「おいおいピエール、いったいどうしたというんだ？　私はただ、もしもの場合に備えただけだよ」

「もしもの場合？」

「もしきみの望みどおりに事が運ばなかった場合……きみが心変わりした場合だよ。きみのためにやったことだ。きみに保険をかけてあげたのさ」

保険だと？　そんなもの、私にはどうだっていい。

「なぜ私が心変わりするなんて思うんだ？　私の知る限りでは、これまでコンクールで補欠が必要だったことなど一度もなかったじゃないか！」

「生徒ではない候補者を立てたことだって一度もなかったさ」

「マリンスキーはもう生徒だ。彼は入学試験をパスしたんだ。きみもその件に関しては承諾したじゃないか」

「ピエール、きみのことは理解しているよ。きみは友人だし、仕事のやり方に敬意を払ってもいる。しかし、きみの若き天才の入学は、なんというか……間に合わせのものだったということは、われわれ二人とも承知のうえじゃないか」

私は反論したりせず――候補者の選択についてはもう充分説明したのだから――ロシジャックの机の端に腰かけた。そうすれば彼の気に障るとわかっていたからだ。私の左の尻に敷かれて折り目のついた書類を見て、ロシジャックの目が暗く陰った。意地悪な私は少し溜飲が下がった。

「ミシュレは補欠を務めることを承諾したんだろうね」冷ややかに言った。

「そのとおり。ミシュレの担当教師もだ。誰もつべこべ言ったりはしない。それが音楽部門のためになると察しているからだ。もしマリンスキーが曲を仕上げることができれば、それはそれで構わない。ミシュレは難曲を練習して腕を磨いたわけだから、決して悪いことではないよ」

「結局のところ、いいことずくめってわけか」

「皮肉はやめるんだ、ピエール。事態を静観して、よくよく考えてくれ。そうすれば、私のしたことはすべてきみの利益になるとわかるだろう。現状、きみのことを中傷する人たちがかなりいて、彼らはきみが失敗するのを待ち構えているんだぞ」

私はやむを得ずロシジャックに冷ややかな微笑みを送った。

「きみが私の守護天使というわけだね、アンドレ」

「そう思いたければ、そう思ってくれたまえ」

ロシジャックが腹立たしげにため息をつき、私の左側の尻の下から請求書を引き抜くと、それを読みふけるふりをした。話はこれでおしまいだ。戦いはからくも引き分けに終わった。もしマチューが途中でつまずくことにでもなれば、遅かれ早かれ二人のチャンピオンが相まみえる羽目になるだろう。

そうしたことはすべて駆け引きにすぎない。
ラフマニノフに関して言えば、モップがけをするのはミシュレのほうだろう。

23

クソいまいましいラフマニノフの野郎め。いまは朝の六時で、マスタード色の作業着を着たかつての同僚たちがもう姿を現しはじめている。おれはこの楽譜に一晩費やした。消音モードにしたピアノで、イントロの和音を弾くためにありえないほど指を開こうと努力した。身長が二メートルあれば、猿みたいな手があればと思ったほどだ。それか、蜘蛛《くも》の足のように手が八本あれば、と。

突然疲れが襲ってきたのがいったい何時頃だったのかはもう覚えていない。でもすっかり夜遅くなっていて、メトロには乗れそうもなかった。だから三十分だけカーペットの床の上で横になった。眠れなかったけれど。指の開きの件でいらついて。こんなの無理だ、チンパンジーのために書かれた曲じゃないか、と思ったが、そう言ってもゲイトナーを説得することはできそうにないので、おれは粘って練習した。おれはよくやった。だって、できるようになったのだから。毎回ではないものの、だいたいはできるようになった。

ラフマニノフめ、ブッつぶしてやる。

差し当たりコーヒーでも飲まなければ。それに、少し外の風に当たらなくては。この時間の誰もいない廊下はいつもよりずっと長く見える。おれが数週間ここで箒をかけていたからというだけじゃない。人がいないとき、この場所は様変わりする。すべてがいつもより広く、明るく、静かに見える。この建物が自分の一部になったような感じがして、ごくたまに通り過ぎる人影を見ると、自分の陣地に誰かが侵入してきた気がしてしまう。普通、何もない空間は胸苦しい不安をかき立てるものだけれど、おれは逆だ。あと一時間もすれば、おれはもうたった一つのことしか願わなくなるだろう。ブルジョアの子どもたちの群れに出くわさないように、できる限り遠くへ逃げ去りたいということしか。

幸い、学院にはアンナがいるが、彼女のレッスンは正午からだ。

外では太陽がのぼっていて、少し冷えるものの、日差しがあった。おれはここでコーヒーを飲むのがわりと好きだ。ところが、見たところおれは一人じゃない。というのも女伯爵がそこに座っているからだ。堅苦しい様子で足を組み、スターバックスのタンブラーを手にしている。

一番乗りの生徒が登校してくる二時間前に彼女が起床していたとしても別に驚きはしない。本当のことを言えば、むしろベッドで寝ている女伯爵、食事をしている女伯爵、便所に入っている女伯爵のほうが想像がつかない。彼女はちょっとドラキュラみたいなところがある。昼も夜も隙なくめかし込み、すこぶる元気だ。ひょっとしたら棺桶の中で寝ているのかもしれない。

「おはようございます！」

「おはよう、マリンスキーくん。あなた、朝型なのね……」

「先生もね」

「私は騒がしくなる前の静かな時間を少しだけ満喫しているの」

外にいると気持ちがいいのだろう、女伯爵はいつもよりずっとくつろいで見える。それとも、おれが教室の外で彼女に会うのに慣れていないだけかもしれない。さらに驚いたことに、彼女は煙草のパッケージを取り出すと、一本抜き出して火をつけた。おれはよっぽどおかしな顔をしていたに違いない、しまいには女伯爵がくすくす笑い出した。喫煙者がよくやるように、近くの人に自分の吐いた煙を吸わせたりしないと強調するために、おれを避けて煙を吐いている。

「そうよ、マリンスキーくん。教師だって悪癖があるの」

「いいですよ、そのぐらいなら」

「そうよね」

一分経つのが少し長く感じた。コーヒーを一口飲む。真っ青になった空をちらっと眺める。おれは言葉を探していた。たぶん彼女もそうだ。

「うまくいったの？」女伯爵がたずねた。まるでおれがあの楽譜のために徹夜したことを見抜いているみたいに。

「うん。っていうか、できたかどうか全然わからないけど、たぶん。ぶっちゃけ、ちょっと落ち込んでる」

「自分を疑うのは当然のことよ。それは知性のしるしとさえ言えるわ」

ちくしょう、褒められるなんて思ってもいなかった……。

「サラ・ベルナールがなんて言っていたか知っている？」なんの話をしているのかおれがわかっているかのように、彼女は続ける。「若い女優が、自分は一度も緊張したことがないと豪語したときに返した言葉よ。〝大丈夫よ、才能があればあるほど緊張するものだから〟って」

「彼女、一流だね」

「そのとおりよ」

おれは女伯爵が煙草を吸うのを見ていた。

しかし、それにしても変だ。おれが負け犬にすぎないこと、おれが壁にぶち当たるだろうということ、おれなんかと一緒にいても時間を無駄にするだけだということをおれに叩き込んだのは彼女だ。でもいまは、サラ・なんとか——きっと八〇年代の大女優に違いない——を引用しながら才能について語っている。つじつまが合わない。たぶん彼女の上司がGPEのために努力してくれと頼んだせいだろう。

オーケー、おれもいまでは国際《グランプリ・エクセランス》ピアノコンクールのことをGPEと呼んでいる。彼らみたいになってしまった。

「あなたが練習している曲はね」女伯爵が再び話し出す。「あなたがいままさに経験していることそのものよ。自分への疑い。でもそれだけじゃない。ラフマニノフがこの曲を書いたのは、初めての交響曲が失敗したあとなの……。その話、知っていた？」

「いや」

「ラフマニノフの過去、つまり彼の人生のつらい時期が、その曲の第一楽章に表現されているわ……。第二楽章では、人生に立ち戻るように、希望が戻ってくる……。そして第三楽章で彼は自信を取り戻すの。自分にとって一番大事なもの、それは音楽だということを理解する」

おれは微笑んだ。

「でも、なんたって彼はラフマニノフだからね」

「あら、いいこと、ラフマニノフだってその境地に達するまでは大変な努力をしたのよ。才能があるからといって努力がいらないわけじゃない。その逆よ。でも、そのことは、あなたもわかっているでしょうね……あの曲をあれだけ聴き込んだのだから」

こんなふうに顔を突きあわせて話し込んでいるときの和やかな雰囲気を壊すのは、ひょっとするとあまりいい考えではないかもしれない。とはいえ、なぜ自分がもう頭痛の種ではなくなって、急に将来有望な若手として扱われているのか、どうしても知りたくなった。

「一つ質問してもいい？」

「どうぞ」

彼女は煙草の火を揉み消すと、あとで捨てるために——女伯爵らしく上品に——親指と人差し指のあいだに吸い殻を持っていた。そのうち小指まで立てるのではないだろうか。昔の芝居で貴族たちがやっていたように。それを見てうちの母が大笑いしていたっけ。

「どうして突然おれに対して穏やかになったの？」

「レッスン中のこと?」

「いや、レッスン中は怖いよ」

女伯爵は手厳しい返事を投げつけてくるどころか、少し微笑んだだけだった。まるでおれがもう彼女の気に障らなくなったみたいだ。スーパー・ナニーの堅苦しい表情もしていない。こんなことありえない。仏教徒にでもなったのか、それとも、宝くじでも当たったのか……。女伯爵が何も言ってくれないので、おれは説明しなくてはならなかった。

「あなたにとって、おれがベストなコンクール出場者じゃないことはよくわかってる。おれが何をしても、あなたはそれじゃだめだと思ってるんだ。おれが努力しても、そんなの全然足りないって。あなたはおれの弾き方が好きじゃないんだ……。なのに突然、認められたような気がしたから」

「それはむしろいいことじゃない、違う?」

「うん……。でも、おれはちやほやされなくたっていいんだ。あなたがおれのことを好きじゃないのはよく知ってるよ。それでも、おれはやっていける」

女伯爵が立ち上がり、おれの目をまっすぐ見てコートの襟を立てた。何を考えているのかさっぱりわからない目だ。感情も動揺も、何もない。正直な話、もしポーカーをやってみる気になれば、大勝ちできるだろう。

「マリンスキーくん、私もあなたに一つ質問があるの。私が無駄に時間を過ごすような人間に見えるかしら、どう?」

「えーと……見えない」

「それはつまりこういうことよ。コンクールに向けてあなたの指導をするのは、あなたにはできるって信じているから──それに、あなたがムッシュー・ゲイトナーの支援を受けるという幸運に恵まれたから。あなたが気難しい生徒だということは否定できないわ。でもあなたには才能があるし、やり遂げられるだけの素質がある。もしあなたが自分には才能があるんだって誰かを説得しなければならないとしたら、それは私じゃなく、あなた自身でしょう」

おれは話に聞き入ってしまい、一言も口を挟まなかった。何も言い返すことがないからだ。

「あなたが言うように、もし私が穏やかになったのだとしたら、それは私が──とうとう──感じたからよ。あなたのコチコチの石頭の中で何か変化が起こっていることを。そして、チャンスをつかみなさいとあなたにお願いする必要はもうなくなったことを。私、間違ったことを言ってるかしら？」

「いや」

「それじゃ、これであなたの質問に答えたことになるわね」

おれは女伯爵に伝えたかった。指の開きを練習するために徹夜したこと、仕方なく床の上で三十分寝たこと、ラフマニノフをブッつぶしてやるつもりなことを。でもおれはダヴィッドとは違う。褒めてもらいたくて自分からアピールするようなことはしない。指の開きに関しては、おれが練習したことを彼女はすぐに気づくだろう。おれが徹夜で練習したことに気づいたように。それに、おれが優勝したがっていると感づいたように。だが、女伯爵を喜ばせたいからじゃない。喜ばせたいのは彼女でも、ゲイトナーでも、そしてたぶん自分自身でさえない。おれの望みは、観衆の前で演奏する日にアンナがおれを誇らしく思ってくれることだ。

24

コンサートというのは音楽だけが存在するわけではない。舞台袖で出番を待ちながら、ざわめきを耳にして客席にちらっと目をやる。緊張して胃がきりきり痛み、呼吸が速くなる。拍手を浴びながら舞台に上がってお辞儀をすると、数秒後には客席が静まり返って照明が落ちる。演奏したいという純粋な喜びが失せ、うまくやらなければという分別が先に立つ。鍵盤は敵意を漂わせている。音楽が始まるのはそれからだ。コンサートはパラシュート降下に似ている。もっとも難しいのは心構えだ。

そのことをマチューはよく理解していて、いまでは恐れてさえいる。当然のことだ。

マチューに初めてコンサートを見せるために、ひどいフェイクレザーのブルゾンをジャケット代わりに着ているこの青年をシャンゼリゼ劇場に連れてきてはみたけれど、私は自分が残酷であるようにさえ感じた。だが、これはマチューにとって必要なことなのだ。実際に見ること、理解すること、自分を待ち受けているコンサートの曖昧なイメージを具体的なものにすることは、彼にとって必要だ。この数日、マチューは自信をつけていた。おそらく、少し過剰なまでの自信だ。自分一人でビートルズの四人にでもなったかのような自信。ヘリコプターでの登場だとか、熱狂したスタジアムだとかを想像しつつ、優勝は確実で——簡単だとさえ――思っているふしがあった。会場の出口でサインをしてやるのかとか、女どもがフェイスブックでしつこく絡んでこないかとマチューにきかれたとき、そろそろ彼にコンサートを見せておく時機だろうと思った。自分の空想とは別の現実世界をいくらか垣間見る必要がある。そうしなければ、どれほどきちんと心構えをしても、いつかフロントガラスにぶつかる小バエのように、現実にぶつかって打ちひしがれてしまうだろう。

空想はマチューの敵だ。

それはどんな人間にとっても敵なのだ。

だがいまは、混雑した階段で人混みをかき分けて進まなくてはならない。そのことに関して言えば、マチューの右に出るものはいない。雑踏の中を猫のようにすいすいと進むマチューの後ろを私はついていく。コンサートを締めくくった見事な『スペイン組曲』がまだ耳の中で反響しているが、私と同じようにマチューも感動していることに気づいている。コンサートが終わったあと、客席で彼の熱狂したまなざしを見たのだ。驚き冷めやらぬ大きな目は子どものようだった。

「どうだった?」

「ありえねーよ!」赤いドレスの女とぶつかりそうになるのを避けながらマチューが答えた。

ありえない。その表現に私は思わず微笑んだ。若者にとっては褒め言葉でも、一般的には否定的な評価に取れるからだ。マチューがスポットライトの中に座る番が来たとき、彼の演奏が誰にも〝あんなものはありえない〟などと形容されないことを祈らなくてはならない。

「一杯飲むかい？」

そうたずねると、マチューは驚いていた。私がアルコールを何杯も——しこたま——飲むような顔には見えないのか、それとも、教師は教師以外の何者でもないと想像していたのか。

「えーと……うん、いいね」

「バーまでたどり着くのは大変かもしれないが……。この人混みをかき分けて行かないと」

「おれについてきてよ」マチューはちょっと笑いながら答えた。

私はこの劇場でアーティストをいろいろな人に紹介するときもあるが、これほど早くバーにたどり着いたのは初めてだ。そうはいっても、通りすがりに知りあいと握手したり、こんばんは元気かいと言ったり、微笑んだり、頷いて合図を送ったりする時間はあった。そこにはパリじゅうの人間がいた。ドゥニ・ラヴェルニュとその妻が、まるで私が墓から出てきたとばかりに、こちらにすばやく一瞥をくれた。ほら、アンヌがいる、姿を見るのはもう何年ぶりになるだろう。それに、どのコンサート会場でも必ず見かけるジャック＝アントワーヌが、汗ばんだ頰で私の頰に挨拶のキスをしようとしてくる。こうしたことすべてが嬉しいかどうかといえば、わからない。別に嬉しくはないと思う。

「何を飲む？」マチューがきいてきた。眼鏡の男二人のあいだにするっと割り込んで、カウンターにもたれかかっている。

じろじろ見られても気にしていない。マチューは若くて堂々としている。その無鉄砲さこそエネルギーを生み出すのだ。私は羨ましくなった。

「アルマニャックを」

マチューがズボンのポケットを探っているあいだ――払うふりをするだけでも感心だ――今度は私が人混みをかき分けて二杯の飲み物の会計をしに行ったものの、途中のテーブルに置かれた小鉢をひっくり返してしまい、中に入っていたピーナッツを半分ほどカーペットにぶちまけた。誰もが人混みで伸び伸び振る舞えるわけではないのだ。

私たちはビールとアルマニャックで乾杯した。

「カンパイ！」マチューがかなり大きな声で言ったので、私はまわりにさっと目を走らせて誰にも聞かれていないか確かめた。

「コンクールでの成功を祈って」私はグラスを掲げながら言った。

こういう場所では〝カンパイ〟とは言わない。レストランのテーブルで〝いただきます〟と言わないのと同じように。中高生みたいな冗談も飛ばさないし、階段で自撮り《セルフィー》もしない。誰もが場所柄をわきまえて振る舞っているこの劇場では、そうしたささいなことで――ブルゾンは言うまでもなく――マチューが場違いな存在として人目についてしまう。だが、そういう細かなことを注意するのはまた今度でいいだろう。

「あいつ、あんなところで何やってんだろ？」突然マチューがたずねた。

私は財布をズボンのポケットにしまい、いろいろな人にぶつかってあちこちで謝りつつ、マチューが敵意を込めてじろじろ眺めている小さなグループのほうへ向かった。セバスチャン・ミシュレだ。手にグラスを持ち、理想的な婿殿のような、実に見事な服装をしている。

パールグレーのジャケットに白いシャツ、サテンのネクタイ。マチューが言っているのはきっとミシュレのことだが、私が見ているのはロシジャックのほうだ。彼は当代のスターを同伴している。あのハゲタカ、アレクサンドル・ドローネーを。やつはもう姿を現したのだ。救世主《イエス》の誕生を告げるようにさんざん噂をまき散らしてから、ただちにパリにやってきたのだ。やつに欠けているのは東方の三博士とベツレヘムの星だけだ。イエスが生まれた家畜小屋のロバと牛に関して言えば、ミシュレとロシジャックがぴったりのはまり役だろう。

「自分の姿を見せつけているのさ」私はライバルから目を離さずに答えた。

「誰に？」

「みんなにだよ。あれはちょっとした業界人グループなんだ……。ミシュレはコンクールではきみの補欠にすぎないけれど——それとも代役というか、なんと呼ぶのかわからないが——きみの地位を狙っているんだと思う」

マチューの表情がこわばるのを見て、私は大失敗をしでかしたことに気づいた。

「なんだって？　そんなの初耳だぜ！」

「私も数日前まで知らなかったんだから、仕方がないじゃないか」

マチューは猜疑心と怒りに満ちた目でこちらをにらみつけながら、私が裏切ったのではないかと探っている。裏切るはずもないのに。

「どういうことだよ……」

「どういうことかというと、もしきみが棄権すれば、ミシュレが出場のチャンスをつかむということだ。だが、いいかい、そうなれば私だってきみと同じように嬉しくはないさ」

「おれはあんなバカ野郎と競争なんかしたくないね」マチューがうなった。機嫌を損ねた子どもみたいなふくれっつらをして。「もしあいつがコンクールに出たいなら、出ればいい。おれはどうだっていいよ。おれに話を持ってきたのはあんたなんだから」

あれほどコンクールに前向きでなかったマチューがいまになって自分の地位にしがみつくのを見るのは、ほとんど滑稽でさえある。まずそのことを指摘してやればよかったのかもしれない。

「私は最初からきみを推していたんだよ、マチュー。これからもずっときみを推すつもりだ。ミシュレのことは忘れなさい。損な役まわりをさせられているのは彼のほうなんだから」

ロシジャックが私に気づき、グループに加わるよう合図を送っている。だがマチューは話をやめようとしなかった。

「実際、あんたは落ち着いてるよな！」突然マチューが爆発した。「あんたがおれを推薦したんだぞ、どうなるかもわからないコンクールに。おれには出場資格もないっていうのにさ。最終的には互いの感情の行き違いということで解決をつけるんだろう。もしおれじゃ務まらないってわかっても、おれが上達しなくても、おれがお荷物になったとしても、なんの問題もないってわけだ。ミシュレがいるからな！」

もっとも初歩的な教育理論に従えば、私は生徒に対するようにマチューに返答するべきなのだろう。激怒する彼をなだめすかし、父親のように親切ぶって、教師と生徒という私たちの距離を思い出させてやればいいのだ。だが、私はもはやかつての私ではなかった。疲れ果て、そんな教育理論などもう信じていない。それに、彼に真実を伝える義務があった。

「物事はいつもそう単純じゃないんだ、マチュー。ミシュレとディレクターのあいだに第三の男がいることに気づいたか？」

「いや」

「あれは私の補欠だ。私にとってのミシュレだよ。彼も私がつまずくのを待ち構えていて、もし私が転べば、彼が私の地位につくんだ」

マチューが頭をガンと殴られたように口を大きくぽかんと開けて、私をじっと見た。

「マジで言ってるの？」

「大真面目さ」

「でも……どうして？」

「なぜならコンセルヴァトワールは一枚岩じゃないからだ。私は定年までディレクターでいられるわけではないし、それに、きみと同じように自分のポストをかけることになったんだ。戦うよりほかに選択肢がなくてね。嘆いている暇があったらきみも戦うんだ。情け容赦ないからね、あの輩どもは」

マチューの顔をかすかな笑みが横切った。

「さあ、来るんだ」私は彼の肩をぽんと叩きながら言う。「友人たちに挨拶しに行こう。彼らに好印象を与えてくれることを期待しているよ」

アレクサンドル・ドローネーはウエストを絞ったシャツの襟を直しつつ、自分の武器である一番魅力的な笑みをすでに顔に張りつけているところだ。思っていたより背が高い。それほど若くはないがシックな装いで、巧みに乱した髪が――彼の世代の特徴だ――穏やかな雰囲気を装っている。私はもう彼のことが嫌いになっていた。

後ろからついてくるマチューに最後にちらっと目をやると、天使のような表情をしていた。

「準備はいいかい？」

私にしか聞こえないよう低い声で発せられた彼の答えは、私が思っていることと同じだった。

「ブッつぶしてやろうぜ」

退却も戦術の一つだ。かなり昔から得意としているこの戦術のおかげで、二杯目のシャンパンを固辞したり、返答するのが難しい質問の数々を改めて浴びせられても対処したりできる。彼らにはこの戦術を充分に見せつけてやった。謎めいた微笑みを浮かべ、礼儀正しく、ほとんど育ちがいいようにさえ見えるマチューと、彼のきな臭い評判もそれを後押ししてくれた。どこの出身か。どんな教育を受けてきたのか。誰にも名前を知られていなかったのに、どうやって国際ピアノコンクールに抜擢されたのか。こうした質問をしてきたのはロシジャックだったが、われわれの弱点は強みになった。官僚のように曖昧な微笑みを浮かべた救世主の目には不安がちらついていたと言い切ることができるだろう。

アレクサンドル・ドローネーは予想どおりの人間だった。

それに、私は自分の秘蔵っ子がかなり誇らしかった。ブッつぶしてやろう、以外は完璧だった。

劇場の出口はタクシーを拾う人たちであふれていて、サントノレ街へ向かって歩いていく途中で、最後にもう一度人混みに揉まれなくてはならなかった。私がマフラーを巻いて厚手のウールの帽子を深くかぶると、秘蔵っ子はくすくす笑った。

「ビシッとキメてるね！」

「まあね、風邪をひきたくないんだよ、私は」

自分もひきたくないとマチューが言った。それはそうだろう、私だって彼の年齢には突風などごめんだった。今夜は冷える。だが天気予報では夜は晴れるということだったし、安らかな気持ちだった。ただの観客として、自分の感情以外のものはまじえずに無心でコンサートを聴いたのは久しぶりだった。コンサートなどもう絶対に聴きたくないとさえ思い込んでいたのだ。

「どうやって帰るんだい、マチュー？」

「コンコルドからメトロに乗るよ……運がよければなんとか終電に間に合うと思う」

三台目のタクシーが私たちの鼻先を通り過ぎた。赤いランプをつけて、劇場から出てきた夜会服姿の客を乗せている。それからもう一台空車が来たが、合図を送っても止まってくれなかった。

「もしよかったら送るよ」

「ありがとう、でもいいよ」マチューが微笑みながら断る。「親切にどうも。でも、そんなことしたら大変な目に遭うよ」

「この時間なら道も空いている」

「めっちゃ高くなるぜ！　タクシーなんてボッタクリだよ」

突然、ふとあることを思いついた。それは、骨まで凍るほどの寒い夜、こんなふうに外を歩くことにならなければ絶対に思いつかなかっただろう。

「一つ思いついたんだが、いいかい、マチュー……。私は屋根裏部屋を持っているんだ。私の住むアパルトマンの最上階にある小さなワンルームで、家具もちゃんと揃っている。でも、私にはまったく必要ない。もしよかったら、そこの鍵を渡そうか？　コンクールまで使ってくれて構わないから」

マチューは黙ったままだ——少し警戒しているのかもしれない。いったいどうしてだろう。

「えーと……ありがとう、でも家賃が払えないよ」

「そんなことは気にしなくていいさ。お金をくれなんて言わないから」

「誰かに貸さないの、そのワンルーム？」

「いや」

今度もまた、マチューは私をじっと見ている。まるで私が国家機密でも隠しているみたいに。

「どうしてそんなこと言ってくれるの?」

「そうすれば、きみは電車に乗る時間を節約できるし、疲れやストレスも減るだろう。コンクールには時間と労力を割かなければいけないから、日々の気苦労はなくしたほうがいい。まあ、でももし興味がなければ、無理にとは言わないさ! きみのためだからね」

マチューが私を凝視した。相変わらず警戒していて、まるで百科事典の押し売りの人を見るみたいだ。

「でも、いいのかな」彼が言った。

「いいに決まってるさ。まったく問題ないから提案しているんだ。ワンルームは空いているし、すぐに使える状態だよ」

マチューはもう承諾したも同然で、そのことは二人ともわかっているのだが、彼はまだ礼儀として断っている。私はそれを見て、いい教育を受けたのだろうと安心した。風が強まってきていつまでもぐずぐずしていられないので、鍵束を取り出すと、そこから青いプラスチックのキーケースにおさまった部屋の鍵を外した。

「ほら。住所や暗証番号など、詳しいことは全部ショートメールで送るよ」

最後に一度だけためらってから、マチューが鍵をズボンのポケットに入れた。外は寒いし、パリ市内に住めるというのなら少しはプライドを曲げる価値があるからだ。

「ありがとう」

「もし都合がよければ、今夜から行ってもいい。少し埃っぽいかもしれないが、そうひどくはないだろう」

「なんてお礼を言ったらいいか」マチューが締めくくった。ヴェルサイユに離宮をもらった以上に感動した様子だ。

「なんでもないよ、マチュー。大げさに考えないでくれ。そのうちわかると思うが、とても住みやすいエリアだ」

とうとう一台のタクシーがやってきて、ヘッドライトを点滅させながら停車すると、ウインドーを下げて私にどこまで行くのかとたずねた。こんなふうにガラス越しにやりとりするのがパリの伝統だ。こんな凍てつく夜でも必ず。しかし、もし文句をつければ、ずっと歩き続けなくてはならないかもしれない。今日は運がいい。運転手殿下はセーヌ川を渡ることを承諾し、黒い大型セダンのドアロックを解除してくれた。マチューはそこに残っている。当惑して、まだお礼の言葉を探しているような顔で。パーカーのフードを背に垂らしてブルゾンのファスナーを首まで上げ、両手をズボンのポケットに突っ込み、巨大なバスケットシューズを履いたマチューのことを、運転手は気に入らなかったらしい。私が車内にすべり込むあいだ、彼はマチューから目を離さなかった。

「大丈夫ですか、ムッシュー?」運転手が用心深くきいてきた。

「ああ、何も問題ないが、どうして?」

私がシートベルトを締めると、車は急発進した。

「旦那が危ない目に遭っていると思ったんですよ」

運転手はマチューが車を追いかけてこないか心配しているかのように、バックミラーを二度ちらりと見た。

「いや、そんなことはなかったよ」

「ああ。それなら一安心ですね」

「そう、一安心だ」

座席にゆったり身を沈めると、革のにおいがあまりにも強すぎて吐き気がした。今日は二度も食事を抜いたのがいけなかったし、空きっ腹で二杯も酒を飲むべきではなかった。

「いずれにせよ」運転手が強調する。「気をつけなきゃいけません。私はね、毎日見るんですよ、あんな小僧どもが道をぶらついてるのを……。あいつらはまず煙草をくれって話しかけるんですよね、そして、それから……」

それから何が起きるのかはどうでもよかった。冷えて白く曇った窓ガラスの向こうで光が輝いている。車はアレクサンドル三世橋に差しかかっていた。今夜の記憶が次々と脳裏をよぎる。ちぐはぐな記憶が。観客としての楽しみを蘇らせてくれた素晴らしいコンサートから、アレクサンドル・ドローネーの甘ったるい笑顔まで。喜びから嫌悪まで、振り幅の大きい感情のせいで、少しぼんやりしてしまう。

それに、マチューに部屋の鍵を渡した。あんなふうに。

マチルドが不平を言うかもしれない。

「もし私が内務大臣ならね」RTLラジオのテーマ音楽をバックに運転手が続ける。「私ならすぐに一掃しますよ、若いチンピラどもなんか。必ずそうしますとも、ええ」

その件は彼が内務大臣になったときにまた話すとしよう。差し当たり、運転手がバックミラーを通してちょくちょく送ってくる何か話したそうな目配せを無視して、外の光を見つめたままでいよう。パン屋の売り子と天気の話をするのでさえいつもあまり気が進まないのに、心のささくれ立った運転手と世直しについて話すなど、私の手には余る。

「ロシアでは、また話は別ですよ。プーチンのことは、好きなやつも嫌いなやつもいますけど、ならず者どもは騒ぎを起こしませんからね」

首相官邸の前で、防弾チョッキを着た警官が哨舎《しょうしゃ》で凍えている。警官と目が合ったが、私は何も感じなかった。どれだけの時間こうやってガラスを見つめているのだろう。水族館の中で過ごしているようだ。

「ひょっとしたら、私が旦那の命を救ったのかもしれませんね！」

「失礼、なんだって？」

この愚か者にはなんとなく憎めないところがある。ともかくも、彼はサンジェルマン大通りの角で私の注意を引きつけることに成功したのだ。家に着くまでどうにか辛抱できるかもしれない。

「さっきのチンピラのガキのことですよ。あいつが何をしようとしてたのかわかりませんが、もし私があのとき通りかからなかったら……。ひょっとして、旦那は今夜は救急車で運ばれてたかもしれませんよ！」

そこまで言うなら、いっそ死体置き場にだって運ばれていたかもしれない。

「あの子はチンピラのガキではないよ」

「そりゃ、刃物でグサッとやられなかったからこそ言えることですよ」運転手が笑いながら答える。「旦那は夜のパリでどんなことが起こるのかご存じないようで。それも、こんなに外国人ばっかりじゃねえ……」

私は細い道に迷い込む前におろしてくれるよう指示した。一分でも彼の相手をするよりは、凍えたほうがましだ。

幸いなことに、支払いにはクレジットカードが使えた。

タクシーでは珍しい。

「それじゃ、ムッシュー。本当に家まで送らなくていいんですか？　お屋敷街でも、最近では……」

運転手の鼻先でバタンとドアを閉めた。降車する前にこう言ってやろうか迷った。おまえが道々気にかけていた危なげな人影、そのチンピラのガキは、楽譜も見ずにおまえを涙させるような『ノクターン』を演奏するのだ、と。とはいえ、彼がほんのわずかでも涙の流し方を知っていればの話だが。どうせ泣き方さえ知らないのではないか。そして私は心の奥底から願った。いつかマチュー・マリンスキーがあの劇場で公演する日が来ることを。あの愚か者が私の命を救ったと思い込んでいるあの劇場で。それがマチューの仕返しになるだろう。人生への、さまざまな偏見への、そして、世界じゅうのタクシー運転手への仕返しだ。

25

おれ、出ていくから。といってもほんの数日のことで、別にいなくなるわけではない。そう母に言うのは明日以降でもよかった。それか、今週末でも。母を見捨てたりしないと顔を見あわせて説明したり、コンクールに出ることを伝えたり、おれがもう何年も鍵盤に触っていないと思っているかもしれないが、実はまだピアノを弾いていると伝えなくてはならない。すぐに戻ってくると約束しなければいけない。ダヴィッドは一人でしっかりやっていけるだろう、隣人の女の人が面倒を見てくれるだろう、おれが友人とバカをやっていた頃にそうしてくれていたように。母が思ってるよりはるかにずっとダヴィッドは一人でなんでもできるだろう、全部うまくいくだろう。そう断言しておかなくてはならない。

そうする代わりに、おれは朝の一時に家に帰って荷造りをした。

音もたてずに。

泥棒みたいに。

母には明日ショートメールか電話で伝えるつもりだった。そのほうがあっさりしていて、それほどドラマチックではなくなる『母さん、おれ何日か家を空けるよ。女友だちに部屋を貸してもらうんだ。（そう、おれにはそんなふうに部屋を貸してくれる女友だちが何人かいる）そうすれば一日二時間の通勤時間を節約できるから。これで早起きしなくてすむよ』。

そう言えばいい、それだけ言えば充分だろう。通勤電車に乗るだけでもへとへとだし、コンセルヴァトワールの床掃除のために真っ暗な時間に起きるのがつらいということなら、ちゃんとわかってもらえるだろう。ピアノなんていう〝私たちみたいな人間〟にはふさわしくないものを弾き続けていることは理解してもらえないかもしれないから。

母には、もう何年も前にピアノはやめて別のことに興味が移ったと思われている。

靴は脱がずに、電気の消えた居間を音もたてずに歩き、携帯電話の充電器を見つけようと手探りで進んだ。クローゼットのアコーディオンドアをそっと引っ張る。歯をぎゅっと噛みあわせて。そうすればドアがギーっと鳴るのを止められるみたいに。おれのダウンジャケットとカバンを取り出す。それから自分の部屋に忍び込み、服を持ち去る。おれの服は少ないからタンスの中はがら空きになり、白い板が露わになった。明日二人がこれを見ると思うと、胸がぎゅっと締めつけられる。クソッ、でも別に戦争に行くわけじゃない、パリのブルジョアの家で何日か過ごすだけだ。

Tシャツやスウェット、ジーンズ、バスケットシューズをカバンにしまった。それに帽子も。一人の部屋で寂しくならないか少し心配だから、マンガも何冊か持っていく。そう、もう読んだことがあるマンガだが、どうだっていい。読み返すのは簡単だし、それに何もすることがないのが苦痛なんだ。子どもの頃、眠れないときは、母がおやすみを言いに来てくれないかと期待して、毛布の中で小さいランプをつけて何時間も同じマンガを読んでいたものだ。

「マチュー？」

クソッ、ダヴィッドを起こしてしまった。

「起きたのか？　部屋に戻って寝ろよ、真夜中だぜ！」

「物音が聞こえたから……」

ダヴィッドが体に小さすぎるぱつんぱつんのパジャマを着ているのを見て笑ってしまった。ハリー・ポッターの顔がプリントされているからといって、捨てたがらないのだ。

「大丈夫だよ、おれがたてた音だから。ものを捜してたんだ。部屋に戻って寝ろって言ってるだろう」

ダヴィッドが突然おれのカバンに目を留めると、不安そうな顔をした。それを見て、あまり思い出したくない昔の記憶が蘇る。

「どっか行くの？」

「女友だちの家に泊まるんだ」

「誰？」

「おまえの知らないやつだよ」

弟が半分眠ったままおれの顔をどんぐりまなこでじっと見つめる。

「マンガも持ってくの？」

「ああ、眠くないときのためにな」

「ぼくも眠くないよ」ダヴィッドがあくびしながら言う。「ぼくにも一冊取ってくれない？」

カバンを置くと、弟の肩をそっと押して寝室まで連れていこうとした。

「もう目が閉じちゃってるじゃないか、ダヴィッド。行こう」

弟は立ったまま眠りかけているが、不安に邪魔されて動こうとしない。子どもっていうのはちょっと犬みたいなところがある。何か普段とは違うことがあると嗅ぎつけるのだ。

「明日の朝も家にいる？」

「いや。友だちの家で何日か過ごすよ。仕事のためにはそのほうが便利なんだ。職場のすぐ近くだから」

弟が寂しそうに顔を歪めた。

「でも心配するなよ」おれはダヴィッドの髪をくしゃくしゃした。「ほんの少しのあいだだから」

「刑務所に入るんじゃないの？」

「まさか、刑務所には行かないよ！」

こんな捨て犬みたいな悲しげな顔を見たら誰だって荷造りをやめるだろう。でも、おれにはおれの人生がある。パリのど真ん中にタダで住めるアパルトマンがあって、そこならスクーターの騒音にわずらわされずにピアノの練習ができるだろう。アンナも呼べるはずだし、彼女は誘いを断ったりしないだろう。おれはこれまで一度も自分だけの空間を持ったことがない。一度もだ。鍵のかかる部屋さえないから、落ち着いてアダルトビデオを見ることもできない。クソッ、それにおれはいつの日か本当にここを出ていくんだ。ダヴィッドは一人きりでもなんとかやっていけるようにならなきゃいけない。

おれは弟を寝かしつけ、安心させ、布団を整えてやった。できるだけのことはやった。

「マチュー？」

ちくしょう、まだ二分しか経っていないのに。なんとか荷造りを終えたところでもうダヴィッドが戻ってきて、戸口で体をゆらゆらさせている。

「なんだよ、また」

「何か弾いてくれない？　眠れないんだ」

「深夜だぞ……」

「お願い」

おれは聞いてやらないふりをした。ネズミみたいな小さな声を出しさえすれば自分の願いがなんでもかなうと弟が思わないように。だがよくない習慣だとは思いつつ、いつも言いなりになってしまう。夜、たまにピアノを弾いているとき、二人の寝室を隔てている薄っぺらい壁越しに弟がおれの演奏を聴いていることは知っている。それを弟から取り上げるなんてバカげていると、心の中で呟いた。たとえダヴィッドが甘えた態度をとっているにしても。いずれにせよ、それも長くは続かないだろう。あと二、三年もすれば、髭も少し生えてくるだろうし、ガラガラ声になって、足も臭くなるだろう。

「オーケー。でも一曲だけだぞ、いいな」

いつものように、ショパンの『ノクターン 第九番』にしよう。ダヴィッドのお気に入りの曲だから。弟はおれのそばに座り、花火でも見るように鍵盤を見ている。そしてゆっくりとくつろぐ。ダヴィッドは不安が飛んでいくのを、音楽が体の中に入ってくるのを感じている。目を閉じ、微笑んで、小動物みたいにおれにくっついて丸くなる。曲の終わりには、弟の呼吸は規則正しくなっていて、おれの肩に頭をもたせかけている。そうなると、おれはダヴィッドを寝室まで運んでベッドの上に寝かせてやる。おれが静かにドアを閉めるあいだ、弟は頭の中を音楽でいっぱいにして、微笑みながら眠っていた。

兄がピアニストだなんて、おまえついてるよ。

ボクサーだったかもしれないんだから。

26

暗闇の中で演奏していると浮遊感や漂流感など、たぐいまれなる感覚が得られる。時間はあっというまに過ぎ去り、忘我の境地に達する。ピアノは昔からの友人のように私の指の下で打ち解ける。音楽はまだためらい、ぎこちない様子だが、改めて親交を結び直すように、伸び伸びとくつろいでいる。ショスタコーヴィチの『ピアノ協奏曲 第二番 第二楽章』。街の明かりが暗闇に忍び込み、本棚をそっと照らしている。光の当たらない部分も知り尽くしているので、久しぶりにいい気分だ。いま何時頃かわからないが、たいしたことではない。私は自分が生き返ったように感じていた。グラスの中で角氷は解けてしまった。だが一口も飲まなかった。欲しくなかったのだ。私はウオッカなど好きではないから。

「何をしているの？」

いきなり電灯がついたので私は目を細めた。マチルドが戸口に立っている。ゆったりとした新しいパジャマを着ているが、着心地がよさそうなのが悲しい。そのパジャマを見ると、私たちがここで過ごした時間をほとんど忘れてしまいそうになる。かつては、すべての人が眠る時間に私がピアノを弾き、マチルドはソファーに座って、音楽を味わったものだ。そうした夜には、最後には抱きあって互いの息遣いを聞くことになるのだった。家具のへりや壁などどこにでももたれかかって、笑いを押し殺しながら、酔ったような気分で、そんな時間がいつまでも続くと思っていた。私たちはほかの人たちとは違い、離婚せずにすんだ。時間を生き永らえたのだ。

「見てのとおりだよ。ピアノを弾いているんだ」

「午前二時に？」

ほら、これでいま何時かわかった。ピアノの椅子に座ったときはたぶん一時か一時前だったはずで、その頃にはグラスの中でまだ氷がチリンと鳴る音がしていた。音楽は時間と深く関わっているのだ。私は長旅から帰ってきたような気がした。

「もし起こしてしまったのなら悪かった。耳栓をしているものだと思っていたから」

「耳栓はもう我慢できないからやめるって言ったわよ」

「すまない、忘れていた」

マチルドは私を恨んでいるが、それも当然だ。彼女はほとんど眠れないのだ。そういえば、あの話はいま口にすることではないものの、後まわしにしても仕方がない。

できるだけ淡々とした態度を装う。

そして話しかけた。

「実は、あのワンルームはしばらく人が使うことになったんだ」

「なんですって？　私に相談もせず賃貸に出したの？」

「いや、賃貸に出したわけじゃないよ。生徒に貸すんだ」

そう告げると、マチルドが憤慨したように目をきょろきょろさせた。まるで部屋を生徒に貸すことが冒涜行為であるみたいに。

「これからは生徒たちに貸すというの？　あそこはトマの勉強部屋として用意したものよ。得体の知れない人間を泊めるためじゃないわ！」

「得体の知れない人間に貸すわけじゃないよ、マチルド。その子はちゃんとした生徒だし、それにあの部屋は全然使わないじゃないか。売ろうかと話したことさえあっただろう」

「売るのと貸すのでは話が違うわ」

つかのまの沈黙に、口論は終わったと思ったが、それは違った。口論は始まったばかりだった。

「それに、その子から家賃はもらわないんでしょう」彼女が続ける。家賃などどうでもいいはずなのに。

「もらわないよ。その生徒はお金がないし、ぼくらも家賃は必要じゃない」

「そんなこと問題じゃないわ」

それなら何が問題なのかとマチルドにたずねるつもりはなかった。彼女自身、何が問題かわかっていないのだから。マチルドが内心怒り狂っているのは、このいつまでも出口のない袋小路に私が道をつけようとしているからなのだ。トマはもういない。トマがいなくなったあとも人生が続いていくことを恐れて家具の一つも動かせないまま、こんなふうに止まった時間の中で宙ぶらりんになっていてはいけない。あのワンルームには、トマは暮らす時間さえなかったのだ。あの部屋は、果たされなかった計画であり、空っぽの抜け殻だ。私はもう悲しみに心を閉ざしたくはなかったし、美術館の中にいるようにただ思い出を見つめながら人生の残りの日々を過ごしたくはなかった。

「その子、女の子？」マチルドがいきなりたずねた。

まるで私が打算でしか動くことができないかのような、私が二十歳の女の子と寝たがっているかのような質問だ。セーヌ川に沈んだ名刺のことを思い出すと、微笑まずにはいられなかった。

「まさか、男の子だよ。彼はマチューという名前で、大ピアニストになれる素質を持っているんだ――きみも聴いてみればわかるさ。今年グランプリ・エクセランスに出場するのは彼なんだよ」

「それはあなたが道で拾った子のこと？」マチルドが腹立ち紛れに叫んだ。

「駅で見つけた子だよ。でも、そんなことを誰から聞いたんだい？」

「アンドレが電話してきたのよ。あなたが家ではどんな様子かって。彼が全部話してくれたわ。あなたのことをとても心配してたわよ、ねえ」

午前二時に自宅の居間で突然ロシジャックの名前を耳にするなんて、なんとなく不愉快だった。それに、屋根裏部屋を誰かに貸しただけで裏切り者扱いされている。

「理解できないのはロシジャックだけだよ。マチューの演奏を聴いた人なら誰でも、私がなぜあんなにマチューをひいきにするのか理解してくれるさ。ロシジャックはただの管理職だ。何もわからないんだよ」

「本当にそんなふうに思ってるの、ピエール？」

「もちろんさ！　それに、コンクールでは優勝するさ！」

「そういうことを言ってるんじゃないわ」

マチルドが氷の解けきったウオッカのグラスをなんとなく持ち上げ、鼻に近づけてから置き直した。

「目を覚ましてよ」彼女は重々しい声で続けた。「あなたがどうしてそんなことをするかよくわかるわ、でもその子はあなたの息子じゃないの……。彼はあなたの弱さを感じ取って、思わぬ幸運を利用しているだけよ」

「きみはマチューを知らないじゃないか」

「その子にいいように操られているのに、あなた一人だけが気づいていないって、そうアンドレは考えてるわ」

「あいつはバカだから」

「コンセルヴァトワールに入学させて、すぐ入居できる部屋も貸してあげて……。このあと、彼に何をしてあげる気なの？　養子にでもする気？」

「やめてくれ、マチルド」

蝋の仮面が少しずつ彼女の顔を覆い、感情を覆い隠した。何カ月間もずっと虚無の中で過ごしていたマチルド、そのマチルドをたった数分だけ無気力状態から引き戻した唯一のものが敵意だったと考えるとぞっとする。

「あなたは誰もトマの代わりにすることはできないわ」彼女が冷ややかに断言する。「ましてや、不良少年なんかをね」

「彼を知りもしないで決めつけるな」

「知りもしないですって？　刑事事件で有罪判決を受けたと聞けば、どんな人間か少しは察しがつくと思うけど」

もう何も言い返す言葉はなかった。言うに足ることは何一つとしてない。ただ遠くへ行きたいと強く願った。それに、しまいには、グラスの酒を少し飲みたくなった。

「あなたはすべて失うことになるわよ、ピエール。すべてを失ったうえ、失ったことに気づくことさえないでしょう」

27

目を開けると、ここはどこだろうと思った。あまりにも清潔であまりにも素晴らしい部屋だから、広告の中にいるみたいな気がしてしまう。そんな自分の部屋とは別の部屋の、自分のベッドとは別のベッドで目を覚ますのは、かなり素敵なことだ。ベージュやグレーなど、明るいけれど落ち着いた色が気に入った。ここでは光が違って見える。光はもっと柔らかく、もっとぼやけていて、なんて言ったらいいかわからないけれど、この光の中にいると一日じゅう布団の中に潜っていたくなってしまう。まだ漂っている香りの中で。おれはお香のスティックを燃やしてから寝た。お香は木のお香立てにセットされていた。一晩じゅうおれのそばで香りを放っていたお香は、いまもまだ残っている。

ああ、それにこの静けさときたら。こんな静かなところで眠ったのはたった一度だけ、スキー教室のときだった。

起き上がり、カーテンを開く。屋根が見渡せる素晴らしい眺めだ。教会の鐘塔、煙を上げる煙突。おれみたいに窓辺に女がいて、煙草を吸っている。鳩がおれのことを横目でにらんでいる。屋根の上で一人静かにしていたかったからだ。鳩に微笑みかける。いい天気だ。外は寒いはずだが、室温はパーフェクトだ。一日じゅう裸でいても風邪なんかひかないだろう。でもおれは服を着た。もう八時二十分だし、アンナからショートメールの返事があったばかかりだから。

『すぐに行くわ!!!』

そう、だってここからリュクサンブール公園まで十分だ。つまりアンナの家まで十分。

ドアが鏡になっている大きな白い衣装ダンスに自分の持ち物を並べ終える。エアバスの飛行機が入りそうなほど広く、服屋よりももっとたくさんハンガーがある。引き出しに目いっぱいものを入れ、棚にTシャツを広げ、布製の小さなラックに靴を収納した。そして、予備の枕が入っている一番上の棚にカバンを入れて、ずっと奥まで押し込んだ。まるで何年もここに住むみたいに。どれだけのあいだここに住むのかは別にどうだっていい。自分の家にいると感じたかった。

自分の家って素晴らしいな。部屋は狭いが、すごく素敵だから、あえてどこもいじらない。インテリアショップのショールームで眠ったみたいだから、店員がどこかから出てきておれのことを叱りつけるんじゃないかと思ってしまった。自分の小さなアパルトマンを売ることができない負け組たちのために、狭い面積をどう変えるか見せるテレビのインテリア番組に出てくるタイプのアパルトマンだ。ガラスが二枚はまった二重窓を閉めると騒音が聞こえなくなる。おしゃれなシーリングライト、ガラス天板の机、少し光沢のある壁紙。部屋に少しあたたかみを出すために適度に小物が置いてある。インド風の小さな木製の象と、お香を焚くための道具。でも、何にも増して素晴らしいのは百四十センチ幅のベッドだ。マットレスが何層にも重なっていて、一番上の層はふかふかだから、ベッドに沈み込んでも背中が痛くならない。昨日の夜ここに来て、ベッドに体を投げ出しときは、ほとんど信じられなかった……。大の字になって目をつぶると雲の上にいるみたいだった。正直、ここであと二晩寝たら、自分のあのちっちゃなベッドでは眠れなくなるかもしれない。おれのベッドでは、あんまりずり下がりすぎると足がはみ出してしまう。

壁かけテレビまであった。ナイトテーブルの上にリモコンが置いてある。

『暗証番号は？』

『3542B』

部屋のあるじとして最後にぐるっと点検してみるが、どこもピッカピカだ。廊下からエレベーターの鉄格子が開く音が聞こえてくる。

「やっほー、ご近所さん！」

今朝のアンナは厚手のマフラーをぐるぐる巻きにして目だけ出しているので、か弱そうに見える。おれは彼女を腕に抱きしめ、じっと見て微笑みかける。毎日思うことだが、ありえない、なんてラッキーなんだろうと心で呟く。アンナがいると廊下が明るくなる。香水のにおいがして、その何秒かあとに彼女が現れる。彼女にはどこかしら魔法みたいなところがあって、そのせいでおれは世間に挑みたくなる。彼女がそばにやってくるだけで、ほかには何も望まなくなる。何も望まない、ただアンナだけがいればいい。

戸口のところで長いあいだ抱きあう。それからおれは、何時間も前からこの瞬間を待っていたことを思い出した。

「どうぞ、マダム。わざわざお越しいただいて恐れ入ります……わが城へようこそ」

「ありがとうございます、ムッシュー」

アンナにとってこの部屋は別にたいしたものではないし、彼女の部屋はここの二倍の広さがあることはよくわかっているけれど、それでもアンナは感嘆してくれた。おれを喜ばせようとしてか、それとも、自分も同じような部屋が欲しいからだろうか。独立した玄関があって、朝食のときに両親と出くわす必要のない部屋。そう、十平米もあれば一人暮らしには充分だ。

「わあ、すごいじゃない!」

「だろ」

「でも、メールではまったく理解できなかったんだけど……。今夜だけ泊まったの? それとも、ここに住むの?」

「コンクールまで使っていいんだ」

「へえー! コンサートのあとで家まで歩いて帰らなくてすむように、ゲイトナーに泊めてもらったんだと思ってたわ」

「そうじゃないよ。おれたちご近所さんになるんだ」

「信じられない……。こんなワンルームを使っていいって言われたの？」

「うん。おれが通勤電車でヒーヒー言わなくていいようにって」

「もしかしたら、自分の手元に置いて、朝から晩まで練習させるためかもね」アンナが面白がっている。

彼女はおれの首をつかみ、自分のほうに引き寄せると、その首元にキスした。

「街歩きのために案内係が必要なんじゃない？　五区はジャングルよ……」

「おれ、そんなお金あるかな。ガイド代にいくら取るの？」

「そんな質問をしてきたの、マチューが初めてよ！」

アンナがわっと笑い声をあげたので、おれはすぐにでも彼女の服を脱がしたくなった。アンナの目も同じことを言っている。でも遅刻しそうだし、そのせいでレッスンに出られなかったと女伯爵に言い訳することはできそうにない。

おれたちは抱きあい、見つめあい、そして体を押し返した。仕方なしに。

「今夜たっぷり時間があるわ」アンナがおれの耳元に囁いた。

おれはリュックサックと楽譜をひっつかみ、外は寒いからダウンジャケットを手に取った。そのあいだにアンナがエレベーターを呼んでおいてくれる。エレベーターの鉄格子は動きが悪くて、勝手に止まってしまうときがある。中はとても狭いので、体をくっつけあうことになる。それを利用してアンナのお尻に手を当ててると、彼女がおれの耳たぶを軽く噛んだので、背中にぞくっと震えが走った。知らない人と一緒にエレベーターに乗っていたら面白くはないだろうが、いまのおれは長く一緒にいるために停止ボタンを押したくなるほどだった。ちょうど、エレベーターが五階で止まった。

一人の女性が入ってくる。四十代で、とても品がよく、顔は少し青ざめている。両目は生成りのジーンズのようなくるくる色を変える青だ。こんにちはと言いあい、礼儀正しく微笑みを交わす。どうしてかわからないが、彼女にじっと見つめられているような気がした。ぎゅうぎゅう詰めの状態だからだろうか。

下まで来ると、おれはその女性のためにエレベーターのドアを押さえていた。いまや、彼女は明らかにおれのことをずっと見つめていることがわかる。

「あなたがマチューかしら、そうでしょう？」

「えーと……はい」

「マチルドです。ピエールの妻の」

「ああ！　こんにちは……知りませんでした……部屋のこと、どうもありがとうございます、マダム。本当に、とてもご親切にしていただいて」

アンナは自己紹介して──名字も忘れずに──一歩下がりながら握手している。いままで一度も見たことがなかった、小さな賢い女の子のような態度だ。

「もしお役に立てたなら嬉しいわ」マダム・ゲイトナーがおれをじっと見ながら言う。「長いあいだいるつもりなの？」

「わかりません、ムッシュー・ゲイトナーと相談してみないと。一応コンクールまでということになっていますけど、もし部屋が必要なら、早めに出ます」

「いえいえ、大丈夫よ。ただちょっと……知りたかっただけ」

少しのあいだ、気まずい沈黙が流れる。急いでいると言いにくくて、おれは待っていた。

「あなたが国際ピアノコンクールに出るんですってね？」マダム・ゲイトナーは社交的な口調できいてきた。まるで男爵夫人の館でお茶を飲んでいるみたいだ。

「はい、そうです」

「たくさん練習しなくてはいけないんじゃないかしら？」

「はい、たっぷり。あの、ぼくたちもう行かなくてはいけなくて……。遅れてるんです」

「もちろんよ。お引き留めするつもりはないわ」

それでもマダム・ゲイトナーはアンナのほうを振り向いて、おれたちを引き留めた。まるでアンナがまだそこにいるのを見て驚いたかのように。

「アンナ、でしたっけ？」

「はい、マダム」

「あなたもここに住むのかしら？」

「いいえ。私はすぐ近くのアサス通りに住んでいます。マチューを迎えにちょっと立ち寄っただけです」

「ああ、そう。そんなことをきいたのはね、アパルトマンの管理組合がうるさくて……。おわかりになるでしょう」

おれにわかったことは、アンナがあの部屋に勝手に住むんじゃないかと彼女が考えたということだ。おれは腹が立った。もしアンナが白人だったら、きっと誰もアンナにそんな質問をしなかっただろう。

たぶんおれの思い違いだろう。

たぶん彼女は、いま階段からおりてきた少女、EASTPAKのリュックサックを背負った、長い金髪で、ぶ厚いウールの帽子をかぶった少女にも、同じ質問をしただろう。

「よい一日を」おれは建物の入り口で彼女に言った。

「あなたもよい一日を、マチュー」

おれはマダム・ゲイトナーが好きじゃない。彼女もおれのことが好きじゃない。おれがあまりにも郊外の住人っぽいからだ、賭けてもいい。あまりにも下層階級だからだ。おれは彼女の部屋のインテリアについた染みであり、彼女のドールハウスへの侵入者なんだ。彼女の目を見ればよくわかる、もし彼女だけに権限があるんだったら、おれはとっくに鍵を返して自分の街に帰っていただろう。それでも、その気になればとんでもなく高値で貸せるはずのワンルームを使わせてくれているのだから、そんなふうに思うなんておれはどうかしている。たぶんおれの思い違いだろう。でも仕方ない、おれはいつも自分の嗅覚を当てにしてきたのだから。

別にいいさ、彼女は彼女で好きなように思っていればいい。

おれは最後までやり遂げるだろう。

たとえあのクソッタレの指の開きを死ぬほど練習して、自分の手がブッ壊れることになってもだ。

28

『マリンスキーが救急医のところへ行った』

これだけ伝えればよしとロシジャックが判断したため、私は大慌てで昼食を切り上げてタクシーに飛び乗った。最悪の事態を想定してしまった。マチューからメールの返事が来ないので、エリザベスに電話をかける。マチューは今朝、彼女のレッスンを受けたのだ。たぶんエリザベスならどんな事故だったのか、どの病院に入院したのかなど、もっと詳しいことを知っているだろう。

マチューの母親にも連絡が行っているだろうか。

動揺で少し震える手でシートベルトを締めながら、行き先はまだわからないと運転手に告げた。こうした状況下では、そっとしまい込んでいた記憶や、ときおり思い出す苦悶の瞬間が蘇ってくる。それらを払いのけようとした。一大事だという根拠は何もないのだから。そう、何も。打撲やアレルギー発作かもしれないし、もしかしたら単に体調を崩しただけかもしれない。

「はい、もしもし？」

「エリザベスかい、ピエールだ。マチューの件、聞いたよ。何が起こったんだ？」

「起こるべくして起こったことよ」彼女が落ち着き払って答える。「ちゃんと伝えておいたでしょう」

「なんの話をしているんだ？」

何がなんだかさっぱりわからない。

「マチューは四和音の練習中に指を痛めたの。あなたには最初から言っておいたでしょう、彼には柔軟さが――それに練習も――足りないって。急に痛めたわけではないし、力いっぱい弾いたからでもないわ」

「それで……重症なのか？」

「何一つわからないわ、ピエール。マチューはとても痛がっていたから、たぶん捻挫じゃないかしら」

驚きつつもほっとして、ロシジャックからのメールのことを思い出した。

「そんな症状で救急外来に行ったのかい？」

「まさか。マチューは普通の病院に行ったわよ」

ロシジャックめ。顔面にこぶしを一発お見舞いしてやってもいいくらいだ。

「マチューでは不安だと問題になっているみたいよ」エリザベスが煙草の煙を吐きながら続ける。「いろいろな噂があるけれど、救急医うんぬんもそのうちの一つね」

「まったく問題ない。噂の火消しは私が引き受ける」

メールが一通来たので話を中断した。マチューからだ。病院の住所だけで、ほかには詳しいことは書いていない。タクシーの運転手はさぞ喜ぶだろう、病院はここから目と鼻の先だ。揉め事を避けるために運転手に十ユーロ握らせて、何も言わずに車をおりた。

「まだ繋がってる?」エリザベスがきいた。

「ああ、すまない。マチューからメールが届いたところだ。行ってくるよ」

「注意しておくけど、あの子、そうとう機嫌が悪いわよ。もしあんな口をきいたのが誰かほかの生徒だったら、一生私の授業に出入り禁止にしていたと思う」

「プレッシャーのせいだよ……。考えてもみてくれ、もしマチューがもう練習できないとしたら、おしまいだ」

「あら、あの子もそのことはちゃんとわかってるわ。彼は全世界を侮辱し、運命を、カルマを、ラフマニノフを糾弾したの。つまり、地獄の門の手前で『七つのヴェールの踊り』を踊って見せてくれたってわけ」

私はつい笑ってしまった。このバカげた出来事が恐ろしい結果になるかもしれないというのに。

「ずいぶん辛抱してくれたんだね。きみは列聖されるかもしれないよ、エリザベス」

「アーメン。マチューを落ち着かせてちょうだい。あの子、いまは手がつけられないから」

病院に向かって足を速めている途中でぼんやりとした罪悪感を覚えはじめた。それに対していろいろ反論を積み重ねてみたが無駄だった。というのも、起きてしまったことの大部分は私の責任だからだ。マチュー・マリンスキーは幅広いレパートリーを持っていて、クラシック音楽の名曲を素晴らしく弾きこなすことができた。別に譜面など読めなくても構わないほどだった。それなのに、私はその既得能力を活用しようとせず、無理難題を押しつけ、彼を未知の領域に追い込んだのだ。

私のことを信用したマチューは無防備だった。そして彼が私を待っていた。吐き気を催すような壁紙の待合室で、だるそうにむすっとした顔をし、暗いまなざしでぼんやりと虚空を見つめている。自動車雑誌、女性ファッション誌、ゴシップ誌など、手に取れるすべての雑誌を膝に積み上げていた。手には添え木がきつく当てられ、やや不吉な印象だ。

「大丈夫か、マチュー?」

「最高だよ」

「どうしたんだ?」

「どうしたと思う?」

マチューは空想の世界のどこかを凝視していて、そのまなざしは顎と同じくらいこわばっていた。いまにも爆発しそうな表情で、ほんの少し息を吹きかけただけで粉々に飛び散りかねない。ゴロツキが相手の喉元に飛びかかろうとしてにらみあっているときは、おそらくこういう感じだろう。

「説明してくれないか。医者にはなんて言われたんだ? なんとかなるだろう、解決策を探そうじゃないか」

「ああ、そう? 解決策なんてどこにあるんだよ? おれのケツの中か?」

「そういう言い方はやめたほうがいい、マチュー」

「ごめん」彼がうなった。

沈黙がおりた。私が生徒を叱るときは、生徒が感情を爆発させたあとで何も言わずにいる。そうすると、たいてい静かになった。この方法はいまも効果的だ。

「腱鞘炎だってさ」マチューがため息をつく。「三週間は安静にしてろって。ピアノを弾くのも指を柔らかくする練習も、全部だめだって。もう死ぬしかないよ」

「そこまでじゃないさ」

「やめてくれよ！　こんなことになる前から、おれには余裕なんてまったくなかったのに……」

「今後はもっとそうなるだろう。しかし、どんなリスクがあるというんだ？　失敗することか？　最悪でも、コンクールでの優勝を逃すというだけさ！　別にきみは優勝を夢見て生きてきたわけではなかっただろう。それにあと一カ月あるんだ。そのことを誰からも聞いていないのか？」

こう説得するとマチューは心を動かされた様子だったが、依然として歯をきつく食いしばったままだ。生きた爆弾をそんなに簡単に無力化することはできない。

「さあ、来るんだ」私は立ち上がった。「コーヒーでも飲みに行こう」

「診察代を払う金がないよ」マチューが目を伏せてもごもご言った。

私は彼の肩をぽんと叩いてから診察室のドアをノックした。頭が半分禿げ上がった小男がマチューから片時も目を離さずに料金を受け取った。診察のときに一波乱あったのではないか、となんとなく思う。

それから私たちは黙りこくって通りに出た。マチューの呼吸は怪我をした動物のように不規則だった。とうとう彼はいままでにないほどの激しい怒りに襲われ、突然ゴミ箱を激しく蹴りつけ、ひっくり返した。私はあとずさりする。この手の行動を見ると、どうしていいかわからなくなってしまうのだ。自分自身をコントロールできない人間ほど厄介なものはない。マチューが感情にまかせて怒鳴りながら、何を蹴りつけているのかも忘れてゴミ箱に襲いかかった。この生命を持たないスケープゴートが、そのほかすべてのことを贖《あがな》えるかのように。ゴミ箱はぐらぐら揺れ、歩道に中身をまき散らし、止められた車の側面にぶつかった。

「コノヤロー、死ねっ！」

破けたゴミ袋に最後の一撃を加えると、その拍子にマチューは声をあげて痛がった。体を二つに折り曲げ、添え木をぎゅっと握りしめながら、涙をのみ込み、ゆっくりと呼吸を整えている。

「それ、死んだと思うよ」私はゴミ箱を指さして言った。

「うん、おれもそう思う」

マチューの行為は、私が人生で一度もやらないであろうことだった。なぜなら、感情はコントロールすべきものと教えられてきたし、人前で醜態をさらすのはごめんだからだ。私は理性的な人間であり、大きなプラスチック製の緑色のゴミ箱を痛めつけたところで、決してせいせいしたりはできないだろう。私は苦しみを爆発させたりせず、我慢して胃潰瘍になるタイプの人間だ。一方マチューは、こうやって荒れ狂ったあとで笑顔を取り戻している。一分か、たぶん一分も経たないうちに。

教育が万能というわけではないのだ。

「これで終わりではないよ、マチュー。休みを取りなさい。休息は何よりの息抜きになるだろう。ぐっすり眠って力を蓄えなさい。音楽に浸るといい。そして治ったらまた戦いを再開しよう」

「きっとすごくがっかりさせちゃっただろうね……」

「このぐらいじゃ動じないさ」

「あんたみたいになりたかった」

半年前だったら、彼は私にそんなことは言わなかっただろう。

少し沈黙し、それからマチューは言った。

「どっちにしろ、もしおれがあんただったら、面倒事はごめんだから、コンクールにはミシュレを選んでいたと思う」

「いや、きみはミシュレは選ばなかっただろう」

マチューはためらい、それから私の知っているマチューに戻った。顔に微笑みが広がっている。

「たぶんそうだね」

29

腱鞘炎の強みは、一日じゅう何もしなくても、みんなにそれでいいと思われることだ。二週間のあいだ、朝寝坊をして、散歩して映画を観て、一番大事なことを見失わないようにラフマニノフを聴いている。本当に快適だ。大型書店の廊下で地べたに座ってタダでマンガが読めることにも気がついた。おれは本屋で何時間も過ごした。街のあちこちにあるスポーツ用品店には全部入った。ガラスの天井がついたアーケードに行き、山ほどある小さな店を見てまわった。そして動物園。どうやってそこまで行き着いたのかもよくわからないけれど、動物園では、枝の上をぶらぶら歩いているレッサーパンダを檻の外から観察することができる。それにカンガルーもだ。あの例の公園、リュクサンブール公園では、アンナが学校から帰ってくるのを待ちながら何時間も過ごした。いまや自分の定位置まである。木々の下に隠れた噴水の近くに、ほかの椅子から離れて一つ椅子があり、そこでおれは魚を見ながらサンドウィッチを食べる。それに、ごくごく小さな野外音楽堂があり、ときどき男たちが演奏しにやってきた。そこから少し離れたところにベンチが置かれていて、同じ老婦人をよく見かける。彼女は自分の子どもの頃の話を一人でぶつぶつ話していた。

　実は、パリは結構いいなと思う。

今日はアンナのたっての望みで、ボーブール界隈を案内してもらうことになった。面倒くさいけれど、素敵だねという顔をしておいた。というのも、彼女はおれに自分の街を紹介するのをとても誇らしく思っているからだ。アンナはすごい、なんでも知っている。雰囲気のいいカフェや美味しいハンバーガー店。アパルトマンの屋根を見渡しながら一杯飲むにはどの辺りがいいか。もちろん美術館にも詳しい。どうしてかわからないが、アンナが何にも増して好きなのは美術館だ。ルーブルに行くのは回避できたが、ボーブールにある現代美術館、ポンピドゥーセンターには行くことになってしまった。アンナがおれも絶対気に入るはずだと力説したからだ。おれはつべこべ言わずに承諾した。『アベンジャーズ』の新作を観に行くほうがいいと打ち明けてバカだと思われたくなかったのだ。正直な話、おれはアートなんてまったく興味がない。彼女はおれがアートに興味があると信じているのかもしれない。だっておれはピアニストだし、ピアニストっていうのはミシュレみたいなやつばかりだから。でも、おれはほかのやつらとは違う。教会ならまだいい。最初は教会なんて耐えられないと思ったのに、何度も入っているうちに、とうとうアンナが見せたがっていたものの全体像が理解できた。柱やステンドグラス、聖なんとかの骸骨が入っている箱、中世に彩色された絵画。それに音響効果もだ。パリ北駅と同じくらいだだっ広い教会でオルガンが調律されているのを聞いたとき、あのずっと高いところまでよじのぼって何か弾いて、自分の音楽を穹窿《ヴォールト》の下で鳴り響かせたい、ということしか考えられなくなった。

そんなことができたら本当に楽しいだろう。

パリ中心にある巨大なショッピングセンター、フォーラム・デ・ザールの出口で、男たちのグループがアンナのことをじろじろ見ながら、おれができれば耳にしたくないようなことを言っていた。つまり、彼女がとびきり素敵だってことだ。アンナは白いダウンコートにジーンズ、黒いバスケットシューズを履いて、サングラスをかけている。いまはスキーシーズンだからだ。アンナを少し前に行かせてからスマートフォンを取り出し、彼女の写真を撮りまくった。もちろんアンナは自分が一人で喋っていることに気づき、振り向いて、わっと笑い声をあげると、そんなことはやめて、とおれに向かって叫んだ。彼女はパパラッチなんかうんざりなのだ。誰の目にも留まらずに外出することなどできないから。おれたちは周囲の視線を浴びている。中にはきっと、アンナをどこかで見たことがあるような気がする、という人もいるかもしれない。こんな格好をして、こんな笑顔の彼女は、007の映画から抜け出してきたように見えるだろう。

おれが靴のショーケースに磁石のように引きつけられている――ティンバーランドの靴がセールで一足五十ユーロか――あいだ、アンナはもうその面倒くさい美術館のほうへ小走りに向かっているところだ。彼女は待ちきれない様子で立ち止まっている。それもそのはずで、おれが戦場に向かう男みたいに時間稼ぎをしようとして立ち止まるのはもう三度目だからだ。

「今度は何してるの?」

「いま行く」

おれはセール中のティンバーランドの靴を吟味した。一トンもありそうなほど重たいし、色が気に入らない――金がないのはともかく。そのとき、こんなところで聞くとは予想だにしなかった聞き覚えのある声を耳にした。いや、でも本当に予想外だ。

「靴を放せよ、泥棒野郎！」

おれは信じられずに振り向いた。ありえない。しかも、いまここでなんて。

アンナと一緒なのに。

「ちぇっ、こいつ、おれたちに目もくれないぜ、このお調子もんが！」

ドリスとケヴィンがバカ笑いしながらおれを取り囲み、それぞれ左右からおれを小突いた。

「目ん玉にクソかなんか入ってんのかよ？」

おれはできるだけ淡々とした態度でアンナを捜した。彼女が先に行っていればこの二人を店の中に引っ張っていけるだろうと思いながら。でもだめだ、アンナはにっこりしながらおれたちのほうへまっすぐやってきた。

おれが彼女の肩に手をまわすと、二人はびっくり仰天した目でこちらをしげしげ眺めた。

「アンナ、紹介するよ。ドリスと……ケヴィンだ」

「こんにちは！」彼女が元気に挨拶した。「ずっと友だちのことを隠してるから、実はいないんじゃないかと思いはじめていたところよ」

「今後は、いて残念だったって思うかもな」おれは笑いながら心にもないことを言った。

ドリスもケヴィンもあえてアンナに挨拶のキスをしようとはしなかったが、まるで歌手のリアーナを紹介されたみたいに彼女を凝視していた。ケヴィン――今度はゴールドのブレスレットを買ったらしい――はアンナを頭のてっぺんから足の爪先まで舐めるように眺めたうえ、いつまでも胸の辺りをじろじろ見ている。いつもなら顔面にこぶしを一発お見舞いしてやるところだ。これだけでもう、かなりうんざりしてしまった。

通りの角にいる警察に横目でにらまれていた。

ワンルームに引っ越してきてから、こんなことは一度もなかったのに。

かつての自分に逆戻りしてるような気がする。

「オーケー」ケヴィンがかなり苦々しい微笑みを浮かべる。「やっとわかったぜ、なんでおまえがおれたちのメールに返事をよこさないのか！」

「驚いたぜ」ドリスがつけ加えた。

「悪いな、最近ちょっとごたごたしてるんだ。仕事がさ……。それに、見てのとおり、手をやっちまったんだよ」

おれはもうアンナのことを見られなかった。

「やめろよ、おれたち泣いちまうぜ」ドリスがにやにや笑う。「もう掃除ができないなんて、困るよな！」

「それより、もう弾けないのよ」アンナが口を挟んだ。

「何を弾くって？」

アンナがますます驚きながら、問いかけるようなまなざしを送ってきた。おれはといえば、なんとかこの場を切り抜ける方法を探している。だが、いますぐ死ぬこと以外に何も思いつかない。

「グランプリのこと伝えてないの?」アンナが無邪気にきいてきた。

伝えるまでもないささいなことだとばかりに、おれは〝いやいや〟という表情をしたが無駄だった。そんなことでは切り抜けられそうにない。ケヴィンが怪しんで、何かがおかしいと感じはじめていることは、彼の顔を見ればわかる。

「なんのグランプリだよ? 掃除機をほっぽり出してF1に出ようってのか?」

「さあ、いよいよフェラーリのマチュー・マリンスキーがポールポジションのスターティンググリッドにつきました」ドリスがアナウンサーの真似をする。

たいした冗談でもないのに、おれの友人の機嫌を取るためにアンナが無理して笑っていた。でも、あと何分かすればもうまったく笑いたくなくなるのではないかと、なんとなく感じた。

「真面目な話」アンナが答える。「マチューから聞いてないの? 彼、グランプリ・エクセランスっていうピアノコンクールに出るの。これって、信じられないことなのよ!」

「ふうん、それは信じられないな」ケヴィンが言った。

「ピアノを弾くって、おまえが?」ドリスが驚く。

アンナはびっくり仰天して両目をさらに大きくして、今度はおれを見た。

「わかんねえな」ケヴィンが言葉を継ぐ。「なんだよ、その話は? 公益奉仕のこととかは全部ホラ話だったのか?」

「やめとけよ、こいつ、虚言癖なんだぜ!」ドリスが叫んだ。

車のヘッドライトを前にしたウサギのように、おれはストレスで動けなくなってしまった。

なんでもいいから口に出したり、その場で説明をしたりする代わりに、バカみたいに黙ったままだった。みんながおれのことをじっと見ている。

「それじゃ、おまえらにはまた今度説明するよ」永遠に続くかと思われた沈黙のあとで、おれはとうとう答えた。

「いや、いいよ」ケヴィンが言う。「おれたちのつらなんか別に見たくもないんだろ。ピアノだろうが掃除だろうが、好きなことをやってろよ。おれたちには関係ない」

ケヴィンが通りすがりにおれの肩をぽんと叩いて遠ざかり、そのあとを追いながらドリスは振り返って腕を広げた。

「マジな話、おまえはひどいな、マチュー！」

何秒かあとに、二人の帽子は人混みの中に消えた。おれはそこに残ったまま、あまりにも気まずいのでアンナから顔を背けた――いつもなら自分の目をまっすぐ見ないやつなんて大嫌いなのに。

「いったいなんなの？」アンナがたずねた。

「おれのダチさ」

「わかってるわよ。それなのに、彼らに何も話してないの？」

「全部は話してない」

この件はこれで終わりみたいな感じで彼女が歩きはじめた。だが、アンナの性格をおれは結構わかりはじめていたので、彼女が内心いらだっていることを察した。

「公益奉仕」アンナがおれをにらみつける。「そう言ってたわよね、彼？」

「ああ」

「私に話すつもりはあったの、それとも何も言わないつもりだったの？」

「ごめん、でもアンナには言えなかったんだ。犯罪者だと思われたくなかったから」

「それで、自分で学費を稼ぐために掃除をしていると思わせてたのね。もちろん、それはうまくいったわよ。あなたのこと、すっごく頑張ってるなって思ってたもの。本当のことを言えば、罪悪感さえ覚えたのよ、だって私自身は働く必要がないんだから」

ちくしょう、おれは本当にバカだ。アンナを失わないためならすべてを投げ出すつもりだった。それなのに、彼女の目を見ると、おれから気持ちが離れている気がした。

「どんなことをして公益奉仕なんかする羽目になったの？」アンナが冷ややかにたずねた。

「バカげたことさ。くだらない計画に巻き込まれたんだ。強盗に入ったけどうまくいかなかった」

彼女が幻滅したような微笑みを浮かべて頷いた。

「なるほどね。ほかにも何か隠してることがあるんじゃない？　名前は偽名？　結婚してるの？　子どもが二人いるのかしら？」

「いや」

「私の親が豪華なアパルトマンに部屋を持ってるから、私のことナンパしたの？　よかったら、うちの鍵をあげるわよ」

「お願いだからやめてくれよ」

これでおしまいだ。あと一分もすれば、アンナもドリスとケヴィンみたいになるだろう。もうおれのほうは絶対に振り返らずに街角に姿を消す。だからおれはアンナと正面から向きあい、その大きな目の奥までじっと見通した。アンナに最後に与える印象が、刑罰を食らったガキというイメージになってしまったらいやだから。

後戻りはできない。

いまの自分を変えることはできないんだ。

もう羞恥心などなかった。

「きみに何がわかるんだよ、アンナ。なんとでも思えばいいさ、でもおれは精いっぱいやってるんだ。十六歳の頃から派遣で働いていて、仕事がないとき以外は倉庫で荷物の運搬係をやってきた。母さんは医者じゃなくて、病院で病人の便所掃除をしてる。父さんはおれがガキの頃に家を出てったっきりだ。それに、ああそうさ、おれはバカをやってたよ、何回もな。でも強盗みたいなひどいことは、あれ以外一回もやってない。北駅でバッハの『プレリュードとフーガ 第二番 ハ短調』を弾いてたときに、ゲイトナーに見つけてもらえなかったら、いま頃ムショにいたかもな」

おれは疲れ果て、アンナと向かいあったまま彼女が去っていくのを待っていた。だがアンナは立ち去らなかった。

「ねえマチュー、どうして何も言ってくれなかったの？」

した。

「わからない。嫌われたくなかったんだ」

彼女が近づいてきて、おれの額に自分の額をくっつけると、おれの背中にそっと手をまわした。

「でもね、私が一番嫌いなのは隠し事なのよ」

しばらくのあいだ、アンナの香水と肌のにおい以外はもう何も感じられなかった——そして安堵が押し寄せてきて、自分が生き返るような気がした。

「一つわからないことがあるの」アンナが突然目を見開いて言った。

おれはにっこり微笑みかけた。

「一つだけ？」

「そう、一つだけ。どうして友だちに隠れてピアノを弾いていたの？」

男の子はうなだれて壁すれすれを歩いた。姿を消して透明になり、砂漠の中の蜃気楼のように誰の目にも見えないようにする。大丈夫、毎日やっているように、長い線をまっすぐ歩くだけだ。バスケットコート。団地の入り口。窓辺にいて、ぼんやり眺めるのではなく、辺りをじろじろ見ている人々。おびえても仕方ない。おびえたら動けなくなってしまう。弱くなってしまう。でも、うなり声をあげる犬を連れた人たちがそこにいて、待っている。

十代の男の子は地面にじっと目を落とした。心臓があまりにもドキドキいうので、吐き気がのぼってくるように感じて足を速める。毎日同じだ。同じ悪口に、同じからかい。全部うまくいくさ、あいつらはぼくのところまでは、ここまでは来ないだろう。団地は線のまっすぐ先にある。あそこまで走るだけでいい。そんなふうに心の中で繰り返した。彼らは男の子に何もしないだろう。これまでは、男の子の顔に向かって怒鳴るだけで、何かしたことは一度もなかった。彼らはときどき、三、四人か、十二人の集団で男の子を追いかけ、団地の入り口までついてきて、犬をけしかけたりドアを壊したりして脅かした。男の子はわかっていた。ぼくが不安がるのを見て、あいつらは楽しんでいるのだから、強くならなきゃいけない、うなだれずに言い返さなくてはならない、ということを。

別人にならなくては。

別人になるのは大変だけれど。

あいつらはそこにいる。バスケットコートの前のベンチに陣取っている。百メートル以上離れれば、男の子にはもう彼らの姿が見えなくなるだろう。背中に彼らの視線を感じ、犬の鳴き声とからかいを耳にするだろう。しかしいったん危ない場所を通り過ぎてしまえば、男の子は安心するだろう。

ところが彼らは立ち上がった。男の子をおびえさせようと下品な叫び声をあげる。そして突然、男の子の視界に入ってきた。男の子がものすごい早足で歩いているのを、リュックサックの紐をぎゅっと握りしめているのを、彼らは見た。男の子は呼吸を整えようとする。心の中に安心できそうなイメージを探す。バルコニーに差す太陽の光、子どもの頃に髪を撫でてくれた母親の手。男の子は鳥になって羽ばたいて飛んでいきたかった。まつげが霧氷で覆われるほど高く上昇して、雲の中に入ってしまいたかった。

彼らは小突き、追い越し、悪口を言ってくる。彼らの言葉は侮辱であり、自分がどういう子どもかを男の子に思い出させる。まるで男の子がそれを忘れているとでもいうように。つまり、男の子があまりにもひ弱で、やせっぽちで、傷つきやすいということだ。サバイバル能力がないのだ。バカにされ、脅され、ガタガタ震えるような子どもだ。激しさがないから、ボクシングなんか絶対にやらないようなタイプだ。

男の子は絶対に彼らのようにはならないだろう。

背後で犬が低く吠えたので、男の子は跳び上がった。それを見て彼らは笑った。突然、彼らはもっと怖がらせてやりたくなった、男の子の声を聞きたくなった。でも男の子は返事をしない。そこで彼らはもっと強く男の子を小突いた。誰かが男の子のリュックサックを奪って中を探った。男の子がリュックサックにしがみつく。しかし彼らはリュックサックからノートや本、ペンケースを取り出した。ペンケースが男の子の足元に落ちると色鉛筆がざあっとこぼれた。それに楽譜も。古い貴重な楽譜にはずっと昔の時代の書き込みが入っている。それはムッシュー・ジャックから預かったもので、もともとはムッシューの父親のものだ。

楽譜は手から手へとまわされ、彼らは団地の屋根まで鳴り響くような笑い声をたてた。男の子の秘密である楽譜はみんなの目にさらされ、歩道の上に広がり、ソナタの楽譜は風に飛ばされた。

彼らのうちの一人はバイオリンを弾く真似をした。

男の子は四つん這いになって、できる限り楽譜を拾おうとした。ベートーヴェンにモーツァルト。彼らに取り上げられた楽譜にしがみつき、取り返した一枚をブルゾンにしまい込んだ。いまや彼らは理解した。どうして男の子が絶対に汗と煙草のにおいの中、コンクリートの地面の上でボールを追いかけて走りたがらないのか。どうしてほっそりとした肩とキリギリスのような足の男の子が体育館に来ないのか。

地面に落ちたノートに誰かが唾を吐きかけた。

それから彼らは遠ざかっていった。なぜなら、もう何も壊すものがないから。

風にさらわれたソナタの楽譜はひらひらとまわり続け、枯れ葉のように舞い上がってから落下し、くるくると旋回して、最後に一陣の風が吹くと、遠くまで飛んでいって二つの団地のあいだに消えた。

30

またしても明かりが消えた。今度は立ち上がって電灯をつけようとは思わない。私はある階とある階のあいだの階段に腰かけたまま、頭の中を整理しようとしていた。そのほうが、ウオッカを飲むより楽だ。アルコールを飲むと酔っ払ってしまい、世界の上空をゆらゆらと漂い、そのほかのいっさいは少しずつ消えていくのだった。夜がふわりとかき消える。三杯目を飲むと、すべてを忘れた。忘れようとした努力さえも忘れてしまうのだった。

そんなことが長続きするはずもなかった。

熟成したプラムのように人生を終えるのはごめんだ。

私はいつものように自分の家のドアの前に立ち止まり、それからすばやい足取りで階段をおりた。しかし、街をさまよったりひとけのない歩道をぶらぶら歩いたりするのはもううんざりだった。体だけでなく魂まで凍ってしまう。私にはもう友だちもいない。本当の意味での友だちはもういなくなってしまった。レストランで一つの皿を分けあって食べるようなカップル単位でつきあう友だちしかいない。私たちは長いあいだずっとピエールとマチルドとして通ってきたので、一人の私はもう存在しないのだ。だが、この二人一組の自分というのが息苦しい。昨日、いまでもつきあいのある昔からの友人、ソルボンヌ大学でいつも一緒に過ごしていた友人に電話した。いつもとは別のことを喋るために、いつもとは別の場所で、いつもとは別の誰かと一緒に一杯飲まないかと提案するために。だが彼はこんなふうに返事をしたのだ。〝奥さんと二人で来てくれよ。うちの妻も喜ぶだろう。彼女、きみたちがどうしてるか気にしてたよ〟。私は来週必ず行くと約束した。そして、たった一人で歩き続けた。私はこんな人生を送っている。

目が暗闇に慣れてきて絨毯の模様まで見分けられるほどだ。闇の中で木の手すりが輝いて見え、その曲がりくねった形は、軽いめまいを引き起こす螺旋の中に消えていく。壁にもたれかかったまま、朝まで目を閉じていたいとさえ思った。ところがそのとき、電灯がついて、階段が色彩を取り戻した。誰かがエレベーターを呼んだのだ。もしかしたらアイリッシュ・セッターの散歩から帰ってきた隣人かもしれない。

階段を駆け上がってくる静かな足音が聞こえたのは、音がすぐそばまで来てからだった。

「ムッシュー・ゲイトナー？　そんなところで何やってるんだよ？」

私は立ち上がり、あまりに驚いたので取り繕えずにいた。マチューがしどろもどろで謝っている。もちろん、彼は〝そんなところで何をしているんですか？〟と言いたかったのだ。

「気にしなくていい」私は微笑んだ。「こんばんは、マチュー」

「鍵を忘れたんですか？」

ありがたいことに、マチューがすでに私の言い訳を見つけてくれていた。

「ああ。それに、妻が帰宅していないんだ」

「電話してくれれば、おれの部屋の鍵を渡せたのに！」

「心配しなくていい、五分ぐらい階段にいても大丈夫さ」

実に親切なことに、マチューは心配顔になり、深刻そうな様子でありもしない問題の解決策を探そうとしてくれた。

「奥さんに電話したんですか？」

「ああ、もちろんさ。いま家に向かっているところだ」

「オーケー。それにしても、ずっと階段にいるわけにはいかないよね。おれの部屋に来ますか？　奥さんが帰ってくるまで……」

「ありがとう。でもすぐに帰ってくるから」

マチューは納得したが、その目には疑うような光が小さく灯っていた。

「大丈夫？」

「ああ、大丈夫だ。どうして？」

「わからないけど、あんまり……元気がないように見えたから」

「少し疲れているだけさ」エレベーターのガラスのドアに映る自分の姿をちらっと見て答えた。

「顔が真っ青だ。ご飯は食べました？」

状況が一変している。いまや、相手を気遣っているのはマチューのほうだ。

「まだ食べていない。でも腹は減っていないんだ」

「おれはペッコペコだ。夕飯をおごりましょうか？」

その言葉を疑うように私が眉を上げると、マチューはそれを別の意味に受け取った。そんなつもりはなかったので、私はただちに後悔した。この青年を軽蔑するなどということはあってはならないのに。

「たぶん、あなたが普段行くような場所じゃないかもしれないけど」マチューがちょっと笑いながら言った。

もう断ることは難しかった。

「ぜひ行こう！　どこか知っているかい？　セーヌ通りに小さなサンドウィッチ屋があったっけ……」

「もっといいところを知ってるんです」彼が誇らしげに返した。

マチューがこの界隈の路地をすいすい歩いていくのを見て、私は感嘆した。彼は二週間も経たないうちにすっかり街になじみ、抜け道を知り尽くし、私が存在すら知らなかった場所を発見していた。いま、小さなワインバーをお薦めされたところだ。スペイン産のハムと〝あまりにも美味しい〟チーズを出すそうだ。マチューといつも一緒にいる三年生のきれいな女の子がこの辺りに住んでいたことを思い出す。しかしそれにしても、マチューはカメレオンのようにすっかり変貌してしまったようで――言葉遣いまで日に日に洗練されている。

〝もっといいところ〟というのは、オデオン広場にあるトラックの屋台だった。スーパー・ケバブという詩的な店名だ。緑色の電球がずらりとぶら下がったカウンターの向こう側で、太った男がグリルされた肉を細かく切り分け、黄色いポリスチレンの容器に入れて渡してくれた。容器は二つに仕切られ、それぞれ肉とフライドポテトが入っている。それに干からびたサラダと白タマネギ、赤いソースもだ。〝神様お許しください〟とは〝はっきり言って〟という意味で、アルザス人だった私の祖母が口にしていた表現だ。神様お許しください、私はこんなものを食べるくらいなら首を吊ったほうがましです。

だがマチューはとても嬉しそうだ。

目をきらきら輝かせ、自分のご馳走を教会の愛餐《あいさん》のように褒めそやしながら、カウンターで小銭を数えている。そこで私は嬉しそうな表情を作り、いいにおいだとまで言った——食事に関して嘘をつくことは滅多にないのだが。店の男は私たちにビニール袋を手渡してくれた。その中にはフォークやナプキン、ビールが入っていて、クローネンブルグのビール二缶のうち一缶はおまけでつけてくれたものだ。その肉がどういう肉なのかとか、低温流通体系《コールドチェーン》を遵守しているのかどうか、中途半端に解凍されたフライドポテトを一晩じゅう容器に入れたままで悪くならないのか、といったことは知りたくない。危険な食品について警告していた報道のことは忘れよう。それに私の俗物的な考え方もだ。というのも、一食九ユーロという値段はマチューにとってかなり高額だからだ。

「五分歩いても構いませんか？　静かに食事ができる最高の場所を知ってるんだ」

「行こうじゃないか」私は楽しい気持ちを隠さずに言った。「まるでもう自分の街のようだね」

「おれの街は、ここはちょっと雰囲気が違うけどね」彼がいたずらっぽく応じた。

マチューの言っていた〝最高の場所〟というのはソルボンヌ広場で、彼はそこのファサードを教会の屋根だと思っていた。私たちは今夜限りのベンチとして噴水のへりに腰かけ、マチューは勝手知ったる様子でその上にフォークやナイフを置いた。尻の下の石の座り心地はどうしても向かいのカフェの椅子に劣るとはいえ、それでも私は二十歳の頃に戻ったような気がした。

「どうですか？　ここは静かでしょう？」

「ああ、とても静かだね。それにほら、夏になったら……とてもいい雰囲気なんだよ。みんなテラス席に座るんだ。それに音楽もよく聞こえてくるし」

「ムッシュー・ゲイトナーは道端で食べるのは好きじゃないんじゃないかと思ってました……」

「それはつまり、私がお高くとまっているということかな？」

質問への答えとしてマチューがにっこり笑うと、ソースをしたたらせている肉にがぶりと大きく食らいついた。私はくんくんとにおいを嗅いでみた。脂と焦げの入りまじった独特なにおいだ。においは嗅がないようにしながらフォークの先を肉に刺す。結局のところ、この広場を選んだのはまずまず正解だった。ひとけがないとまでは言わないとしても、この季節はとても静かだ。広場は通りからまあまあ離れていて、ごくたまにサン・ミッシェル大通りを車が走ってくるけれど、かなり遠いのでうるさくはない。一人になりたい最近のパリジャンがどれほどのスピードで車を走らせているかを見ると、微笑んでしまった。

「ムッシュー・ゲイトナーはいつも人と距離を置いて話すんですか？」マチューが口にものを入れたままたずねた。

お高くとまっていることについての問いかけだ。

「もちろんそんなことはないよ、なんて質問だ！」

「でも生徒とは距離を置いて話してますよね」

「ああ、いつもね。親しげに話すっていうのは、お互いにそうすべきなんだ。生徒が距離を置いて話しているのに、教師だけが親しげに話したら、えらそうに見えるだろう」

マチューがフライドポテトを食べながら私の返答を聞いて笑っていた。

「そんなことにまでルールがあるんだ……」

「私は何にでもルールがあるのさ」今度は私も笑いながら言った。

「すみません、でもそれってめんどくさくないですか？」

「少しね。特に私の親しい人たちにはそうだろうね」

率直に言うと、私は彼のケバブを食べ慣れてきた。美味しさのようなものさえ感じはじめている。

「ずっと音楽の仕事をしてきたんですか？」マチューが再び口を開いた。というのも、今夜質問するのは彼のほうだからだ。

「そうだよ、ごく若い頃からね。でも、いまのきみとはほとんど逆の状態だった。私は伝統的な教育の産物であり、天稟《てんぴん》に恵まれなかったんだ」

「えっ？」

「つまり、きみのような才能がなかったということさ。本当に私の経歴を聞きたいのか？とんでもなく退屈だよ」

「もし聞きたくなかったら質問しませんよ」マチューが楽しそうに答えた。

私は思いつくままにとめどなく喋った。結局のところ赤の他人にすぎないこの青年に、いろいろなことを語りはじめたのだった。初めてピアノに触れたときのことや、音楽の勉強のこと、舞台に立ちたいという夢のこと。行き詰まり、失望したこと。私は自分自身に見切りをつけ、エネルギーを失い、ピアノを諦め、放棄し、そして教育の道を選んだ。その結果、自分の身は安泰なまま音楽界にとどまったが、音楽から得られる真の喜びは断念した。自分以外の才能ある人々に対して、少しでも自分の可能性を信じるなら能力を開花させることは可能だと教え、彼らの才能を開花させてきた。

私はケバブを食べ終えた。

フライドポテトの最後の一本まで。

一セッションに百二十ユーロも取った精神分析家には一言も喋らなかったというのに。

「やり直すのはいまからでも遅くないですよ！」マチューが無邪気に叫んだ。

私は答えずににっこり微笑み、クローネンバーグで乾杯すると——なんと全部平らげてしまった——今夜限りのテーブルを片づけ、あふれたゴミ箱にゴミを捨てた。

「ちょっと待って」マチューは添え木に巻きつけられた包帯をくるくる取りながら言った。

「何をしているんだ?」

「この邪魔くさいものを外してるんだ」

「だめだよ、まだ十日は安静にしていないと!」

「やだね。おれはチャンスをみすみす逃したくない」

私が絶句していると、彼は二つのケバブ容器のあいだに添え木をぽいと捨てた。

「行こうか?」マチューが軽い調子でたずねる。「奥さんももう戻ってる頃だよ」

彼の微笑みを見て、鍵の話にはまったく騙されていなかったのではないか、と私はなんとなく思った。今夜はもう充分語り尽くした。すっきりした気分で、自分自身にほとんど満足している。しかし、だが、立ち入った話をしてしまったことを少し悔やんでもいる。今度マチュー・マリンスキーとケバブを食べるときは、彼の話を聞くか、あるいは、彼に百二十ユーロの小切手を切ってやろう。

31

おれはラフマニノフをブッつぶさなかった。その代わり、ラフマニノフを理解した。自分の指の中に彼の音楽が流れるようになるまで何度も練習し、徐々に理解していった。何週間も前からこのいまいましい曲を弾き続けているが、今度こそ自分のものにできたと思う。おれはいつも難しい経過句《パッセージ》を待ち構えているし、さもなくば、難しいパッセージのほうがおれのことを待ち構えている。だが、その難しい部分を、おれは怖がらずに通過していく。怖がってもどうにもならない。怖がったら動けなくなってしまう。女伯爵から指示された方針をおれは毎日思い出していた。〝難しい部分が近づいてきてもたじろがないことよ、マリンスキー。音のうねりに逆らわないで〟

くだらない言葉だとは思いつつも、記憶に焼きついていた。

おれは昼も夜も練習し、指がだるくなるまでこの曲を弾いた。二度か三度、コンセルヴァトワールが閉まる時刻を過ぎてものめり込んで練習していたことがあった。ドアを開けてもらうためにゲイトナーにわざわざ来てもらったこともあったし、レストランで待ちあわせていたアンナに待ちぼうけを食わせたこともあった。今日が何日か、いまが何時かよくわからず、鍵盤の上で眠り込んでしまった。

ピアノを二台横に並べるというのはいいアイデアだった。いまでは女伯爵でさえそう言っている。どんなテンポでも彼女のあとについて弾けるようになったし、楽譜上の音符の流れも追えるようになった。普通は順序が逆だが、そんなことはどうだっていい。おれは学習し、進歩した。コンクールでは優勝できるだろう。もしできなかったとしても仕方ない。自分を責めるつもりはまったくなかった。

腱鞘炎は完全に治ったわけではないけれど、それもどうだっていい。ときどき、和音を強く鳴らしすぎてチクッと痛みを感じる。そんなときは、一、二時間手を休ませる。手を少し氷に浸し、少しやる気を出せば、痛みは飛んでいく。あまりにも熱中しているから、いまや痛みなんかじゃおれを止められないだろう。

それにしても、何か言ってくれればいいのに、女伯爵は。

今日は、コンクールのレッスンを開始してから初めて、彼女がゲイトナーに頼んでレッスンを見に来てもらった。

そして、ノーミスで弾いたのに、というか、ミスしたようには感じなかったのに、女伯爵は何も言わなかった。ゲイトナーもだ。大ホールの一列目に腰かけて腕組みをし、眼鏡をかけて黒いタートルネックを着たゲイトナーは、まるで僧侶のようだ。二人は見つめあっている。まるで口も開かずに相談しているみたいだ。どっちが先に口を切るのかわからないせいで、おれはぴりぴりしはじめた。

「あのー、これでよかった？　それともだめ？」

女伯爵が靴の踵をコツコツ響かせながら、がらんとしたホールを何歩か歩くと、うっすらと笑みを浮かべておれを見た。

「完璧よ」

　こんちくしょう、夢みたいだ。完璧だって。女伯爵とは何カ月も一緒に練習してきたが、一番の褒め言葉は〝悪くない〟だった。おれは目に涙まで浮かびかけていて——幸いここにはおれたち以外誰もいない——それに、一番信じられないのは、彼女もおれと同じような雰囲気だということだ。つまり、ここまでくるのに彼女も苦労したわけだ。女伯爵は一つ一つの和音を、一つ一つの沈黙を、それらがおれの一部になるまで、何度でも繰り返し弾いてくれた。おれがつまずくたびに、彼女が引っ張り起こしてくれた。こうやって女伯爵の人生を無駄にしていると考えたり、彼女にとってはおれのことなど別にどうでもいいのだと思ったりして、少し恥ずかしくなることさえあった。

　女伯爵がゲイトナーのほうを振り向いた。ゲイトナーはずっと無言のままで静かに眼鏡を折りたたんでいるけれど、彼は女伯爵みたいな態度はとらないだろう。いまでは、おれはゲイトナーの人となりを知っている。彼には女伯爵ほどスフィンクスめいた無表情を作る才能がないので、喜んでいることがわかる。

　そして、おれも喜んでいる。

「準備ができたね」緊張感を漂わせたあと、ゲイトナーが言う。「文句のつけようがない。もうあとはコンクールに出るだけだ」

「おめでとう、マチュー」女伯爵がつけ加える。「ほかの人なら三年かかってもできないことを、あなたは三カ月でやってのけたのよ。でも気をつけなさい、まだ始まったばかりだから……。ここからが正念場よ」

幸福感のようなものに疲労と安心と緊張がまじりあい、少し頭がくらくらした。二人みたいなポーカー・フェースが身についていないので、ドラッグでもキメているような態度になってしまう。でも別にたいしたことじゃない、だっておれたちは身内なんだから。

「ありがとう……あまりにも嬉しいです」

「あまりにも嬉しい、なんて絶対に言わないよ」ゲイトナーに直された。彼はおれの言葉遣いが大嫌いなのだ。

「それに、まだあと一週間練習できるし……」

「それはだめよ」女伯爵に言葉を遮られる。「残りの日は休息や集中、それに腱鞘炎を冷やすことに充てなさい。〝遠くまで旅しようとする者は馬を大切にする〟というでしょう。コンクールまで余力を残しておくことが大事よ」

彼らが二人だけで目配せを交わすのを見て、おれは母の視線をなんとなく思い出した。小学校の最終学年の頃、劇に出るおれを観に来たときの母の視線だ。悪いマスケット銃兵の衣装を着て、ボール紙の剣を持ち、拍手する親たちの中に母の目を探していたおれは、賢そうには見えなかっただろう。でも、あのときとは違って、今日の二人には誇らしく感じるだけの真っ当な理由がある。たとえおれ自身が本当にあと一週間でコンクールに出られるのだろうかと思っているにしてもだ。

急にコンクールが現実味を帯びてきた。

「エリザベスの言うとおりだ」ゲイトナーがピアノの蓋を閉めながら同意する。「もう練習はおしまいにしなさい」

　おれはそうすると約束したものの、二人が背を向けるや否や練習を再開するだろうとわかっていた。このいまいましい曲が逃げていってしまわないように。一週間で忘れてしまいかねない箇所がある。おれは二人みたいに年齢を重ねていないし、経験だって積んでいないかもしれないが、音楽というものは手のひらの中にいる鳥だと承知している。もし指を開いたら、鳥は飛んでいってしまうだろう。

　おれがブルゾンをつかもうとした瞬間、女伯爵がちょっと眉毛を上げた。おれがよく知っている表情だ。

「マチュー、最後に一つだけ。コンクールの日のために、何かきちんとした衣装を見つけておきなさい。外見上の問題なんかで減点されたらもったいないでしょう」

「マジで？　本当に服装なんかに……点数をつけるの？」

「ドレスコードはタキシード着用……。郷に入っては郷に従え《ウェン・イン・ローム・ドゥ・アズ・ザ・ローマンズ・ドゥ》っていうじゃない」

　おまけに英語のことわざまで持ち出してくる――おれは〝マイ・ネーム・イズ・マチュー〟以外は何も言えないというのに。

「ペンギンみたいな服を着たからって、どうだっていうんだ？　滑稽に見えるだけじゃん……」

「そう言われればそうかもしれない。でもね、世界じゅうのどんなコミュニティでも、正装はそのコミュニティに属しているしるしになるの。逆らうのはよしなさい。無駄にハンデがつくだけよ」

「そんなことにこだわるなんて、たいしたもんだね！」

「それじゃ、あなたはラップのコンサートにタキシードを着ていくの？」

別の角度から見ると物事がはっきりわかるというのは面白い。

「オーケー。でも、タキシードなんておれのタンスには入ってないよ。従姉の結婚式のときに人生で一度だけジャケットを着たけど、それだってレンタルだったんだ」

「心配しなくていい」ゲイトナーが安心させるようににっこり笑いながら割って入る。「私がなんとかするから」

それでも不安は半分残っていた。

「蝶ネクタイまでつけなきゃいけないの？　どう？」

「いや」ゲイトナーが笑いつつ言う。「ジャケットと白いシャツだけで充分だろう」

「ネクタイは？」

「どうしようか」

「できればしたくないな」

「だろうね」

「本当にいやだからね」

おれが忘れそうになっていた楽譜を、ゲイトナーが手渡してくれた。彼の目が楽しそうに少し光っている。

「それしか心配事がないなら、コンクールは安心だな！」

おれが返事をしようとした瞬間、ゲイトナーの表情がこわばった。誰かが大ホールの戸口に立っている。油断のならない微笑みを浮かべて、書類を手にしたその誰かは、アレクサンドル・なんとかだ。ボルドーから来た男、ゲイトナーにとってのミシュレだ。スーツに開襟シャツを着て、ピカピカの靴を履いている。やつがどういうつもりでここに来たのかはわからないものの、冷たい空気が流れ——あとはダース・ベイダーのテーマが流れれば完璧だ——女伯爵は挨拶をすませるとさっと姿を消した。

もう中に入っているのに、やつはコツコツとドアを叩いた。

「ピエール、五分だけ話せるかな？」

「もちろん」ゲイトナーが退出するようおれに合図を送りながら答えた。

おれは通りすがりにドローネーと握手をして——そう、やつはおれのことを覚えていた——心の中で思いきり〝くたばれ〟と言いながら微笑み返した。二人を残して去る前に、少し心配になって振り返る。まるで道端で喧嘩をしている友人を見捨てて行くような気持ちだった。

またスシだ。アンナの大好物なのだ、スシやマキズシ、それに、いつも名前を忘れてしまう太いロールは……。彼女のことを喜ばせたいから、おれもスシが大好きになる。というかむしろ、彼女にそう思わせようとして、マクドナルドの三倍の値段でマクドナルドより三倍不味い食べ物を前に、感嘆するふりをする。最悪なのは、彼女は一つ口に入れるたびに、まるで忘れがたい味わいであるかのようにスシの味を説明してから、目を閉じて、ああ、と陶酔したような声を漏らすことだ。冷えた米と、磯のにおいがするゴムみたいな食感の海藻ごときのために。

でもおれにはどうだっていい。

おれが見ているのはアンナだけだ。彼女はおれのベッドの上であぐらをかいて、美味しそうに目をきらきらさせて、おれが大好きな両方の肩が出るTシャツを着ている。

「これ食べた？　海老と胡麻と生姜のやつ」

「うん。美味しいね」

「それだけ？」アンナが笑った。

「美味しいねって言ったじゃないか」

「甘やかされた子どもみたいね！」

アンナが、おれなんかにスシはもったいないと言いながら、足の先でおれをベッドの外に押し出そうとした。もちろん、そんなことされたらたまらない気持ちになり、おれは彼女の足首をつかんだ。アンナがキャーキャー叫びながら暴れる。おれたちはベッドの上を転がった。彼女のうなじにキスすると、彼女の手がおれのジーンズの中に入ってこようとして、スシの皿がひっくり返った――ショウユも一緒に。そしていま、二人して四つん這いになって、笑い転げながら濡らしたタオルで布団を拭いているところだ。バカみたいだけれど、この部屋はどこも汚したくなかった。部屋を貸してくれたゲイトナーに申し訳ないから。それに、この部屋の鍵を貸してもらったときは、ホテルの部屋よりもピッカピカだったのだ。

明日、汚れたものをクリーニングに出そう。

ゲイトナーの奥さんには花を持っていこう。

最低でもそれぐらいはしないと。よくしてもらっているんだから。

「ところで、午後のリハーサルはうまくいったの？　ゲイトナーも来たんでしょ？」アンナがたずねた。カリフォルニアロールの残りを拾い集めながら。

おれはできるだけ謙虚な態度を繕ったが、アンナのことは騙せなかった。彼女は、おれの目を見るだけで何を考えているかわかるから。

「まあまあだったよ」

「やめなさいよ……。きっと準備万端だって言われたんでしょ！」

「まあ、そんなところかな……」

アンナがおれの首に飛びついてキスしてくれた。こんなにエネルギーがあるのは世界じゅうでも彼女だけだ。

「ああ、うまくいったのね！　腱鞘炎なのに！」

「でも、もうそんなに痛くないけどね……」

「こんな短期間で弾けるようになるなんてすごいわ。あなた、国際ピアノコンクールに出られるのよ、マチュー！　もしあなたがどこから来たのか知ったら、みんな……」

そう、こんなふうに聞きたくもないことを聞かされるのだ。しかも、疲れがたまりにたまっている夜に。

「どういう意味だよ？」おれは彼女を軽く押し返した。「ラ・クルヌーヴ出身のやつにそんな真似ができるなんて信じられないって？」

「何を言ってるの？　三カ月でＧＰＥの準備ができるなんて、誰がやったとしても信じられないことよ！」

「そいつがならず者なら特にね」

「やめてよ、マチュー、あなたはならず者なんかじゃないわ！　自分で自分に使ってる表現でしょ、それは」

おれは返事をせずにアンナの腕を自分の首から外すと、ベッドの上で少し遠くに座り直した。こういうたぐいのことにこだわるべきじゃないとわかってはいる。でも、チャンスに恵まれない人生を歩んできた哀れな郊外の子ども、みたいに扱われるのにはうんざりしはじめていた。自分のことを避難所にかくまわれている犬みたいに感じるなんて最悪だ。おれには家もあるし、母親もいるし、仕事もあるのだから。みんなと同じように。

「不機嫌になったの？」アンナが抗議するようにナイトテーブルの上に箸を置く。「マチューの経歴が素敵だって言ったから？　だって、私には夢みたいだもの」

「おれの立場になってみろよ。なれないだろ。それが透けて見えるんだよ」

「そんなに悪くないじゃない、マチューの立場は……。あなたの才能を信じてる人が山ほどいるし、音楽界で名を成そうとしているところだし、伝統的な教育を受けずに超一流のコンクールに出るわけだし、しかもソリストになれる可能性が高いのよ。何が悪いの？」

そう言われても、おれはまだ黙っていた。自分のことをわかっているからだ。もし何か口にしたら、ぶち壊しになるだろう。

「返事さえしないのね」そう言いながらアンナが立ち上がった。

「どこ行くんだよ？」

「家に帰るわ」

アンナが靴紐を結ぶのを、おれは見ていた。彼女の目は怒りで吊り上がっている。つまらないことになってしまった、喧嘩なんて一度もしたことなかったのに。この界隈で、理想的な家族のもとに生まれることをアンナ自身が選んだわけではないし、三十ユーロもするスシが好きなことにしてもそうだ。そう自分に言い聞かせようとしたが、無理だった。彼女の誕生日の夜に、おれを放り出した警備員のことを思い出す。それに、おれにペンギンの格好をさせたがっている人たちのこと、おれをありのままではなく、珍しいマスコットとして受け入れようとしている音楽界の人たちのことを考えた。

「アンナと違って、おれは一日じゅう育ちのことを言われるんだよ」ついにそう返事をしたが、彼女はダウンコートのファスナーをもう首まで上げていた。

アンナがカバンとケータイと帽子をつかみ、玄関でほんの少しためらった。彼女がこのまま出ていったら、明日はもっと面倒なことになるだろうということは、二人ともわかっていた。でも、アンナは折れようとしないし、おれもそうだ。彼女がドアを開けると、廊下から冷たい空気が入り込んできた。その木と石鹸の独特のにおいに、もうすっかりなじんでしまって、ずっと前からここに住んでいたみたいな気がする。

アンナはすでに廊下へ出ていたが、いきなり振り返っておれの顔を正面から見た。

おれは動かなかった。

動くつもりもない。

「どういうつもりなの、マチュー？　自分が高級住宅地の生まれじゃないからって、問題を抱えてるのは自分一人だって思ってるの？　周囲に溶け込めないのも、実力を発揮しなければいけないのも自分一人だっていうの？　想像してみなさいよ、現実はそうじゃないってことを。自分の境遇について泣きべそをかくのをやめたら、たぶんあなたも気づくでしょうよ！」

アンナが出ていったあと、ドアがバタンと強く閉まると、お香のスティックが台から外れ、小さな灰の山の中に落ちた。

32

誰がホールの照明を落としていったのかはわからなかったが、こうして二人で対峙することは非常に象徴的だった。私のボクシングの試合はここで行われるのだ。空っぽの大ホールの舞台の上、二台のピアノだけを照らし出すスポットライトの光の中で。アレクサンドル・ドローネーは、心の内を隠す技術においては私よりも長けていた。素直にして無邪気、ほとんど内気な様子で、微笑みを絶やさず、リーダーへの服従をしっかりと示している。彼は二人分のコーヒーを持ってきてくれ、近代的なキャンパスに感嘆し、私的だが立ち入りすぎない質問を一つ二つした。そして、万事心得ているドローネーは、私の失敗については言及せず、称賛を浴びせかけた。ドローネーいわく、私に会えたことはこのうえない喜びであり、名誉であり、幸福であり、祝福だという。

やりすぎとはいえ、口がうまいのは間違いない。

「ところで、私がやってきたのはこういうことを話すためではないのだよ」ついにドローネーは本題に入った。

彼が十五分前からいじくっているゴムは、書類を綴じた厚紙に付属しているものだ。驚いたことに、書類には〝パリへの提案〟と書かれている。それを偶然持ってきたわけではないのだ。

「パリにいるあいだ、ちょっとしたフィードバックをするようアンドレに頼まれたんだ」ドローネーは唐突に私と目を合わせて単刀直入に言った。「ボルドーではよくやっていることでね……組織の内部にいると、近視眼的になってしまうから」

「確かに」私は冷ややかに応じた。

「外部から見てもらうと、自分には見えなくなっていたことがどれほどよく見えるかわかって驚いたよ」

私が同意することを、ドローネーは必死に期待している。こうした気まずい雰囲気の中でも、私は彼に手を貸してやるつもりはなかった。私が押し黙っているので、彼は本題に入らざるを得なくなる。ドローネーには絶対に狼狽しないというかなり素晴らしい能力があることがこれでわかった。

「あなたがGPEに推薦した秘蔵っ子のことですが……。なんという名前だったかな？」

「マチュー・マリンスキー」

「ああ、そうだった。忘れていたよ」

などと言っているものの、ロシジャックがご親切にも貸してやった見事な執務室の中で、〝マリンスキー〟に関する書類がドローネーには日に日に不可解に思われているはずだと誓って断言できた。

「彼に関する広報戦略はどこまで進んでいるのかい？」ドローネーが続けた。

「質問の意味がよく理解できないんだが」

「郊外出身の若者を世に出そうというあなたのアイデアは素晴らしい、ピエール。しかし、本気でメディア・キャンペーンを張らなければ、完全に見過ごされてしまうリスクがある」

「マチューはたぐいまれなるピアニストだよ。注目されない可能性のほうが低い」

「音楽のプロとか熱狂的なファンのことではなく――彼らは何があろうと離れないから――一般大衆の話をしているんだ。彼の経歴を公表すれば、われわれはインターネット上で注目を浴びるだろう。この学院に必要なのはそうしたことだ」

われわれ、か。この一人称複数形のおかげで、偶然ドローネーの野心が露わになった。それを指摘するつもりはないし、彼がいま私に対してしようとしていることは、私がすでにロシジャックにやったことなのだと教えてやるつもりもない。

「しかし、そのためには」ドローネーが何か閃いたようなポーズをとって続ける。「布石を打っておかなくては」

「布石を……打つ」

「もしあなた方がマリンスキーの経歴を広めたいのであれば、いまから始めなくてはならない。コンクールのあとでは遅すぎる。たとえ――奇跡的に――彼が優勝するとしても」

ドローネーの〝パリへの提案〟というフォルダにはプラスチックのカラーファイルが入っていて、その中の〝GPE〟というラベルのついた青いファイルを見ると、私は背筋が寒くなった。この儀礼的な訪問はクーデターのようなものなのだ。そして、ロシジャックのことはよくよく知っているので、警鐘が鳴らされる日に彼が誰の側につくかは想像に難くない。

「こちらが私の提案だ」ドローネーがファイルから表やリスト、ウェブサイトのスクリーンショットを何枚か取り出した。

ドローネーがついさっきマチューがラフマニノフの『ピアノ協奏曲 第二番』を弾いたピアノの鍵盤の上にそれらの紙を並べるのを、私は見ていた。ドローネーは自分もまた音楽家だったことを覚えているのだろうか。しかも彼は、その世代の中でもっとも将来を嘱望された音楽家だったのだ。

「最初はブログで紹介してもらう。音楽専門のブログだけではなく、このリストの上位にあるインフルエンサーのブログでも。次にニュースサイト……。そこにわれわれのストーリーを掲載してもらおう。団地出身の少年が大規模な音楽コンクールに出場する……といった内容を。そうしたことすべてが二日間ほどで世間に浸透したところで、ツイッターに着手する。マリンスキーが執行猶予つきの判決を受け、公益奉仕をしはじめたこと、コンセルヴァトワールが彼の才能を明るみにし、彼にチャンスを与えたことなどを声高に公表するんだ。これで、公共放送の夜八時のニュース番組で取り上げられることは確実だよ」

カーペット商人のようなドローネーの話を聞いていて、二つ印象に残ったことがある。一つ目は、私が話についていけなくなるほど彼が早口でまくし立てたこと。二つ目はもっとささいなことだ——本性がはっきり現れるにつれ、ドローネーは神経質そうにピアノを叩いたのだ。ラッカー塗装仕上げの表面に残された指紋を見ると、私は無性にいらいらした。

「どう思う？」ドローネーが誇らしげにたずねた。

「私の考えでは、どんな媒体であれ、そうした情報が暴露されるなど問題外だ。マチュー・マリンスキーは私の生徒であって、じろじろ見物されるサーカスの動物ではないのだから」

「評判になると思ったのですが……」

「言語道断だ」

ドローネーは心底驚いた様子で、私からもらうことのできない返答を私の表情から読み取ろうとしていた。

「アンドレはマチューの受けた刑罰についてあなたに話すべきではなかった」沈黙したあとで私は言った。「そのことは誰にも関係がないし、ましてやSNS上の人々には関係ない」

「周知の事実だと思っていたものだから」

「そんなことはないよ」

「いずれにせよ、パリの学院内では誰もが知っている」

もはやどんなことにだって驚きはしない。ロシジャックが楽して自分のイメージアップを図ろうと、廊下で誰かに会うたびにこのストーリーをばらまいたのだろう。コンセルヴァトワールの聖アンドレ、不遇な人々の庇護者、というわけだ。

「そうだとしても、生徒のプライバシーを侵害するようなことはできないし、マチューには私たちを法的に訴える権利があるんだよ」

「もしそれが気がかりだというのなら、安心していいだろう」ドローネーが微笑む。「郊外出身の少年がただちに弁護士を雇ってパリのコンセルヴァトワールを訴えるようなことはないはずだ。まして、名誉と金を与えてもらったとなればね」

私は立ち上がり、ドローネーの網膜も焼けろとばかり鋭い目で彼をにらみつけた。

「はっきりさせておこうか、アレクサンドル。もしこの情報がメディアで暴露されたら、私の弁護士がマリンスキーの代弁者になるだろう」

彼は引きつった微笑みを浮かべたものの、動じなかった。

「わかった、この件は忘れよう！　こういう話をしたのも……あなたの力になりたかったからなんだ。この書類を置いていく必要はないね？」

「ああ、結構だ」

ドローネーはそのちょっとしたマーケティング・ツールをもとどおりにしまうと立ち上がり、どこまでも打算的な態度で私に手を差し出した。まるで官庁にいるみたいだ――欠けているのは金ピカの装飾だけ。

「気を悪くされていないといいんだが。さっき話したことは、純粋にコンサルタント的な観点から、外部の意見を提供しただけのことで……。言い訳させてもらうと、あなたの秘蔵っ子のことは、アンドレからメディア受けしそうな人物として紹介されたんだよ、本当に」

「わかっているよ。ありがとう、アレクサンドル」

「いえいえ、どういたしまして、ピエール」

私は書類やラベル、ファイル、フォルダとともにドローネーをそこに残したまま、できるだけ急いでこの息苦しいホールから立ち去ろうとした。二人しかいないのにコンセルヴァトワールの大ホールがこんなに狭く感じられたのは初めてだ。

そのとき、二つの音が鳴り響いた。

音は余韻を残しつつ、曲の始まりを告げている。

『幻想即興曲 嬰ハ短調』。

十秒も経たないうちに、音が奔流のようにわき立つだろう。

私は振り返らずに、ドアが閉まらないよう足の先でドアを支えながら待った。ゆっくり呼吸しながら、あのいまいましい男、いまでは官僚になり下がってしまった男が、情熱を失って官僚らしく演奏するのを聴いてやろうと思っていた。ショパンが彼を懲らしめてくれればいいと期待していた。しかし、旋律は宝石の雨のように舞い上がった。千もの指が鍵盤の上を走っていると想像してしまうほど伸びやかな演奏だ。音楽は私の頭に、血液に、心臓に、雷雨のときの風のように吹き込んできた。思わず聴き惚れてしまったことを悔やむ。

足を離してドアを閉めると、頭を空っぽにして廊下を引き返した。

33

おれは薔薇を買った。赤い薔薇だ。一束十本の、バケツの中に入っているセール品だけれど、それでも十五ユーロした。いい感じだ。花屋の店員にシダ植物みたいなやつを添えて、リボンと金色のラベルもつけてもらったら、見栄えがよくなった。最初は、女の子にあげるのか、マダムか、それとも老婦人にあげるのかと花屋にきかれて——おれは若いツバメみたいな男に見えたらしい——困り果ててしまった。というのも、店員によれば、おれの選んだ花束はどんな人にも似合うものではないそうだ。そんなことを言って、二十五ユーロの蘭の鉢植えを売りつける気だろうが、蘭の鉢植えはぱっとしなかった。花選びのコツならわかっている。あげる相手、その年齢、状況に応じて適切な花を選ばなければいけないというのだろう。でも、母以外にそんなことを気にする人なんているわけがない。そんなふうに考えていたので、店員がそういうことを何度もくどくど説明してきたときは少し驚いた。花束一つでどうこう言うなんて、ポーランドだけだと思い込んでいたからだ。

今朝はいい天気だ。

寒いけれど晴れていて、空には雲一つない。

薔薇の花を持って道を歩くなんてバカみたいだが、どんな女性も微笑みながらおれのことを振り返ったので、おかしくなった。女性たちは、おれには彼女とデートの約束があり、広告みたいにスローモーションで走っていって、彼女を腕に抱きしめてから、コマみたいにくるくる回転すると想像しているのだろう。しかも、回転すると吐き気がすることなどお構いなしに。

まさか、そんなことはしない。もしおれが誰に花をあげるつもりか知ったら、女性たちはもうそれほど心を動かされたりしないだろう。

アンナは昨日から何も言ってこない。まだ機嫌が悪いらしいが、好都合だ。おれも機嫌が悪いから。かわいらしいお姫様みたいに、えらそうな態度のままでいればいい。実力を発揮する義務がどうのっていう彼女のたわいない言い草に関しては、思い出すとまたおかしくなる。

彼女が雲の上を歩くみたいに世の中を渡るのを、毎日見ていた。街でも地下鉄でも授業中でも、アンナが浴びるのは羨望のまなざしだけだ。だって彼女は美人で頭がよくて金持ちだから。以上。おれなんか、誰かがおれを見るときは、顔に唾でも吐きかけられそうな気がする。そうはいっても、今朝から十分置きにスマートフォンを確認してしまう――着信もなし、メールもなし。こんな感じで本当に終わってしまうのかもしれない。

いずれにせよ、おれたちはあまりにも違いすぎる。

アパルトマンの守衛の女性がドアを押さえてくれながら、そのきれいな花を誰にあげるのかときいてきたので、おれは冗談を言った。いまでは彼女のことが結構気に入っているから。おれがパーティー好きの若いバカな若者ではないとわかってもらうまでに少し時間がかかったけれど、わかってくれて以降は、彼女はとても優しい。守衛の女性は、おれ以外の人間は聞きたがらないようなアパルトマンの歴史について語ってくれるし、世界でただ一人――いや、女伯爵もだが――おれのことをムッシューと呼んでくれる。嬉しいことに。

五階のドアの前でブザーを押す前に少しためらった。マダム・ゲイトナーとは三度顔を合わせたことがあるけれど、彼女のことをどう思ったらいいのかよくわからない。というのも、彼女はおれに対して少しそっけない態度をとっていたからだ。でも、彼女の立場になってみればそれも当然だ。自分たちの家のあるアパルトマンの屋根裏部屋に、夫が勝手におれを住まわせたのだ。家賃も取らずに、費用はすべて自分たち持ちで、シーツやタオルを交換する家政婦までよこしてくれる。まるで五つ星ホテルだ。一方、おれがゲイトナーにどんなお返しをしたか？　ケバブだけだ。もしケヴィンと喧嘩をしていなかったら、ゲイトナーにはひょっとしたらｉＰａｄとかスマートフォンみたいなちゃんとした贈り物ができたかもしれない。だが、いずれにせよ、ゲイトナーはそんなものを欲しがらなかっただろう。それをどんな金で買ったのかぐらい彼にはお見通しだろうから。

おれは申し訳ない気分だった。

三度目のブザーで、マダム・ゲイトナーがドアを開けてくれた。部屋着姿で、墓から出てきたみたいな様子だ。化粧をしていなくて、目の下にくっきりとした隈があるからか、ゲイトナーよりもずっと老けて見えた。あるいは、光の加減のせいだろう。

「おはよう」彼女が用心深げに言った。

「おはようございます。ごめんなさい、おやすみ中でしたか？」

「いいえ、そんなことないわ」

もちろん寝ていたに違いない。だが、否定するのも理解できる。アパルトマンの住人たちはみんな何時間も前に仕事に出かけたのに、自分は朝の十一時にベッドから出たなんて言いたくはないだろう。

「これ、どうぞ」おれは花を差し出した。

「私に？　でもいったいどうして？」

「お礼がしたかったんです。お部屋を貸していただいたし、それに、ほかにもいろいろとお世話になったので」

「それはご親切に。自宅に帰るの？」

「えーと……。いえ、まだです。もうすぐコンクールがあるので、それが終わったら自分の家に帰るつもりです」

「ご両親は寂しがっているでしょうね」

「ええ、きっと」

マダム・ゲイトナーは花束にうっとり見とれたあとで――これで母は花束に関して厳しすぎると証明された――お茶でもどうぞとおれを家に上げてくれた。おれは断らなかった。彼女に気に入られて、世界じゅうのどこよりも快適なこのアパルトマンにもう一、二週間長くいられることになったらいいなと思ったからだ。

「座っていてね」彼女が言った。「どうぞくつろいでいて、すぐ戻るから」

ゲイトナーの家の居間は——見るのは初めてだ——想像していたよりも広くはなかったが、しゃれていた。壁に一枚だけかかっている絵は、黒っぽい金属の背景に銅色の円が描かれている。ソファーがあまりにもきれいなので、誰も座ったことがないように見えた。本棚にはとんでもなく高そうな古書が山ほど入っている。置物や小さな彫像や棚といったものはない……。うちの母のガラクタ・コレクションとはえらい違いだ。しかも母ときたら、聖母マリア様がおれたちを守ってくれるように、聖画像《イコン》をそこらじゅうに飾っている。

幸い、おれの家には一度だって誰も来たことがない。

「ごめんなさいね、お待たせして」

「いいえ、ご心配なく」

ベージュのズボンとセーターを着て、手早く化粧して髪を整えたマダムは、おれがアパルトマンのエレベーターで一緒になった美しい女性に戻っていた。

「お砂糖は？」

「いいえ、結構です」

彼女はローテーブルの上にトレイを置き——紅茶とビスケットがのっている——ランプと色を合わせた銅の花瓶におれの花束を飾った。インテリアさえも考え抜かれていて、ガラス瓶に花を投げ入れるようなことはしないのだ。

おれはおずおずとスペキュロスをかじった。かけらを絨毯にこぼしたりしないように。

「コンクールに向けて、調子はどうかしら？」

「順調です」

「準備はできたの？」

「やれるだけのことはやりました」

「きっと楽ではないでしょうね、あなたでも」

あなたでも？　不快な気持ちがむくむくわいてくる。それがどういう意味なのかわからないし、なんで母親みたいに哀れむような目で見られているのかもわからない。

「優勝できる可能性があると本当に思っているの？」明らかに無理だと言わんばかりだ。

「わかりません……頑張ります」

マダムが冷めた様子で少し笑い声をたてると、目尻にしわが寄った。

「軽はずみにも、ピエールがあなたをコンクールに引きずり込んだのよね……。あの人は、そのあとどうなるか、あなたの人生がどういうことになるのか、考えもしなかった。あなたは正規の手続きを経ずに抜擢されたわね、自分とは縁のない世界、人を爪はじきにしたり批判したりする世界に……。あそこは小さな世界よ、あなたもよくご存じでしょうけど。そして、あそこの人たちは冷酷だわ」

「大丈夫ですよ、結構うまくやっています」

「あら、きっとそうでしょうね。でも、元の世界に戻ったとき、現実がつらく感じられないかしら」

おれは一口も飲まずにカップをテーブルに置いた。紅茶が熱々だからだ。それに、おれは紅茶が好きじゃない。ちょっと香りが強いただの熱湯じゃないか。

「ピエールから、彼がポストを失いかけている話は聞いているの？」

「はい、ムッシュー・ゲイトナーから聞いています」

「それは驚きだわ。ピエールは隠していると思っていたから……。特にあなたには」

「どうして、特にぼくには、なんですか？」

「どうしてかっていうとね、ピエールがあなたを利用したからよ、マチュー。独学でピアノを学んだ郊外に住む少年が、国際ピアノコンクールに出る……。あなたの経歴をそんなストーリーに仕立て上げたの。だってほかに候補者がいなかったわけじゃないのよ。つまり、あなたよりもっと適任の生徒がいたの、わかるでしょう」

自分がいま投げつけた言葉におれが耐える時間を与えるかのように、彼女は話を中断して、紅茶を二口飲んだ。

「この件で私が一番悲しいのはね」彼女が続ける。「あなたたちが二人とも笑いものになってしまうことなの」

喉がぎゅっと締めつけられたけれど、なんとか冷静さを保とうと努めた。こんなことは全部くだらないし、マダム・ゲイトナーは、一緒に夜を過ごすよりも、一人で階段に座っているほうがいいと夫に思われているような女性だからだ。

「もちろん私には関係のないことよ。でも、ピエールがあなたに対してしたことは、ひどいと思う。マチュー、あなたはいい子みたいだもの。あなたがそんな目に遭うなんておかしいわ」

「あのう、おれはかわいそうじゃありませんよ。旦那さんはおれを助けてくれたんです。おれが、ええと……困っていたときに。彼はおれを信用してくれて、コンセルヴァトワールで一番の先生のレッスンを受けさせてくれました……。ムッシュー・ゲイトナーは——というか、あなたとムッシュー・ゲイトナーは——素晴らしい部屋を貸してくれたし……」

「どうしてそこまでしてもらえるのか、疑問に思わないのね」

いや、どうしてだろうと思っていた。この道何十年の倒錯者なんじゃないかという想像さえした。

「マチュー、あなたが何を求めているのか知らないけど」マダムが立ち上がる。「キャリアかしら、チャンスかしら……。ピエールのほうはね、彼が求めているのは、自分の息子なの。でもピエールはもう絶対に自分の子どもに会うことはできないわ」

マダム・ゲイトナーが爪先立ちになって背伸びをし、本棚の中の写真立てを手に取った瞬間、おれは理解した。なぜピエール・ゲイトナーがおれのためにためらいなくすべてをなげうったのか。なぜ彼があんなにいつまでもおれのことを追いかけてきたのか。なぜ刑務所行きを阻止してくれたのか。なぜ彼が人混みに揉まれながら駅でおれを待っていたのか。なぜおれが望みもしなかった未来を与えようとしたのか。

おれは、本当は存在しないのだ。

おれは幻にすぎない。

「この子はトマっていうの」彼女がおれの前に写真を置いた。「十五歳だったわ。去年、白血病で亡くなったの。あなたが使っているのはこの子の部屋よ。というか、この子の勉強部屋としてしつらえた部屋なの」

「ごめんなさい」なんでもいいから何か口にしたかったのに、言葉が出てこなかった。喉がぎゅっと締めつけられて痛いほどだし、クソッ、まるで子どもみたいに目から涙がこぼれそうになる。おれはだめなやつだ。

「こういうわけなの」マダムが締めくくる。「これで全部わかったでしょう。もし私があなただったら、考え直すと思うわ。あなたもピエールも、二人とも、人前で侮辱されるのを避けられる時間がまだあるもの。あなたは若いから立ち直ることができるわ。でもピエールはもうやり直せないでしょう」

おれは返事ができずに、頷いて同意した。

「心から申し訳ないと思っているわ、マチュー。でも、あなたはたまたま悪い時期に、悪い場所に現れたのよ」

マダム・ゲイトナーはおれを玄関まで送ってくれたが、そうする前に、まだたっぷりと紅茶が入っているおれのカップをトレイに置き、ローテーブルについた目に見えないほどの小さな汚れを布巾の端で拭いたのだった。テーブルはすっかりきれいになった。七階の部屋もやがてそうなるだろう。おれがそこで暮らした記憶さえも消されて跡形もなくきれいになるはずだ。

あの部屋に一度も住むことのなかった男の子の面影のほかは、すべて消し去られるのだろう。

ピアノは難破船の残骸のように居間の真ん中に置かれた。前よりももっと大きく、もっと黒っぽく見える。ピアノの背中の部分はただの板切れで、何年ものあいだずっと隠れていたので、みっしりと埃がついていた。ピアノは二度階段にぶつかり、表面に長い傷がついてしまっている。傷跡がついたとき、運び手たちの指の下でキーッと音がした。十代の男の子はピアノがぶつかるたびに目をつぶった。まるで楽器が痛がっているみたいに。まるでピアノの中に隠れているすべての音たちが飛び立って、二度と戻ってこないみたいに。

二階という距離は、ピアノにとってはかなり遠い。

廊下でピアノを押したり、隣人に手伝ってもらったり、ピアノを置くことになった寝室の場所を空けたりしなくてはならなかった。ピアノは喪に服しているし、蓋は長い粘着テープで留められてもう開きそうにないけれど、それでも、壁を背に置かれたら、ピアノは再び表情を、ラッカー塗装の輝きを、色彩を取り戻した。ピアノはいま、新しい家で安らいでいる。

男の子は動物をなだめるようにピアノをそっと撫でた。涙をのみ込みながら。大人の男は泣くものじゃないから。自分はたぶんまだ小さな男の子だ。でも、十三歳にもなれば、もう小さな男の子ではない。彼は粉々になった心の奥底から天に感謝する——神様を信じているのだ——ピアノと離れ離れにしないでくれたことを。母の主張を聞き入れないでくれたことを。

母はピアノなんていらなかった。あまりにも大きすぎるし、重たすぎるから。母にはお金がないし、レッスン代が高いから。ピアノには埃がたまっていくだろうし、じわじわと傷んでいくだろうから、それなら誰かほかの人にもらってもらったほうが、ピアノにとっては幸せかもしれない。

でも兄弟は、男の子とピアノは離れ離れにならなかった。

ムッシュー・ジャックは亡くなった。そう、ある朝突然、椅子に座ったまま天に召されたのだ。ムッシューはコンクリート色の袋に入れられてその上から紐でぎゅっと締めつけられ、担架で階下に下ろされた。救急車に付き添う人は誰もおらず、救急隊員の人たちしかいなかった。あとはただ、それをじっと見ていた男の子の思いだけがムッシューに付き添っていった。ピアノは黙りこくったドアの向こうで長いあいだひとりぼっちだった。それから何人かがやってきてドアを開け、写真も服も鍋も全部一緒くたにして、すべてダンボール箱に詰めて運び去った。彼らは公証人の書類、ピアノの受け渡し証書を持って上がってきて、ピアノを持っていくことを断った。なぜならピアノを置く場所がないし、彼らにはピアノを持っていく権利がないからだ。だから、ピアノはいまそこにある。ワックスのにおいが漂うピアノは居間に置かれている。

彼らは手紙も置いていった。

封をされた封筒に青色のインクで男の子の名前が書かれ、下線が引かれていた。

男の子は開封しなかった。

毎晩のように、男の子は寝室の闇の中でピアノの前に座り、蓋を持ち上げ、鍵盤に指を置いて、弾いてみようとした。でも、もう弾きたいとは思えない。弾きたいという気持ちもまた、死んでしまったからなのか。でなければ、悲しみのせいだ。悲しみなら、やがてなくなるだろう。男の子は涙を流した。まだ大人の男ではないから、十三歳だから、音を一つ鳴らすたびに涙が出てくるから――それに、ムッシュー・ジャックが涙をこらえてはいけないと言ってくれたから。

たぶんまた元に戻るだろう。

男の子は毎晩のように、音楽と一緒に暮らしていた男の人の言葉が眠っている封筒をためつすがめつした。心がきりきりと痛む。何が書いてあるか知りたくてうずうずするけれど、もし開封してしまえば、それでおしまいだ。ムッシューの声は永遠に飛んでいってしまうだろうし、もう思い出しか残らなくなる、と思えた。だから鍵盤の上に再び手紙を置いて、ピアノの蓋を閉めた。

彼がその手紙を開くことは決してないだろう。

34

「おい、見ろよ、あいつ！」

ここでは何も変わっていない。同じベンチに同じチチャ、同じ人工的なリンゴのにおい、そして駐車場でぐるぐるまわっているオートバイの騒音。

「指揮者様の公式訪問だ！」

ドリスとケヴィンがベンチの背もたれの上に乗り、もくもく広がる煙の向こうからおれを見ていた。まるでおれがここにいないかのように二人だけで喋っている。

「こんなとこに何しに来やがったんだ？」

「知らねえよ。郊外のガキどもにピアノのレッスンでもしてやるんじゃね」

「へえ、そう？　身ぐるみ剥がされるのが怖くないのかねえ……」

パンパンではちきれそうなリュックサックのせいで肩が重たい。出ていったときよりも重たく感じる。たぶんアンナがおれにオーバーサイズのスウェットをくれたからだろう。それか、単にいままでは何もかもが前よりも重たくなったということか。

おれはぐずぐずしている。

足元にリュックサックを置いた。

そして二人のあいだに座りに行く。

「なんとなんと！」

「光栄にもほどがあります、指揮者様《ヘル・カペルマイスター》」ドリスがますますふざけて言った。子どもの頃に五十回も観た『大進撃』という映画に影響されて。

「いいよもう、やめてくれよ」

十秒の沈黙。

「おまえ、ブルジョアのところをクビになったのかよ？」ケヴィンがきいた。

「いや。逃げてきたんだ」

「おれたちがいなくて寂しすぎたんだろ、なあ？」

「ブルジョアどもにうんざりしたんだよ」

男たちのグループがスクーターを押しながら通り過ぎていった。スクーターからはオイルがだらだら垂れている。小型トラックが発車した。四階のバカな年寄りがみんなにアズナヴールが聞こえるように窓を開け放つ。隣の家の女の子がお姫様みたいな服を着て団地の前でダンスをしている。

どんな気持ちなのか自分でもよくわからなかった。

安心、後悔、それに疲労。

「おれたちにはおまえの話がさっぱりわからなかったぜ」ドリスがおれの肩をばしんと叩きながらあざ笑う。「半年奉仕活動をするって言っときながら、その代わりにピアノを習ってるとかさ――マジで意味不明だぜ――そんでパリにずっといて、誰のところにいるのかさえわかんねーし、なんだかよくわかんねーデカいコンクールに出るとかさ……」

「やめとけよ」ケヴィンが止めた。「そんなくだらないこと、おれにはどうだっていい」

おれはぼんやりと団地を眺めながらケヴィンの言葉に頷き、ドリスが差し出したチチャを受け取った。

「確かにな。全然面白くもない話だよ」

「で、あの女は？」

「どの女？」

「へえ、それじゃおまえ、ああいう小尻の爆弾娘を何人も釣り上げたのかよ？」

二人にはアンナのことを忘れてほしかった。おれが今朝からずっと忘れようとしているように。でももちろん、二人がレアールの靴屋でおれたちに会ったときのことで、唯一本当に記憶にあるのはアンナだけだ。おれはさっき彼女の番号を電車の中で消そうとしたが、ぎりぎりになって怖気づいてしまった。ショートメールの履歴も一緒に消えてしまうんじゃないかと思ったからだ。

「それも同じだよ。終わったんだ」

「彼女にもうんざりしたっていうのかよ？」

ドリスが大声で笑い出した。ほかの場合だったらおれも笑っていただろうが、いまはドリスの顔面を殴りつけてやりたい気持ちがどうしようもなくわき上がった。いつも自分にブレーキをかけられないドリスが、調子に乗ってわけのわからない嫌みを言い続けたので、とうとうケヴィンが目で彼を黙らせた。

「わりいな」ついにドリスが言った。

もう遅い。おれはすでに自分のリュックサックをつかんでいた。最後にチチャを一口あおる。

「なんだよ、マチュー、そんなことで気を悪くするんじゃねえよ！」ドリスが叫ぶ。「もうおまえにはなんも言わねえから……。それともおまえ、パリで新しくできたダチみてえになっちまったのかよ？」

「心配するなよ、別に気を悪くはしてねえよ。疲れてるだけだ。上に行って荷物を置いてくる」

ケヴィンに馬みたいなバカ力で首根っこをつかまえられ、頭をぐりぐりさすられる――これをやられると、いつもとんでもなくいらいらするのに、不思議といまはいい気分だ。あまりにも自分がひとりぼっちだと感じて、ほとんど泣きたくなる。

「行けよ、荷物を置きに行ってこい。そのあとでおりてくるのか？」

「わからない。たぶんまたあとで」

「今夜、ライブがあるんだ……。ほら、カメルの従姉がいるだろ、彼女、ラップグループを立ち上げたんだ」

「女をつかまえに行こうよ」ドリスがつけ加えた。

「どうすっかな」

ドリスがリンゴのにおいとハンバーガー臭い息がまざりあった煙草の煙を、おれの顔に正面から吹きかけた。

「オペラじゃなくてすみませんね、ヘル・カペルマイスター！」

「心配するな、バイオリンを弾いてくれって頼んでみるからさ」ケヴィンがにやにや笑った。

おれが肩をすくめながら遠ざかるあいだ、二人のバカはオペラのアリアを真似しているつもりか、聴くに堪えないカノンみたいな代物をでたらめに歌っていた。二人の声は長いあいだ続き、団地の入り口の前にいくつもあるゴミ箱に着くまでずっと聞こえていた。これからはもう、この声から逃れられないのだろう。

「おい、またあとで来いよ！　来なかったら上まで迎えに行くからな！」

おれは行かないだろう。もう行ったりはしないだろう。テレビを見たり、弟の宿題を手伝ったり、自分の部屋に寝転がって剥げ落ちた天井を眺めたりするほうがまだましだ。疲れるだけのライブに行かされたり、女たちの前で見栄を張ってギャングスターのポーズをとったりなんてしたくない。そんなことはもうごめんだ。もう帽子なんてかぶらない。おれはつまらないバカなパリジャンになってしまった。テラス席やリュクサンブール公園の日の当たる椅子、ソルボンヌ広場の前のケバブ、ムッシューと呼んでくれる守衛や、いいにおいのするタオルが好きなのだ。おれはたわけたブルジョアになってしまった。

早く元に戻りたい。

まな板の上でものを切る包丁の音がダダダダッと機関銃みたいに鳴り響いている。母は週に五回病院で夜勤なんかするより、ポーランド料理のレストランを開くべきだといつも思っていた。母の料理はまあまあイケるし、母の国の、というか、母いわくおれたちの国の料理は、誰にも知られていないからだ。カネット通りに店を開いたって大当たりするだろう。しかも野菜を刻むのが機械よりも速い。

「ただいま、母さん」

輪切りの人参がころころといくつか流しに転がった。母は聖母マリア様を――とうとう――見たかのように目を見張っている。驚きでほとんど指まで切ってしまいそうだ。

「私にただいまって言ったのはマチューなの？」

母はおれを腕の中に抱きしめてくれた。いつものように、病院のにおいと料理のにおいがまじりあっている。

「私たちと一緒にお昼を食べる？」母がたずねた。まるでおれがもうこの家の人間ではないみたいに。

「昼飯だけじゃないよ。帰ってきたんだ」

おれの予想とは裏腹に、母は喜んで跳び上がったりはせず、リュックサックを見て眉をひそめた。

「また何かやらかしたのね」

「違うよ、母さん」

「本当に？　だって、おまえがバカなことをやったって知らされたときはいつも……」

「全然何もしてないよ」

「それじゃ、やらなきゃいけない仕事はどうしたの？　これからも続けるんでしょう？」

「いや、もうやめると思う」

「やめると思うってどういうこと？　いつからおまえが決めることになったの？」

「あとで説明するよ。ちょっとややこしい話なんだ」

疑い深い様子で手に包丁を持った母は、なんとなく頭がどうかしているように見えた。でも、そう言うのはやめておく。笑ってくれる気分じゃないだろうから。

「さあ話してちょうだい、マチュー」

おれはこういう口調が大嫌いだ。子どものときはすごく怖かったし、そのせいで、おれは学校の連絡手帳を母には見せず、母の筆跡を真似てサインした。怒られるのが怖くてテストの点数をごまかし、算数の四点の横に線を一本足して難を逃れた。母は学校の判定会議のときになってようやくおれが嘘をついていたことに気づくのだった。でも、そういう手口は二回に一回しか通用しなかった。おれが英語で十八点を取るなんて、誰も信じなかったからだ。ピアノに関してだけは、誰のことも絶対に騙さなくてよかった。といっても、大ホールで『ハンガリー狂詩曲』を弾いたというだけで、コンセルヴァトワールの第三学年にしてもらったわけだが。

「今日話すの、それとも明日？」

そういう言葉も、母はよく言ってきたものだ。

「おれはもうずっと前から掃除はしてないんだ、母さん」

「頭がおかしくなりそうだわ、マチュー。いままでパリでずっと何をしてたの？」

「ピアノだよ」

もしおれが〝麻薬《クラック》を売ってた〟と言ったとしても、母はこれほどまで驚きはしなかっただろう。

「それで……ムッシュー・ゲイトナーは、あの方はご存じなの？」

「母さんはどう思う？」

母にはもう何も考えられなかった。世界が崩壊してしまったのだ。そこでおれはすべてを語った。最初の日のこと、バッハの『プレリュードとフーガ 第二番 ハ短調』のことから、ラフマニノフの『ピアノ協奏曲 第二番』のことまで。ゲイトナーの名刺のことや、公益奉仕のこと。どうやって清掃員からソリストになったのか。どんなふうにコンクールの出場者として抜擢されたのか。女伯爵との戦いの開始、おれの競争相手。腱鞘炎のこと。屋根裏部屋のこと。アンナのこと以外はすべて喋った。母はおれが女友だちを紹介してくれないといつも非難するから、いやな思いをさせないように。でも、それから、クソッ、どうせ全部話さなくてはならないから、アンナのことも話した。別れた理由はあえて言わなかったし、どうしてここに彼女を連れてこなかったのか、という質問には答えなかった。母のことが恥ずかしかったのだと知られたくなかった。

母はときどき天を見上げて、神様に呼びかけ、ポーランド語で何か呟いた。それから、おれの話を遮り、質問をして、おれが息も継がずに自分の顔に投げつけてくる理解不能なパズルのピースを組み立てようとした。

いまおれが語っていることは、途方もない話に聞こえるだろう。「どうして何も言ってくれなかったの、マチュー？」

「心配させたくなかったんだ」

「あら、それじゃあ、〝女友だちの家に〟泊まりに行って、一度も便りをよこさなくても、私が心配しなかったって思ってるの？」

「山ほどメールを送ったじゃん」

「あれは便りとは違うでしょ、ああいうのは」

「ごめん。あとで話そうと思ってたんだ」

「なんのあとで？」

こんなことをきいてくるくらいだから、レッスン代を払う金がないという理由でおれがピアノを嫌いになるよう全力で仕向けていたことを本当に忘れてしまっているらしい。おれは何年ものあいだ、夜、母が病院にいる時間にピアノを弾いていた。それに、母の仕事仲間に出くわさないことを願いながら、人混みに紛れて駅で弾いてた。音楽のせいで、おれは学校の通信簿以上におびえてた。ある日家に帰ってきて、自分の部屋が空になっていないか、びくびくしたものだ。アップライトピアノなら、たとえ古くてぱっとしないものでも、フリマサイトで三百ユーロで売れるからだ。

「コンクールのあとでだよ。もしその前に話してたら、母さんはどうせおれを止めようとしてウゼーことになってただろうからね」

「そんな言葉遣いをしないの、マチュー！」

「オーケー。〝おれを止めるためになんだってしただろうからね〟」

まな板の前に座った母の悲しそうな目つきを見ると、話したことを後悔した。やっぱり母には嘘をつくのが一番だ。

「おまえはわかっていないわ」長い沈黙のあとで母が言う。「おまえがピアノを続けられなかったのは、これ以上働いたとしても、レッスン代を払ってやれなかったからよ。才能があるだけじゃだめなのよ……お金がないと。おまえが不幸になればいいと思っていたわけじゃないのよ」

「わかってるよ、ありがとう。でも、そういう話は耳にタコができるほど聞いたから、もう言う必要ないよ」

再び母は神様を――つまり天井を――見上げて、おれの腕に手を置いた。

「私はおまえの母親なのよ、マチュー。おまえがこんなチャンスをつかむのを私が邪魔したかもしれないって、本当に思っているの？」

おれは固まってしまい、何も答えられなかった。

「おまえの身に起こったことは奇跡よ。パリに戻りなさい！　コンクールに出て、自分が一番だってことをみんなに見せるのよ」

「いや、もう終わったことだよ」

「そんなこと言わないの。途中で投げ出したりしてはだめよ」

「いや、投げ出していいんだ。母さんが正しかったよ。ピアノなんて金持ちのものさ」

母が黙っておれを眺めていた。その少し悲しそうな愛情のこもった様子を見ると、母のブルドーザーのように現実を突き進む態度の裏には、ほかの人たちと同じように山ほどの迷いと後悔を隠しているのだろうと思った。

母にもいろいろ夢があったに違いない。その夢は、道路からはみ出した車みたいに、現実に衝突してぺしゃんこになったのだ。彼女はおれの母親だ。それに結局のところ、おれは母のことをたいして知らない。親というのは家具みたいなもので、そこに存在する理由なんて決して考えたりしないのだ。

沈黙を破ったのは母だった。

「これからどうするつもりなの？」

「また仕事を始めるよ……。おれが働かなくなってから苦労しただろうね、母さん」

「私はちゃんとやっていますよ、マチュー」

返事をしようとした瞬間、ドアの鍵がまわる音がして、ダヴィッドの嬉しそうな叫び声が聞こえてきた。玄関にあるおれのブルゾンを見たのだろう。

「マチュー！」

母は包丁と人参を手に取り直しながら、母親らしい微笑みをおれに向けた。

「弟の顔を見てきなさい。寂しがってたわよ」

35

もう三日間連絡がなかった。心配することではないし、心配はしていない。むしろ待ちきれない気持ちだ。あとはまっすぐ舞台に向かうだけ、という瞬間の前に少し一人になることは、力を蓄えるための素晴らしい方法だし、そうして当然だと思っていた。しかし、コンクールの二日前ともなると、衣装について考えなくてはならない。スーツと、きちんとしたシャツ、ひょっとしたらネクタイ——もしマチューを説得できたらの話だが——それに靴も一足必要だ。たとえ私がひいきにしている仕立て屋に二時間で丈直しをさせることができるとしても、準備万端にしておきたかった。私はバカンスへの出発直前に予約サイトにアクセスするタイプでもなければ、来客が到着する一時間前にありあわせの夕食を用意するタイプでもない。そういう人間なのだから仕方がない。安心したいのだ。

そう、それに、実は少し心配している。

体調不良や事故が起きたのではないかと。

そうしたことは誰にでも起こることだ。

ドアを三度ノックしてから鍵を取り出したが、勝手に入るなどということは自分のルールに反しているので居心地が悪かった。マチューが住んでいるあいだは、もうここは私の家ではないのだ。この部屋を与えるということは、彼に隠れ家を、逃げ場を、一人だけの聖域を与えるということだった。しかし、期日が近づいていて、マチューの沈黙が重くのしかかりはじめていた。彼は私のメールを読んでいないのだろう。たぶん――いや、きっと――スマートフォンの電源を切っているのだ。

「マチュー?」

返事がない。そこで、襲いかかってくる不吉なイメージを追い払いながら、ドアの鍵を開けた。いや、ベッドの上で死んでいるところを発見するなどということはないだろう。愚かな、くだらない考えだ。そんなことは客観的に見てもバカげている。すべての人がそんなふうに逝ってしまうと考えるのは、やめなくては。

部屋は空っぽで、ベッドは整えられていた。タオルは丁寧にたたまれている。完璧に整頓された机の上に、一枚の手紙があった。それは、手紙というよりはむしろ二つ折りにされたA4用紙で、いくつかの言葉が力強い筆跡で殴り書きされている。

彼は出ていったのだ。

予告もなしに。

ごめんなさい、おれはいい人間じゃありません。

いろいろお世話になってありがとうございました。

コンクールの成功を祈ります。

マチュー

私は呆然として、怒りと苦痛のあいだでためらったが、一瞬のちには怒りがまさった。椅子やタオルなど、手に触れるものすべて、マチューが汚したものすべてを投げ飛ばした。費用はすべて私持ちだったのに、マチューはそれを享受した挙句、コンクールの二日前に怖気づいたのだ。愚か者め。三行の手紙を残して、説明も言い訳もせずに、たった三行でやましさを帳消しにしようとするなんて。私は手紙を揉みくちゃにして、爪が手のひらに食い込むのを感じるまでぐちゃぐちゃにした。

誰かがドアを押した。マチューではない、マチルドだ。不審そうな目でこちらを見ている。

「ピエール？　気でも狂ったの？」

私は呼吸を整え、上着を直し、倒れた椅子を元に戻した。椅子がぶつかった壁には黒い跡がついている。

「ああ、怒り狂ってるよ！」

「あの子が出ていったのね？」

マチルドは手に鍵束をつかんだまま、渡された手紙を開いた。

彼女がここに上がってきたのはあのつらい出来事以来初めてだ、と心で呟く。

「知っていたのか？」

「というか、出ていったんじゃないかと思ったの。あの子が部屋をどんな状態にしていったのか見に来たのよ……」

「どうして出ていったとわかったんだ？　返事をしろマチルド、大事なことなんだ！」

「ちょっと怒りすぎじゃない？」彼女が皮肉っぽく答える。「あなたが仕事中に、あなたのマチューが私のところに話をしに来たのよ」

「いつのことだ？　何を言いに来たんだ？　きみはどうして私に何も伝えなかった？」

「火曜日だったと思うわ。それとも水曜日だったかしら、もうわからないけど」

いつものように、マチルドははっきりしない。それを楽しんでいた時期もあったし、好奇心を刺激された時期もあったが、婉曲な表現も謎めいた言葉も、今日はもうごめんだ。息が詰まりそうだ。私は冬の青空に向かって大きく窓を開け放った。外の空気を吸う必要がある。

「マチューはなんて言ってたんだ、マチルド？」

「何も……。彼は部屋のことでお礼を言いに来たのよ。花束を持って。親切よね」

「で、きみがマチューに話したんだね」

「当然のことよ。あなたは話さないほうがいいと判断したのね。あの子、トマのことを知りもしなかったわ……」

「きみが話さなくてもよかったんだ！」

「でも誰かが話すべきだったと思うわ、ピエール。あなたはあのかわいそうな子、かわいそうな不良に、ありとあらゆる思いを託していたけれど、それは、あなたが彼の父親役を務めようと――心の底から――想像していたからなのよね。あの子がその恩恵にあずかろうとしたからといって、誰もあの子に石を投げることはできないわ」

部屋に冷たい風が吹き込んでくるが、まだ呼吸を整えることができない。

「きみは自分のしたことがわかっているのか、マチルド？　自分が何をぶち壊しにしたのか？」

彼女の色素の薄いぼんやりとした目が、一瞬怒りできらめいた。

「私を非難するの？　あなたが仕事を再開してからというもの、あなたに何が起きたのか、みんな理解できないでいたのよ。ロシジャックがあなたのポストを懸命に守ろうとしてくれているのに、あなたときたら、いったい何をしているの？　三行の文さえまともに書けない哀れならず者、郊外のモーツァルトなんかに夢中になって、その子のためにすべてを失いかけているじゃないの」

一番悲しいのは、言い返す言葉が何もないということだ。

私たちの関係はあまりにも遠くなってしまった。

タオルを拾い上げると、マチューがそうしたように、ベッドの裾の辺りにたたんで置いた。家政婦が入ってきたときに、タオルが床に落ちているのが目に入らないように。それに、私は乱雑な部屋が好きではない。この部屋はおそらく永遠に静けさを取り戻すだろう。マチルドが売りに出さない限りは——マチルドにとっては売るのが一番だ。彼女は腕組みをして、無表情で私を眺めている。まるで私を待っているかのように。まるで私たちがこれから一緒に下の階におりて、もとどおりの生活を続けるとでもいうように。彼女の目から再び輝きが消えた。

もうこれで最後だろうと思う。

今夜は私がこの部屋で寝ることになるだろう。

女の子が授業を終えて出てくるのを待つのは、学生の頃以来だ。

「マドモワゼル・ブナンシ、ちょっといいかい」

マチューのガールフレンドは驚いて少し心配そうな顔になり、友人たちと心得顔で視線を交わすと、バイオリン奏者たちのグループから離れてこちらに向かってきた。微笑みも足取りも美しい。彼女はいつも魅力的だ。

「ゲイトナー先生」

「少し時間をくれないか？」

「もちろんです」

私たちは人混みから離れて廊下から遠ざかり、すぐ近くの防火ドアに向かった。そこから外に出ることができる。結局のところプライベートな用件にすぎない面談のために、彼女を自分の執務室に呼びつける気にはなれなかった。とりわけ、閉めきった場所から逃れたい、空調管理された空気ではなく外の空気を吸いたいという、ほとんど原始的な欲求があった。体というのはたぶんときどき心と同じ欲求を感じるのだ。

「火曜日に欠席した件でしょうか？」彼女がチェロを置きながらたずねる。「すみません、パジョ先生自宅のキッチンで水漏れがあって、両親がいなかったものですから……。でも、

から は、試験は別の日に受け直せると言われたので」

「きみが試験を欠席したことはまったく知らなかったよ。私が会いに来たのはマチューの件だ」

悔しさ——それとも、たぶん悲しみ——が彼女の目をちらりとよぎる。

「先生のお役には立てないと思います。マチューとはもう別れたので」

「そう。それは失礼したね。きみたちがつきあっていると思っていたものだから」

意地っ張りなマリンスキーを説得しようという私の最後の望みは、このカップルの破局とともに消え去った。いまでは私はマチューのことをよく知っている。いったん自分の殻に閉じこもったら、時間が経つか忠告を与えるか以外に、彼を引っ張り出す手段はないだろう。ところが、私には時間もないし忠告する手段もないのだ。

「何をお知りになりたかったんですか?」

「マチューが何も言わずに部屋から出ていったんだ。手紙を残してね。彼は放り出したんだ、白旗を掲げたんだよ……。コンクールの直前になって」

「そんなことありえないわ!」彼女が叫んだ。

「きみがもっと事情を知っているか、さもなくば、きみからマチューを説得してもらえないかと期待していたんだが。コンセルヴァトワールにとっては、別に世界の終わりというわけじゃない。別の生徒を出せばいいだけだからね。しかし、マチューにとっては……」

彼女は黙って頷くと、心配に満ちたまなざしで私を見上げた。

「私のせいではないといいんですが。くだらない喧嘩をしてしまって……。私が言ったことを、マチューが悪く取ったんです」

「彼が出ていってしまうほどひどい喧嘩だったのかい？」

「わかりません。そうじゃなければいいんですが」

不誠実にも、ほんの数秒間だけ、この女の子に責任をなすりつけてやろうなどと考えてしまった。だが、あまりにも浅はかな考えだ。

「いや、きみはまったく関係ないよ。きみたちの喧嘩のせいではなく、ほかに何かあったんだろうと思う……」

「何があったんですか？　どうしてマチューがやる気を失ったのか見当もつきません。やる気満々だったのに……」

「もし仲直りしたら、マチューがきみに直接話すんじゃないかな。私としては、きみがマチューを説得できるんじゃないかと期待していたんだが、むしろ気まずいだろうね」

私は無意識に目を上げた。青空を飛んでいくカモメの白い翼が、ほとんど眩しく感じられる。まるで、どこか別の場所にいるみたいだ。

「やってみます」唐突に彼女が言った。「返事をもらえるかわかりませんが、それでも説得してみます」

「頼むよ。マチューは一時的な感情から自分の未来を台無しにしようとしている。このままでは一生後悔することになるだろう」

「それで、コンクールに関しては、どういう手はずになっているんですか？　出場者を変更する必要があるんじゃないでしょうか？」

「もし今夜マチューが意思表示しなかったら、彼の代わりにセバスチャン・ミシュレに変更するつもりだ」

彼女は生徒とディレクターという関係も忘れ、怒って私をにらみつけた。

「そんなの、だめです！　少し時間をください、私がマチューを説得します」

私は迷いから覚めた思いで、彼女に微笑みを送った。

「やってごらん……。結局のところ、ここまできたら、もう事務手続きなんかにこだわってはいられないからね」

36

またメールだ。ズボンのポケットの奥でスマートフォンが震えている。

それも当然だ。

今日は晴れの日なんだから。

ミシュレが国際ピアノコンクールに出場するのは今日だ。おれのことはどうだっていい。

さっき買い物に行ってきたところだ。トイレットペーパーに洗剤、食器洗い用品、それに食品。米にパスタ、トマトピューレなど、お買い得品の中でも一番安いやつを買ってきた。それとツナ缶。セール品のボロネーゼソースもまとめ買いした。食べきるのにはかなりの時間がかかるだろうが、賞味期限は二年後だから、別に問題はない。

大量に送られてくるメールさえなければ、パリのことなんてもう忘れていたはずだ。

『あーもう、せめて返事くらいしてよ!!!』

おれはスマートフォンをズボンのポケットにしまった。心が少しぎゅっと締めつけられるけれど、持ちこたえなくては。特に今日一日は。明日になれば、それもおしまいだ。コンクールは終わるし、ミシュレはスポットライトを浴びていい気分になるだろうし、アンナはこれで決定的におれのことを負け犬と見なすだろう。そしてゲイトナーは、おれなんかとはもう口をききたくもなくなるだろう。これでいい。全員にとって丸くおさまる。おれは誰の人生にも関わりたくはない。ピアニストになんか絶対にならないだろう。ピアニストというのは仕事じゃない、金持ちの道楽だ。パリ五区に戻ることもなければ、自分の息子を忘れられない喪中の男の家に居候することもないだろう。あいつらのマスコットになんか、郊外出身のペットになんかなるつもりはない。お情けで成功するのはごめんだ。

おれはここで自分の人生を生きる。

そうはいっても、息が詰まりそうだ。買い物袋と一緒にベンチに座っていると、一秒一秒過ぎるのがものすごく遅く感じる。もちろん自分の家にいてもいいが、そのほうがもっと退屈だ。代わり映えしなさすぎて、何もかもブッ壊したくなってしまう。だからここに座ってケヴィンとドリス、またはそのどちらかを待っている。でもまだ朝早いから、あいつらはいま頃眠りこけているだろう。

何もすることがないのがこんなに耐えがたくなるなんて面白い。

女たちのグループが買い物カートを引っ張りながら通り過ぎていった。四階のバカな年寄りがカーテンの陰からおれのことを盗み見ている。どこかでオートバイが目いっぱいスピードを上げていて、叫び声や、励ますような野次と口笛が聞こえてくる。焦げたタイヤと男性《テスト》ホルモン《ステロン》のにおいがする。朝の十時にバイクのレースかよ、ったく、残業でもあるまいし、いつまでやっているんだ。

おれは心ならずも再びスマートフォンの電源を入れ、この二日間でアンナから送られてきた膨大なメールをもう一度読み返した。『電話して』『GPEのこと忘れないで』『もし自分のために出るのがいやでも、ゲイトナーのために出てあげて』アンナは絵文字を使ったり論したり脅したりして、あらゆることを言ってきた。

彼女に返事をしたくなってくる。

「どうしたんだ、その袋？」ドリスの声がした。「ルーマニア人みたいじゃん！　路上で寝てたのかよ？」

おれは顔を上げた。昼前にドリスが起きているなんて驚きだ。

「くだらないことを言ってやがる」

「なんだよ、冗談じゃないか……。ちぇっ、まったく、ウザくなっちまったな、おまえはよ！」

それでもドリスはベンチに座ると、明け方に人と会う約束をしていたのに、結局そいつが現れなかったのだと説明した。それから、おれの買い物袋を検分し、ツナ缶の成分表を読みはじめる。というのも、誰かからツナ缶の中にはツナが入っていないと聞いたからだ。という か、ほとんど入っていない、五パーセント未満しか入っていないらしい。本当かどうか、おれたちは賭けをした。ドリスの負けだ。おれは十ユーロ札をもらってズボンのポケットに入れる。十ユーロでもまあまあ家計の足しにはなるだろう。

「ツナ缶ぐらいで嬉し泣きすんなよ」ドリスがうっすら笑った。「もうじきおまえの弟が家賃を払ってくれるだろうよ。ダヴィッドはちょっとした儲け話でも企んでるんじゃないのかねえ」

「なんだって？」

「だって、おまえがいなくなってから、あいつはたまにこの辺をぶらぶらしてるからな」

おれがドリスの手からツナ缶をもぎ取りながらにらむと、彼の顔から笑みが消えた。

「誰と一緒に？」

「見に行ってみればわかるよ。おまえの弟、バスケット仲間と駐車場にいるぜ」

さっきおれが家を出るとき、ダヴィッドは静かに居間に座って、イヤホンで音楽を聴きながら算数の練習問題に取りかかろうとしているところだった。弟がチンピラどもから誘われているのは知っている。あいつぐらいの年の子どもはみんな、ラップをしたりデカい車を運転したり、そういうことを夢見るものだ。昨晩だって、なんてやつらか知らないが、弟がおれに名前を言いたがらない友人たちのところに行こうとするのを止めた。おれは立ち上がると、ベンチの上に買い物袋を置いたまま、駐車場を見に行った。

最初は、ダヴィッドの姿は見えなかった。車が何台かあり、その上に男たちが群がって座っている。間に合わせで作った曲乗り用のコースがあり、その周囲をバイクが何台か囲んでいる。

弟はそこにいた。自分には大きすぎるヤマハのバイクにまたがり、ヘルメットもかぶらず、エンジンを吹かしている。一人の男が乗り方を説明し、ほかの二人が写真を撮っていた。バイクのマフラーから黒い煙が噴き出している。

おれは走った。だが弟はもう発車してしまった。

運転の仕方も知らないのに。後輪がスリップしている。

「ダヴィッド！」

弟が振り向いた。パニックになっている。アクセルをまわしすぎたせいで、バイクはくるっと一回転してひっくり返った。

おれは叫び、急いで駆けつけた。走りながらこめかみがドクドク脈打っていた。まるでもう弟が死んだかのように、みんなの視線がおれに集まっている。ちくしょう、ダヴィッドは死んでいない。死ぬわけがないじゃないか。彼は地面に倒れていて、頭のまわりに血が流れている。おれは吐きそうになった。弟のそばにひざまずき、話しかけ、名前を呼んだ。でも体に触れる勇気はなかった。なぜなら、ダヴィッドが死んでしまうかもしれないから。おれは学校の応急手当ての授業をバカにして取らなかった。応急手当てなんてくだらない、ほかのことをやったほうがましだと思っていたのだ。

おれのせいだ。

弟が事故を起こしたのはおれのせいだ。弟がそこに倒れているのはおれのせいだ。

「救急車を呼べ！」おれの後ろで男が叫んだ。

おれは弟の手を取って脈を探した。こういうことについての知識はまったくないけれど、まだ脈はある。動かないし、目も閉じてはいるが、生きている。

もうサイレンの音が聞こえてきた。どれだけのあいだ弟のそばにいたのかわからなかったが、もはや両足の感覚がなく、膝が痛かった。

「どいてください、ムッシュー」

周囲にぞろぞろと靴が現れる。それに担架と酸素ボンベも見えた。視界がぐるぐるとまわりはじめた。

「どうですか？」

「わかりません。私たちが手当てをします」

おれは車に寄りかかって気を落ち着かせようとした。ドリスがおれの肩に乗せてきた手を振り払う。おれなんかよりもダヴィッドのほうが心配だ。救急隊員たちはもう救急車のドアを閉めようとしていた。

「一緒に行きます」おれの前に立ちはだかった救急隊員にそう言った。

「ご家族ですか？」

「その子の兄です」

「身分証明書はお持ちですか？」

別の救急隊員、丸坊主頭の大男がその隊員に合図を送り、おれを救急車に乗せてくれた。彼にぽんと肩を叩かれて励まされると、泣きたくなった。

担架に乗せられたダヴィッドはあまりにも小さく見えた。点滴をされ、消毒液のにおいがする。救急隊員から、弟のそばに座って話しかけてやれと言われた。サイレンがうなり声をあげる中、救急車は出発した。おれは母のことを考えた。電話を入れたかったけれど、ダヴィッドの手を離したくなかったから、目を閉じると、これまでの人生で一度もしたことがないことをした。

ポーランドで、おれたちの国でよくやること。

そう、神様に祈ったのだ。

病院の待合室というのは自殺したくなるほど陰気な場所だ。一人きりで不安を抱え、壁紙の剥げ落ちた、汚れて黄ばんだ壁に四方を囲まれ、プラスチックの椅子に座って何度も何度も同じ雑誌を読まなくてはならない。ページの半分が破り取られている週刊誌『ピープル』、それか、月刊経済誌『キャピタル』。さもなくば、おれが生まれる前に出版された、色あせた表紙の雑誌『科学と生命』。

もうどのくらいここにいるのかわからなかった。母は泣いているが、おれは黙りこくったまま自分の靴を見つめて何も考えないようにしている。母が病院に着いたときは何も言わずにしっかりと固く抱きあって、それから腰かけて待った。

ただひたすら待った。

何度かドアが開いたものの、おれたちを呼ぶためではなかった。一人ずつ名前を呼ばれて、中に入る人もいれば外に出てくる人もいる。だがおれたちは呼ばれなかった。いい兆候だ、もしダヴィッドが重体なら前もって知らせに来るだろうから、とおれは内心思った。それから再び弱気になって、もうだめだと想像する。ドリスから山ほどメールが来た。それにケヴィンやアレクシア、ファリッド、そのほかにも、いつどこで電話番号を交換したのか覚えていないやつらからもメールをもらった。でも、あまり嬉しくはなかった。ダヴィッドがもう死んでしまったみたいな感じがしたからだ。

ちくしょう、クソッタレの手術室ではいったい何をやっているんだ。

最後に小便をしに行ったときは、外はほとんど真っ暗だった。

とうとうドアが開き、今度こそおれたちが呼ばれた。母は泣きながら立ち上がったが、おれのほうは緊張で締めつけられていた喉元から突然ふっと力が抜けた。というのも、医者の顔つきが、これからバレアリック諸島までバカンスに出かけるというときよりもにこやかだったからだ。

「少し時間がかかってしまって申し訳ありませんでした。検査をしていたもので。意識を失った場合は念のために必ずすることになっている検査があるんですよ」

「ダヴィッドの具合はどうですか?」母が気絶しそうな表情でたずねた。

「問題ありません。額を六針縫いましたが、それ以外は健康そのものです。少しマグネシウム不足とはいえ、それを除けばまったく心配いりません」

母が医者を質問攻めにしているあいだ、おれはふーっと安堵にため息をつきながら椅子にへたり込んだ。体じゅうの緊張が少しずつ解けていき、そのせいで肩に痛みのようなものさえ感じた。

「もう少し待つようにって」母が幸せそうににっこりしながら戻ってきて椅子に座った。

「よかったらこの週刊誌をあげようか。私は隅々まで読んで暗記してしまったから、見なくたって中身を暗唱できるくらいよ」

二人で大笑いする――たいしておかしいわけでもないけれど、ときにはこんなふうに笑う必要がある――そして抱きあうと、母がポーランド語で何か口にした。どういう意味なのかを知るために翻訳する必要なんてなかった。自分の息子が誰かとほっつき歩くようなことはもう絶対にごめんだ、ダヴィッドはクローゼットの中に閉じ込めておこう、という意味だろう。

直感的にふとスマートフォンを見ると、アンナからの新着メールが表示されていた。

『来るってわかってるから』

おれがいまどこにいるか、おれにとってどれだけグランプリ・エクセランスがどうでもいいかをアンナが知ることができたなら、おれが来るなんて思えなかっただろう。この汚らしい待合室の中で、おれはいままでにないほどよくわかったのだ。自分が道に迷っていたこと、自分の居場所が家族の中にあるということを。

「彼女なの？」

スマートフォンの電源を切りながら、おれは不思議に思った。母はおれの肩越しにメールを読んだのだろうか、それとも超能力でもあるのだろうか。おれはそれまで三十回もメールチェックをしていた。それなのに、どうしてよりによっていまのメールがアンナからだとわかったのだろう。

「彼女って？」

「おまえの彼女よ」

「もうおれの彼女じゃないけど、でもそうだよ、彼女からだ」

母が感動したような微笑みを浮かべた——そりゃそうだ、ずっと前からおれに彼女ができることを願っていたのだから——ので、ちょっと気に障った。アンナとのことがもう過去の話だと、母が理解したがらないせいだ。

「その子がダヴィッドの様子をきいてきてくれるのは、まだおまえのことが好きだからよ」

「彼女はダヴィッドの件は知らないよ。コンクールに出ろってしつこく言ってくるんだ。おれにはほかに何もやることがないとでも思ってやがるんだろう！」

突然、母の目がおれの通信簿を見るときの目に戻った。

「コンクールは今日なの？」

「一時間後だよ」おれは皮肉っぽい微笑みを浮かべた。

「バカじゃないの、こんなところでのんびり何してるのよ？」

「コンクールなんか出たくないって言ったろ……」

母ににらみつけられ、おれは自分の言葉に確信が持てなくなった。もしおれがパリに戻りたくないとしたら、それは怖気づいているせいだ。怖気づいている以外に理由はない。

「私はおまえにあげられるものは何もないのよ、マチュー。だって、私には無理だったんだもの。今日は人生がおまえにプレゼントをくれるっていうのに、おまえは欲しくないって言うんだね。フェンウィックを運転するほうがいいっていうのかい？　母さんみたいに病院で掃除するほうがいいっていうの？　おまえはそんなことがやりたいの？　それならもういいわよ。ここで雑誌でも読んでなさい！」

おれの膝の上に週刊誌が投げ出されて、鞭みたいにピシャッと音をたてた。

「もう遅すぎるよ、母さん。行きたくったって一時間じゃ無理だと思う」

「行くだけ行ってみなさいよ！」

母がカバンを開き、神経質そうに小銭入れの中を探りはじめた。

「いいよ、金はいらないから」おれはブルゾンをはおりながら言った。「なんとかなるさ」

「タクシーに乗りなさい」母がおれの上着のポケットに二十ユーロ札を突っ込みつつ命令した。

おれは心臓をドキドキさせながら母の頬にキスすると、廊下に飛び出した。ドアが壁にぶつかってバタンと大きな音をたてる。

あと五十分。

まだイケる。

ところが、最後に一台止まっていたタクシーは、歩行器をつけた老婦人を乗せて出発してしまった。病院の受付では自分でなんとか帰ってくださいと言われてしまう。おれが重病人に見えないからだ。わめきたかったし、救急車をかっさらうか、さもなくばクソッタレの鳩みたいに空を飛んでいきたかった。サン・ドニからじゃ電車やバスに乗っても間に合わないからだ。

ちくしょう、なんてバカなんだ、おれは。

いまになってやっと目が覚めるなんて。

病院の玄関で血眼になってタクシーを探そうとしたけれど、ほかの人たちから横目でにらまれた。彼らもタクシーを待っているのだ。

そこでスマートフォンを取り出すと、たまたま最初に表示された番号、ケヴィンにかけた。ケヴィンなら、地下室かどこかにスクーターを持っているはずだ。もし持っていなくても調達できるだろう。

「もしもし、おまえか」

「ケヴィン、おれ、まだ病院にいるんだけど、力を貸してくれ」

「弟は大丈夫か？」

「大丈夫だ、心配しなくていい。でも、いますぐおれをパリまで連れてってほしいんだ。緊急なんだ。事情は言えないけど、もう時間がない！」

ケヴィンは黙り込み、それからちょっと笑った。

「オーケー、そこにいろよ」

息を切らしながら電話を切ると、まるで熱があるみたいに両手が震えていた。落ち着かなければ。なんとかショートメールを送らなきゃいけないから。

『これから行く』

『これから行く』

37

と一言。たった一言。句読点もなければ顔文字もなし。笑顔に泣き顔、渋い顔など、どんな文章にも必ず使っていた顔文字はまったくついていない。一つもだ。グランプリ・エクセランスの出場者マチュー・マリンスキーが、五日間音信不通になって私を苦しめ、怒らせ、悲しませた挙句、ようやく伝えてきた言葉が〝これから行く〟だ。

しかも、あろうことか、私は喜んでいる。

たぶん何もかもこれでいいのだ。

そうはいっても、クロークに並んで荷物を預けた観客たちがもうコンサートホールに入場しているところだ。タキシードやスーツ、夜会服に身を包んだ人々が長い列を作って階段へ押し寄せているが、関係者たちはまだエントランスホールの赤い絨毯の上でぐずぐずしている。挨拶しあい、あちらこちらで挨拶のキスを交わし、内心くたばれと思っている出場者に幸運を祈りますなどと口にしていた。少女モデルのような雰囲気の、淡い色のドレスを着た中国人女性が、はにかんだ微笑みを浮かべながらお礼を言っている。髪をオールバックに撫でつけたニキビ顔の男が大物ぶって最後に一本煙草を吸いに外へ出ていく。あちらでは英語、こちらではロシア語の話し声。三人の女性が大きな身ぶりで私に合図を送ってくるものの、どこで知りあいになったのかさっぱり思い出せなかった。たぶんオペラ座だろう。もうよくわからないけれど、それでも、今夜は特別おきれいですねとお世辞を言っておく。

マチューが何をしているのか知らないが、そろそろ到着してもいい時刻だ。

パリじゅうの人間がこれを最後とトイレに詰めかけていて、私は『ル・モンド』の記者の隣で用を足す羽目になった。自分を酷評した輩と並んで小便をするなんてなんとも皮肉な状況とはいえ、私は彼に礼儀正しい微笑みを送ってやった。

「握手はしないでおきましょう」記者が冗談を言いながら自分で笑っている。たとえ別の場所で会ったとしても、こんな輩と握手などするものか。

「さてさて、今夜は晴れ舞台ですね？」彼は一物をぶるぶる震わせながら言葉を継いだ。「どうやら驚くようなことがあるみたいですが」

「またしてもね」

記者が笑い、私も笑った。私たちは手を洗ったが、もし記者を洗面台に沈めることができたなら、ためらいなくそうしていただろう、と二人ともわかっていた。

エントランスホールから人が減りはじめている。まだ開いているドアからは、上流社会の人々がひしめく広々とした白い客席が見えた。重厚感のある見事な舞台の奥には、壮大なパイプオルガンが高々と据えられている。サル・ガヴォーは素晴らしい。明るくて優雅だ。たぶん、少し度が過ぎるほどだ。聴衆の頭上にそびえるこの装飾のせいで、出場者は怖気づいてしまうに違いない、と私はいつも思っていた。演奏が始まる瞬間にはすべてが消え去るというけれど、そうはいっても、容易に消すことのできないイメージはあるものだ。

マチューは相変わらずやってこない。

「ピエール！」

タキシードに身を包んだロシジャックだ。彼は特別公演が行われるたびに無分別なことをやらかす。いつも執事みたいな格好をしてくるのだ。仕方がない、衣装が合わないのは運命の大いなる偶然だ。しかし、どんなに素晴らしい仕立て屋で服を誂《あつら》えたとしても、うまく着こなせない人間というのはいるものだ。

私はロシジャックに近づくと、とびきりにこやかに挨拶した。ロシジャックに、それから彼の親衛隊であり信奉者であり太鼓持ちであるパイヨとマルケッティと一人の従順な官僚、そしてもちろんセバスチャン・ミシュレにも挨拶する。ミシュレは蝶ネクタイをつけてビシッと決めている。

「それで、どうだい？　きみのチャンピオンは準備ができたのかな？」ロシジャックがきいた。その様子からは、マチューが姿を消したことを耳にしているかどうかを見抜くことができなかった。

「マチューはこれから来ますよ。渋滞に巻き込まれているんです」

この知らせを聞いてミシュレがかすかに微笑んだ。

彼らは知っているらしい。

「早く渋滞から抜け出せることを願うよ。もうじき第一奏者の演奏が始まるんだから。ええと……」

「十分後です」ミシュレが腕時計を見ながら言った。

「それに、われわれもそろそろ席についたほうがいいかもしれないな」ロシジャックがつけ加えた。

コンサートホールへ向かおうとしたところで、この小グループは振り向き、遅れて着いた男を出迎えた――私が待っていた人物ではない。アレクサンドル・ドローネーだ。髪を風になびかせ、ネクタイの位置を直している。

「パリの交通渋滞のことを忘れていたよ！」ドローネーが次々と握手を交わしながら叫んだ。

「ネット配車ハイヤー《ゥーバー》からおりて徒歩で来ようかとさえ思ったね」

手短に社交辞令を交わしつつ、私はちらちらとすばやく入り口に目を走らせたが、誰も来なかった。

「行こうか？」ドローネーが陽気に声をかけるあいだにも、開演を告げるベルの音が聞こえてくる。

「私はまたのちほど」

私もマチューと同じように遅れて行くことにした。私は一人になった。たった一人でマチューより前の奏者たちの演奏が長引くことを期待し、マチューが大急ぎでメトロの出口から出てくる最中であることを祈り、彼が愚か者みたいに自分の将来をつかみ損ねてしまわないよう願った。

とうとうエントランスホールには誰もいなくなった。二人の警備員と、まるで人生の一大事とばかりにトイレに走っていく肥満した一人の観客を除いて、すべての人がすでに客席についている。私もロシジャックたちのグループに加わろうかどうしようか迷った。遅れて行けば、座るときに同じ列の人たち全員を立たせることになるだろうから。しかし、それがどうだというのだろう？　もしマチューが到着する前にコンサートホールのドアが閉まってしまったら、そのあとのことはもう完全にどうだってよくなる。

突然、見慣れた人影が階段の上に現れた。私よりもさらにずっと心配そうな顔をしている。鮮やかな赤いドレスを着て、少し化粧が濃すぎるきらいはあるが、それでもアンナの様子には胸を打たれた。まるで妖精に扮した少女のようだ。コンサートホールのドアが閉まりかけているときに、アンナはスマートフォンの画面を掲げながら、声は出さずに一語一語はっきりと口を動かした。〝マ・チュー・が・来・ま・す！〟

私はアンナに微笑みかけた。

マチューが来ることはもちろん知っている。

あとは、時間に間に合うかどうかが問題だ。

38

「おいケヴィン、スピードを落とせよ、おれたちを殺す気か！」

「何言ってんだよ！　遅れてんじゃないのかよ？」

ケヴィンが大きくハンドルを切ると、後部座席でドリスがあおりを食って倒れた。車は右側から小型トラックを追い越して、アクセルを踏んだまま非常駐車帯に侵入する。

「ちくしょう、あのトラック、追いついてきたぞ！」ドリスがシートベルトを締めながら叫んだ。

真っ暗闇の環状道路で、一気に三つの車線を横切ったところだった。おれたちがまだ生きているのは奇跡だ。ケヴィンはどこからこの車を調達してきたのか、おれに言いたがらなかった。このBMW3シリーズは、ひょっとしたら登録されていないのかもしれない。でも飛行機並みの速さだ。新車みたいなにおいがするし、足元のカーペットにはまだビニールがかぶせてあって、カーナビはドイツ語しか喋らない。

「マジでどっから持ってきたんだよ、これ？」

「ドリスの従兄から借りたんだよ」ケヴィンがウインクしながら答えた。

後部座席からわーわー聞こえてくる罵詈雑言《ばりぞうごん》を気にも留めずに、ケヴィンは再び加速すると、ポルト・ダニエールの出口ランプ目がけて時速百二十キロで疾走した。赤信号で車がわんさかいるのにスピードを緩めないので、おれは目を閉じた。目を開いたときには、どうやったのかはわからないが、もう通り過ぎていた。おれたちの車はカーナビ画面上の赤い線に沿ってまっすぐ進んでいるが、その道路上には渋滞を示すアイコンがチカチカ光っている。

「よお、シャンゼリゼ通りを迂回させてくれってそいつに頼んでくれよ」三つ目の信号を通過しながらケヴィンがおれに言った。

「できるわけねーだろ、これドイツ語しか通じないぜ！」

「待てよ」ドリスが身を乗り出して画面に触ろうとする。

「待つって何を？　おまえ、ドイツ語が喋れんのかよ？」

ドリスがあちこち押しまくるとカーナビは暴走し、それから元の言語でおれたちにわめきはじめた。

「おいっ、ドリス！」

「別にいいよ」とケヴィンが言った。「道はわかったから」

おれはもう時計を見る勇気さえなかった。その代わり歯をぎゅっと食いしばっていた。バスと接触しそうになって、パーキングレーダーが鳴り出したからだ。

「もし死なずにたどり着けたら高級レストランでおごってやるよ」おれはドアの取っ手にしがみついた。

「大丈夫に決まってんだろ！　こいつは麻薬の運び屋用の車《ゴー・ファースト》なんだ！　どんな車でも止められないぜ」

「いや、前にバスがいるだろ」

「そこで左に曲がれ！」突然ドリスが叫んだ。ドイツ語が喋れないので、ついにスマートフォンのグーグルマップを起動したのだ。

映画の中みたいにタイヤが軋み、おれはウインドーに頭をぶつけた。ケヴィンが再びぐっとスピードを上げたので、おれはとうとう吐き気がしてくる。もしいま誰かがおれたちの車の前を横切ろうとしたら、高速道路にいる小バエみたいにフロントガラスにぺしゃっとくっついてしまうだろう。

回転灯が後ろからついてきているような気がした。バックミラーに青い光がチカチカ映っている。

「後ろにいるのはサツか？」

「心配すんなよ。もしサツだとしても、一番近いメトロの入り口でおろしてやるから」

大丈夫だろうかと思いながら見ていると、ケヴィンが減速装置をオフにしてバス用車線に入っていった。ケヴィンがそこまでできるのもたぶんこの車のおかげだ。さもなくば、おれがこのゴー・ファースト用の車に自分の人生をかけていることをケヴィンは本当に理解しているのだろう。とはいえ、アル・カポネになることを夢見ていたケヴィンは、いままさにアル・カポネみたいに見えた。こんなケヴィンを見たのは初めてだ。

回転灯が見えなくなり――あれは救急車のものだった――おれはスマートフォンをちらっと見てパニックに陥った。

「あと十分だ」

「余裕だよ」ケヴィンが答えた。

おれは急かさなければよかったと後悔した。ドリスがケヴィンにもっと速くと叫んでいるし、いまのケヴィンに急いでくれなんてさらに伝える必要はないからだ。ケヴィンはバスを追い越し、スクーターのケツに向かってクラクションを鳴らし、信号を無視して時速八十キロで進むと、凱旋門がおれたちの背後に遠ざかっていった。

「クソッ」突然ケヴィンが毒づいた。

何がクソッなんだ? これまでケヴィンはどんな車でも追い抜いてきた。どんな車でも、だ。しかし、おれたちの目の前には大規模な渋滞がまっすぐ伸びはじめている。車の海だ。一台のトラックが道路を塞いでいて、バス用車線の車はどれも警告灯を点灯させていた。

あと七分。

「ほら、おりろ」ドリスがおれの手にスマートフォンを押しつけてくる。「もう近くだぜ!」

シートベルトを外して道に飛び出すと、もう少しでオートバイに轢かれるところだった。

「走れ、フォレスト、走れ!」ケヴィンがゲラゲラ笑いながらおれに声をかける。

「二人ともありがとな!」

おれはスマートフォンの画面を見つつ走りに走った。右折、左折、また右折。でもだめだ、この道は車なら突っ切れるけれど、徒歩では無理だ。それに、どの道も同じに見える。呼吸を整えるために少し立ち止まり、人に道をたずねたが、知らないと言われた。さもありなん、誰もがサル・ガヴォーなんてどうだっていいのだ。ピアノ好きしか知らない場所だ。そこでおれはグーグルマップを信じて再び走りはじめた。背中に汗をしたたらせて夢中で走る。これまでのことがすべて無駄にならないように無我夢中で駆け抜けた。

通りを走り、大通りに出て、また通りを走る。

ああ、あそこだ。サル・ガヴォーって建物の正面にでっかく書いてある。そして、建物の前には女伯爵がいた。黒いドレスに低いヒールの靴を履き、いらいらと煙草を吸っている。おれの姿を見て、「やっと来たわね！」と叫び、煙草の火を消しもせずに吸い差しをぽいと投げ捨てた。彼女に何か言いたかったが、ぜいぜいと息が切れていたから無理だった。いずれにせよ、女伯爵はもうおれを中まで連れていってくれていたが、イヤホンをつけた警備員が腕を広げて行く手を塞いだ。

「通してください、ムッシュー！」

肩に置かれた手をおれが乱暴に振り払うと――番犬どもにはうんざりだ――もちろん警備員はムッとしたが、女伯爵が割って入り、まるでラ・クルヌーヴ出身みたいな剣幕で警備員を叱りつけた。

「どきなさい、この愚か者！」

このバカは、おれたちを通すために脇へ寄り、「すみませんでした、マダム」ともごもご言う羽目になった。

「ジャケットを着てくれればよかったのに」コンサートホールの中に入りながら女伯爵が囁い

た。

着る暇もなかったと答えると、彼女はなんとか微笑みを作り、それから今度はおれを客席に挟まれた通路に連れていった。広々としたホールにはバルコニーが二つあり、まったくの別世界だ。だが、そんなことを気に留める時間もなければ、その舞台の上でペンギンみたいな服装の人々を前に、自分がたった一人で演奏するのだと考える余裕もほとんどなかった。

「マチュー、忘れないで、テンポを守って弾くのよ！」

もちろん忘れていない。おれは何も忘れないんだ。

マイクで何かアナウンスが入る。ミシュレの名前が聞こえたような気がしたけれど、よく聞いていなかった、もう何も耳に入ってこない。客席の真ん中辺りでゲイトナーが立ち上がって、おれのところに来ようとして同じ列に着席している人たちの足を踏みつけている。ゲイトナーは上着を脱いで、おれに渡してくれた。それをおれはパーカーの上にはおり、フードは外に出しておく。ゲイトナーの上着はぶかぶかで、間抜けに見えるものの、もうどうだっていい、こんなところまで審査されたりしないだろう。

ごめんなさいと言いたくて最後にゲイトナーのほうを見たが、すでに遅すぎた。おれたちはみんなの注目を浴びている。それに、ゲイトナーの目を見たら、彼が謝罪なんて求めていないことがわかった。ゲイトナーの誇らしげな目は、ここにいるやつらをみんなブッつぶしてやろうぜと言っていた。

「さあ行くんだ」彼が低い声で言った。「みんなに見せてやりなさい」

おれは言われていたとおりにお辞儀をした。

拍手が起こる。

おれはピアノの前に座ったが、腹はぎゅっと絞られたスポンジみたいによじれ、指にはもう血が流れていないように感じた。こんなことは初めてだ。息を吸うんだ。息を吸わないと。最後に客席を一瞥したが、アンナは見つからなかった。いや、いる。二階の客席に。赤いドレスを着て、おれだけに向かって微笑みかけている。おれはアンナにウインクしてから、読みもしない楽譜を楽譜立てに置いた。自分の顔がピアノのラッカー塗装の表面に映り、その自分自身と目が合った。すると、場内のざわめきもスポットライトの光も、自分の恐怖も怒りも希望も、少しずつ忘れていった。手が鍵盤に触れ、ペダルが足の下に吸いつくようにぴったりとくっついた。このピアノはおれをこの世界に繋ぎ留めてくれる錨《いかり》だ。ここにはもうピアノしかいない。ピアノとおれ、そしてピアノの中にぶら下がり、眠っている音たちだけになる。

大きく息を吸い込む。

目を閉じる。

それから、自分を解き放つ。

カーテンの隙間から忍び込んでくるオレンジ色の明かり。あとはただ夜の闇だけが広がっている。穏やかで心地よい暗闇は、キッチンにある冷蔵庫のブーンという音に遠くから揺すられていた。雑音の一つ一つが声となり、眠らずに寄り添ってくれる。すると少しずつ、闇の中にすべてが浮かび上がってきた。家具もダンボール箱も昔の思い出も、すべてが浮かび上がる。

青年はベッドに寝そべって目を大きく開き、天井をじっと見つめている。長いあいだ、その天井は空であり海であり銀河だった。彼は過ごしたばかりの時間を思い出す。まるで花火のようにまだ頭の中でパチパチと鳴り続けている拍手。広々とした白いホール、立ち上がる聴衆、自分のぎこちないお辞儀、そして涙が込み上げてくるほどの感動を、青年は頭の中に呼び起こした。青年の指のあいだではまだ音たちが流れ、こぼれ、くるくると走り、心臓の鼓動に合わせて踊っている。

暗闇で、彼は微笑んだ。

青年は指先で枕元のランプをつけた。古びたランプの笠は埃をかぶっている。それから青年は見た。すでにもう自分の部屋とは言えなくなっている部屋を。一度も開いたことのない本。そしてピアノ。ラッカー塗装が剥げ落ちて傷跡がついている古びたピアノとは、もう決して離れ離れにならないだろう。弦やハンマー、埃や音たちなど、このピアノの中に彼が目にしたすべてのものとは、いつまでも一緒だ。

青年は立ち上がり、鍵盤の前に座ると、手にカバーの柔らかさを感じた。

カバーをそっと持ち上げる。

封筒はそこにあった。そこ、象牙色の鍵盤の上に。ずっと封をされたまま、青いインクで青年の名前が書かれ、名前に下線が引かれている。封筒は時とともに少し古びて灰色になっているが、中に書かれた言葉はまだくるくると動いている。青年が今夜帰ってきたのは、この封筒を開けるためだった。

音楽と一緒に暮らしていた男の人がついに飛び立っていけるように。

なぜなら、時が来たから。

なぜなら、青年はもうひとりぼっちではないから。

青年が泣いているのは悲しいからではない。

謝辞

ルドヴィクとの素晴らしい出会いに感謝します。あなたの物語は私自身の物語になりました。また、エネルギーの裏面としてのユーモアを決して手放さなかったエレオノールと、スランプのときに元気をくれたエロディー、そして、真の人生への扉を開いてくれたアナにお礼を言います。

訳者あとがき

この物語の主人公マチュー・マリンスキーは二十歳すぎの若者で、パリ郊外に住むポーランド系移民だ。普段はフォークリフトを運転する労働者として働いている。安月給で単純労働に明け暮れ、通勤電車に揉まれて単調な日々を過ごすマチューには、実は同僚も友人も知らないある特技がある。それはピアノだ。ある日、パリ北駅に設置されたピアノで大好きなバッハの曲を弾いている最中に、偶然通りかかった音楽学校のディレクターに見初められ、マチューはピアニストとしての道を歩きはじめることになる。

この作品はサスペンスではないけれど、読者をハラハラさせる展開が続き、最後までどうなるかわからない。ページをめくる手が止められず、楽しみながら一気に読めてしまう、起伏のあるストーリーが魅力だ。

本書はフランス人作家ガブリエル・カッツの小説『Au bout des doigts（直訳：指の先に）』の邦訳である。原書は二〇一八年十二月にフランスで公開された同題の映画のノベライズであり、映画は『パリに見出されたピアニスト』という邦題で二〇一九年秋に日本での公開が予定されている。映画で主人公のマチューを演じたのはフランス人の若手俳優、ジュール・ベンシェトリだ。俳優のジャン＝ルイ・トランティニャンを祖父に、女優のマリー・トランティニャンを母に持ち、俳優で映画監督のサミュエル・ベンシェトリを父に持つジュール・ベンシェトリは、一日三時間ピアノの練習をして撮影に臨んだという。

この本を手に取ってくださった読者の中には、すでに映画を観たという方もいらっしゃるだろう。ストーリーの大筋や登場人物は基本的に映画と同じだが、小説版には映画とはまた一味違った味わい、面白さがある。

例えば登場人物の造形がそうだ。映画ではどういう人物なのか断片的にしかわからない、主人公の悪友ケヴィンとドリス、チェロ奏者のアンナ、マチューのライバルであるセバスチャン・ミシュレ、ロシジャックやドローネーたちの性格や特徴が小説ではしっかりと描き分けられていて、それぞれの個性が際立っている。

映画の主人公はマチューだが、この小説では音楽学校のディレクターであるゲイトナーも第二の主人公だ。マチューにピアニストとしての天賦の才があるといっても、それだけでは彼の音楽は人々に届かない。マチューの奏でる音楽の素晴らしさに気づくだけの耳を持った人物が必要になる。ゲイトナーは左遷される寸前の落ち目のディレクターとして登場する。合理主義者のロシジャックや、優秀なコンサルタントのような若手音楽家ドローネーと比べたら、ゲイトナーは古いタイプの人間に見えてどことなくぱっとしない。しかし、ゲイトナー以外のいったい誰が、マチューのような少年を発掘できただろう。ロシジャックやドローネーのような人物が駅でピアノを弾くマチューを見かけて声をかけたとは思えない。たぐいまれなる才能の持ち主はマチュー一人ではない。ゲイトナーこそ、この物語の第二の主人公にふさわしい、優れた耳の持ち主だったのである。優れた弾き手であるマチューと、優れた聴き手であるゲイトナー、この二人を軸に物語は進んでいく。この物語には恋愛の要素もあり、マチューと恋人との関係、ゲイトナーと妻との関係が描かれているが、最終的には男女の恋愛よりもマチューとゲイトナーの信頼関係のほうに重きが置かれているようだ。それは、この物語の一番大きなテーマが音楽への愛と情熱だからだろう。

小説版ならではの面白さとしては、ユーモアも挙げられる。映画は全体的にシリアスな雰囲気で、ユーモラスなシーンはそれほど多くないが、小説では登場人物たちの会話や心の声にいかにもフランスらしい皮肉《アイロニー》が含まれていて、思わず笑ってしまう場面が多い。ちなみに、フランス的なアイロニーというのはあまり日本ではなじみがないが、アイロニーとは思っていることとは正反対のことを言うことで、例えば、意地悪をされてムッとしたときに「ご親切に」と返したり、何かしくじった人に対して「器用だね」と言ったりするのがアイロニーに当たる。アイロニー以外にも、マチューがアンナに言う台詞やメールなど、訳者自身も読みながら笑ってしまう文章が多かった。

ところで、パリの風物が随所に登場するのもこの小説の魅力の一つだ。本書に出てくる地名や固有名の多くは実際にパリに存在するので、まるで自分がパリに暮らしているかのような気分で読み進めることができる。パリの北駅には本当にピアノが置かれている（北駅以外にもフランスの大きな鉄道駅にはよくピアノが置かれている）。公共貸自転車ヴェリブはパリの街じゅうで実際に使われているし、マチューが食べていたケバブもフランス全土にあり、マクドナルドのハンバーガーと同じくらいの市民権を得ている（日本で言えば牛丼のようなものだろうか）。パリ左岸のシックなエリア、サンジェルマン・デ・プレにあるカネット通りには実際に何軒かピザ屋がある。それ以外にも、夜のセーヌ川の岸、ノートルダム大聖堂、リュクサンブール公園など、パリの魅力的なスポットが随所に描かれている。読者のみなさんも、きっとマチューやゲイトナーと一緒にパリの街を歩きまわっているような気持ちになれるだろう。

訳者が個人的に興味深く感じたのは登場人物名で、主要人物はマリンスキー、ゲイトナー、エリザベスなどそれぞれ東欧系、ドイツ系、イギリス系の名前であり、主人公たちと敵対する人物の名前はロシジャック、ドローネー、ミシュレなどみなフランス系の名前がつけられていることだ。パリの多民族都市としての側面を描き出そうとしたのかもしれないし、あるいは、フランスという国に対する一種のアイロニーと取ることもできる。また、フランスは才能ある外国人を受け入れることに寛容であるといわれているが、この作品では、そうした移民の活躍ぶりが描かれているとも言える。

本書を翻訳するに当たり、できるだけ読みやすさを心がけたため、注はいっさい付さず、固有名詞などの説明はすべて本文に織り込んだ。ただし、一つだけここで説明を加えておきたい箇所がある。十四章の終わりでゲイトナーがスマートフォンでアプリを開く場面があり、最後の一文は「ダンテの『神曲』に出てくる山といえば？（十文字）」という問いになっている。本文には答えが書かれていないが、おそらく答えは「purgatoire（煉獄）」だと考えられる。煉獄とは天国と地獄のあいだにある場所だが、試練の場（時）という意味もある。

ゲイトナーにとってまさに試練の時という状況でこの問いが出てきたのは偶然ではないだろう。この部分には、作者のちょっとした遊び心が感じられる。

小説版のラストシーンと映画のラストシーンは大きく違っている。小説の結末にもやもやするという人は、映画を観てみるといいだろう。映画のハイライトは数々のピアノの名曲だが、もちろん小説の中では音は鳴らせない。そのためか、小説ではマチューの心の動き、思い出、ピアノへの思いなどに焦点が当てられているし、結末もそうした終わり方になっている。

この物語は「サクセス・ストーリー」と要約することもできるだろうが、サクセスとか成功といったこと以上に大切なものを、この小説は描こうとしている。それは、自分の好きなこと得意なことに楽しみながら心ゆくまで打ち込む幸福ではないだろうか。また、そのことを通じて、まわりの人々も幸せにできるし、まわりの人々と深い繋がりができるということではないだろうか。好きなことに打ち込むといえば簡単そうに聞こえるが、人生においては難しいときもあるだろう。マチューが最後に流した涙がもし悲しみでないならば、幸福と、幸福を初めて与えてくれたムッシュー・ジャックへの感謝、そして、もうひとりではないという喜びと安堵感だったように思われる。

パリに見出されたピアニスト

2019年09月27日　初版発行

著　者　ガブリエル・カッツ
訳　者　森田　玲
発行人　長嶋うつぎ
発　行　株式会社オークラ出版
〒153-0051　東京都目黒区上目黒1-18-6　NMビル
営　業　TEL:03-3792-2411　FAX:03-3793-7048
編　集　TEL:03-3793-8012　FAX:03-5722-7626
郵便振替　00170-7-581612(加入者名:オークランド)
印　刷　図書印刷株式会社

定価はカバーに表示してあります。
乱丁・落丁はお取り替えいたします。当社営業部までお送りください。

ISBN978-4-7755-2892-1